私の戦後は終わらない

遺されたB級戦犯妻の記録

小林弘忠

紀伊國屋書店

私の戦後は終わらない◉目次

企画・協力／美笑企画　安部千鶴子
装丁／銀月堂

プロローグ　月よりの使者

西原タネが本田始と結婚したのは、昭和一七年（一九四二）の暮れも押しつまった一二月二五日だった。西原タネ二六歳、本田始は一つ下の二五歳、簡素な式でタネは本田の妻となり、熊本県上益城郡広安村大字馬水の本田家で披露宴がおこなわれた。

南国としては珍しく小雪の舞ったその夜、ぽつんとした電灯の下に集まって祝い膳を囲んだのは、仲人夫妻、本田始の両親の勝次、スキと、本田の弟と二人の妹、勝次の妹ら本田家の縁戚、タネの実家西原家からは母のユキ、ユキの兄夫婦たち、といった両家の身内だけだった。ほとんどが普段着だったが、本田始は、新郎らしく父勝次の使った紋付羽織、袴《はかま》をつけて祝賀の盃を受け、タネは貯金をはたいて新調したやや地味な留袖《とめそで》を装い、顔を上気させてあたらしく家族となる本田家の人たちを眺めていた。

一年前に始まった太平洋戦争は、戦局が早くも傾きはじめ、勝敗の明暗をわける節目の時期となっていた。日本軍はミッドウェー海戦で敗退し、ソロモン群島ガダルカナル島が占領され、ニューギニアのパサブアでは八百人が戦死し、国民には明らかにされなかったものの、開戦当初の勝報は頓挫した形となっていた。しかし、当時の日本人はだれ一人負けるとは気づいておらず、聖戦完遂の意気は依然燃え盛っていた。

結婚式の一〇日ほど前、天皇陛下が伊勢神宮を参拝したことは、何より明るいニュースとして全土の人の心をとらえている。戦争の最中に天皇が戦勝祈願するのは「未曾有の御事」であり、「国民は大御心に感泣した」と新聞は大書し、興奮はさめていない。

「天皇様がご祈願したからには、年があらたまれば、ますます大勝利にわくことじゃろう。こうしたときに始君とタネさんが新所帯をもつのは、まことめでたかことよ」

小膳を前にした仲人は、宴の慶賀をそのように言いあらわした。

物資が欠乏しはじめ、食糧は配給制のため、酒も一カ月に一度、四斗ダル二個を地域住民が分け合う状態となっている。箱膳の上は、貧弱な野菜ずくめだったが、本田の家は酒を中心とした雑貨類を売る商店なので、蓄えられた酒は豊富であり、それが座を華やがせている。

（これでよかったのかしら）

タネは、膳には箸をつけずに、部屋の境の襖をとりはずした細長くて狭い宴席を見つめて、まだこだわっていた。

結婚したのだとの実感は、いまになっても、まったくといっていいほどわいてこない。彼女は、本田に愛情を感じていたわけでなく、彼の両親に乞われたのでもないどころか、本田との結婚を忌避していたほどだった。それに、勝次とスキは、長男の本田がタネと一緒になりたいと言ったとき、相当反対していたのを、本田自身から聞いている。とくにスキは、タネを家に迎えるのにかなり強硬に異を唱えていたようで、そのわけもわかっていた。

賑々しい声音につつまれた宴席の主賓の一人は自分なのだと思うと、主婦の座につく喜びが間歇《かんけつ》的に体全体にわきあがってくるが、それはほんの一瞬ですぐにかき消えてしまう。好意を寄せていたのではない人との結びつき、彼の両親から歓迎されていない自分の立場、強引に求婚してきた本田が本当に連れ合いとなるのを望んでいたのかという疑念、それに、二間だけのこの家で本田の肉親と住まわなければならない気重さが、式を終えたあとになってよけい気持ちをかき乱し、ときめきを抑えつけて宴に溶け込めない。

タネは、心細さを打ち払うようにして、目を下座に転じた。

背を丸めたユキは、先ほどからじっとこちらを見つめていたらしい。タネの切れ長な目をまともに受けると笑みをたたえてうなずき、「よかったね。とてもきれいだよ」と祝福を送ってくれている感じで、タネはひどく安らぎをおぼえた。母がいるのだと気づくと、場違いな気分がほぐれるのを意識した。

不安は、きっと新婦なら誰しも持つものであり、これは未婚女性の一つの感傷なのだ。これからは姑さんに真心を尽くし、愛することにつとめよう、本田家のために身を粉にして働き、丈夫な子を産んで育てよう。それが軍国の主婦のつとめであり、銃後の女性の役割なのだ、と考えなければいけない思いがした。タネは、ようやく硬い表情をほぐして、ユキに微笑を返した。

座敷は、祝い唄の陽気な手拍子につつまれはじめている。形だけ両手を打って、かたわらの新郎をそっとうかがった。正座した足に右手を置き、左手で膝を叩いて拍子をとっている本田の格好に、右手が完全に癒されていないのが、タネには理解できた。

式の翌日は雪が上がり、すっきりとした冬空となっていた。夫とほとんど同時に目覚めて隣室に行くと、勝次とスキは、昨夜の慶事を忘れたかのように店で立ち働いていた。昭和一八年の新年がやってくるので、雑貨商にとってはかき入れどきのはずであり、ぼやぼやしてはいられないと、タネはあいさつをしてすぐに炊事場に行った。七人の大所帯のご飯はどのくらい炊いたらいいか見当がつかないが、とにかく米をとぎ、麦を混ぜ、鍋いっぱいのみそ汁をつくった。新婚の余韻にひたれるゆとりは、結婚初日からなかった。

熊本市街をはさんで、上益城郡広安村の本田商店とは反対の方角にある飽託郡健軍《けんぐん》村は、いまは熊本市から熊本空港に通じる高速道が走り、市の繁華街の一角となっているが、戦中、戦後は麦畑がうねうねとひろがる農村地帯だった。タネは、大正五年（一九一六）二月八日、この健軍村で父西原市平、母ユキの長女として出生した。家族はほかに妹のタシがいる。二年前に第一次世界大戦が始まり、参戦機運によって戦雲が日本にもたなびいていたが、タネが生まれた年は、裕仁《ひろひと》親王（昭和天皇）の立太子礼がおこなわれ、日本中が祝事でわき立っていた。

昭和四年（一九二九）三月、健軍尋常高等小学校高等科を卒業すると、女子事務員になるために、タネは熊本鎮西《ちんぜい》高等簿記学校に入学した。彼女がまだ小学生だった二年六月、東京市（当時）社会局が東京市内一五区の小学四、五年生の女子一万一一八一人の希望職業調査を実施している。将来就きたい職業は、教師、事務員ら職業婦人、商人、裁縫師、学者、芸術家、医師、看護婦、髪結い師、女学生、政治家、運動家、飛行家などで、とりわけ事務員を志望する少女は多かった。

断髪したタイピストや女子会社員が、モガと略称されるモダンガールといわれ、マネキンガール（ファッションモデル）が人気となり、四年には東京のデパート松坂屋に女子の新職場としてエレベーター係が誕生してエレベーターガールが話題となった。女性の社会進出が注目されはじめたころであり、そうした影響もあって、農村に生まれたタネは、幼いころから事務員へのあこがれが強かった。

経理専門学校の一年課程を卒えると、市内の雑貨卸商店の経理部門に就職した。東京の商社から日用品を購入して小売店へ卸す会社で、わずかな従業員の中小企業だったが、望んでいた経理事務員となってタネは満足し、父母もたいそう喜んでくれた。

ところが、就職してまもなく、不幸が彼女の周辺で相ついだ。

最大の出来事は、父の市平が急逝したことだった。明治三七年（一九〇四）勃発の日露戦争に出兵して左手指三本を損傷していた市平は、製蠟《せいろう》会社で働いていたが、原料であるハゼの実の荷を右手でつかんで、倉庫二階から階下に降りようとしたとき、体の平衡を失って階段からころげ落ちて胸を強打し、それがもとで肺壊疽《えそ》となり、あっけなく逝ってしまったのだ。ユキの体はあまり丈夫ではなく、妹のタシはまだ子どもだったので、働き手を失ったあまり裕福ではない一家の生計は、タネの肩にのしかかってきた。そのうえに今度は、入った当時は順調だった会社が、突然経営に行き詰まりをみせ始めてきたのだ。

四年一〇月二四日の木曜日、ニューヨークのウォール街の株式が大暴落、「暗黒の木曜日」といわれたこの日の経済異変は、全世界の株式市場を襲い、恐慌の導火線となって資本主義国の生産体制は縮小し、需給バランスの崩れは工業部門からやがて農業をまき込んで主要国は混乱におちいった。二年の金融恐慌からようやく立ち上がろうとしていた日本も例外ではなく、東京帝国大学（現東京大学）の卒業生の三割が遊民化した。

不況は、乾いた土を浸す水のように、地方の企業に波及し始め、会社の賃金は滞りがちとなり、彼女の焦燥感は大きくなった。職があるだけ幸せと思っていたものの、会社の行く先は経理を受け持つ彼女ばかりでなく、全従業員に察せられるようになり、退社する者が目立ってきている。そろそろ結婚適齢期の二〇歳にさしかかり、このまま会社に居続けてソロバンをはじいているわけにはいかないことも、タネを悩ませていた。

昭和一〇年（一九三五）の秋だった。

通勤途中に、熊本市内の映画館の前を通ったとき、タネは、上映される宣伝用大看板が建て替えられているところに出くわした。楓《かえで》の木に立てかけられたまだペンキの匂いのする看板には、白樺の木にもたれてリンドウを手にした白衣の看護婦に、患者らしい和服の男性が寄り添っている図柄が描かれ、そこにやわらかい陽射しが当たっている。

映画のタイトルは「月よりの使者」、主演は人気俳優の入江たか子と高田稔、そのわきに、「高原のサナトリウムの患者と看護婦の悲しくも麗しいロマン」と胸はずむ宣伝文句がつけられている。

タネは、職人たちがハシゴに乗って屋根の下に看板を運び、トントンと釘で固定するまで、しばらく立ち止まって見つめていた。

それからは映画を観、会社が退けて映画館前を通るたびに、館内から漏れてくる主題歌に耳をすませた。「面影つよくふりすてて、この夜の月に泣きぬれて……」の歌詞と、入江たか子の看護婦姿、「月よりの使者」の題名は、若い彼女には刺激的だった。

「母さん、会社ば辞めようと思う」

一週間ほどしたあと、タネは食事時にユキに言った。「悔いはなかよね」と、何度も自問してもちかけた。

「辞める?辞めてどうするとね。簿記の学校へ行って、せっかく入った会社やないね、どうして辞めると。いい人でも見つかったと」

「そうやなかと。看護婦になろうと思っとる」

「看護婦?何ば会社にあったとね」

ユキは、箸の手を止めて娘に問うた。

「何もなかよ。ただいつまでも勤められんけんね。会社の景気悪いとよ」

「そげんこつ言うても、看護婦は免状がいるのじゃなかとね。これから免状ば取るのは大変やろうに。また学校に行くと」

「学校ば出んでも、資格は取れるとよ」

タネは、免許が取れる方法を母に話した。看護婦になるには、看護学校の二年課程を卒業し、看護婦試験に合格するのが一般的だが、医療機関で一年間見習いをすれば、看護学校卒業生同様、検定試験の受験資格が得られるのは調べてある。ユキには内緒で見習い先も選んでいた。

「独学せんといかんけど、やってみたいっちゃん。小児科医院の先生に、見習いばさせてもらうよう頼んどるけん」

タネが会社を退職して、見習い看護婦となったのは、軍部が政治を蹂躙《じゅうりん》する二・二六事件が発生した一一年だ。社会全体が暗い空気につつまれた年だったが、世の中にはまだ明るさがみられていた。歌謡界では、藤山一郎の「東京ラプソディー」、渡辺はま子の「忘れちゃいやよ」の歌、ベルリン五輪で前畑秀子が二〇〇メートル平泳ぎで、孫基禎がマラソンで金メダルをとって大衆をわかせ、日本職業野球連盟が誕生し、食品をつめ込んだ缶詰がブームとなり、家庭用扇風機が宣伝された。

タネは世間の流行とは無縁のように市内の小児科医院に住み込み、一年間修業して看護学の基礎を学び、正看護婦試験を受けて一回で合格したのは翌一二年五月だ。さっそく産婦人科医院の看護婦となり、八代保健所勤務を経て、陸軍が急遽つくった熊本陸軍病院健軍分院の正看護婦となったのは一四年（一九三九）五月、数えで二四歳となっていた。

タネは、この陸軍健軍分院で、日本に送還されてきた重傷の陸軍軍人、本田始と出会って、夫婦となったのである。世界恐慌、看護婦志望、陸軍病院勤務、そして本田との邂逅《かいこう》が人生に大変転をもたらせる結果になるとは、彼女はもちろん知るよしもなかった。

第一章　ウジ虫取り

日中戦争が長引いて戦地で負傷する兵士が増加し、既設の病院だけでは収容しきれなくなったために、陸軍は臨時の医療施設を各地に建てていた。熊本陸軍病院健軍分院もその一つであり、分院は熊本市中心部から東に約四キロ、標高二〇メートルの高台にある歩兵部隊練兵場隣接地の畑地に建設された。タネが住んでいる村の健軍区域内であり、分院に勤務しはじめた彼女は、自宅から一キロ半ほどの道のりを歩いて通勤した。

病院の前は練兵場となっているので、兵隊がいっぱいいる。病院の通用門には歩哨が立っており、門をくぐると、三〇ほどの病棟や事務棟が建ち並び、ここにも軍服姿の事務職員が仕事をしている。患者は男ばかりであり、それまで小児科や産婦人科の医院にいたタネは、はじめは軍隊同然の建物に立ち入るとき足がすくんだものだった。規模は大きいといっても、木造の急ごしらえのため、歩くと板張りの廊下がギシギシと鳴る野戦病院さながらの施設だが、広大な中庭には、桜、銀杏、杉などが茂り、木々の間からは、煙を吐く阿蘇山を東方にのぞむことができた。

看護婦が足りず、補充はなく、そのため勤務は複雑だった。配属先は外科だったが、定期的な配置換えによって、外科、内科、結核、雑病棟と順にまわされ、診療科目それぞれに処置の仕方が異なり、さまざまな対応は実地で修得しなければならないので、幅広い医療知識が必要とされた。

外科病棟は、戦場の野戦病院では手に負えず、内地に召還されてきた負傷兵で満ちていた。顔面が押しつぶされたり、手足がもぎとられたりしている兵隊は少なくなく、勤務したてのときは、血のにじんだ包帯を取り替えるにも体がふるえた。夜間は、八時に患者の点呼がおこなわれ、将校が巡回したのち九時に消灯、以後は当直の看護婦が真っ暗な病室を見回る。各室からはケモノのような声が漏れてまるで檻《おり》のように感じ、足元で音を立てる廊下の歩行は不気味だった。

当直のときは、病室からの呼び出しベル音が四、五回はかならず看護婦室に響く。夜間呼び出しは、だいたいが苦痛の訴えなので、痛み止めのアンプルと注射器を手にして廊下を小走りにたどって室内に入り明かりをつけるが、偽の呼び出しにだまされることもずいぶんあった。

「どうしたと」

「だれもベルは押していねえよ。ちょうどいい、看護婦さん、肩が凝って仕方ないんだ。すこし揉《も》んでくれ」

「そっちが終わったら、ここへきて話し相手になってくれ。眠れないのだ」

そんな要求をする患者は、ケガがほぼ回復した者で、目に異性と接する喜びを宿しているのが常だった。からかうために看護婦を呼びつけるのだとは承知していても、男性ばかりの戦地で抑圧された日々を送ってきた軍人たちが、久しぶりに女性のいる病院生活で本能が解き放たれるのは理解できないことではない。昼間、腰のあたりを何気なくふれられたり、手を握られたりすることも、看護婦の間ではひそひそと話されていた。

陸軍病院の入院患者は、国のために戦って傷ついた天皇の御子であり、元気をとりもどした軍人たちがしばし戦いを忘れ、男性に立ち返って女性を意識するのは、戦に意欲をかき立てるほどまでに回復した証なのだ。私も皇国の婦女、我慢しようと、タネは夜間のからかいベルにだまされるたびにそう思うようにつとめた。看護婦になる前、淡い気持ちで眺めた映画「月よりの使者」の甘い宣伝文句などは、頭の片隅にも残っていなかった。

病院側は、男性患者が蠱惑《こわく》されるのをおそれて、看護婦の身づくろいには厳格だった。許可されているのは化粧水とクリームだけ、口紅や白粉《おしろい》は禁止で、髪は、ひっつめて束ねるのがせいぜいのおしゃれだ。それでも、患者たちは、「あの看護婦に担当してもらいたい」などと噂し合っているのを看護婦室は知っている。面長で切れ長な目、二重瞼、やや厚めの唇、ふっくらとした頬を持った容貌と、しなやかな肢体にめぐまれていたタネは、患者から好奇なまなざしをそそがれていると同僚が言っていたので、外科病棟ではよけいに緊張の時間は持続した。

結核患者は体力がなく、外科病棟患者のような悪ふざけはしなかったが、深刻な病であり、生死に関わりがあるので、当直勤務の夜は気が重かった。喀血して口をまっ赤に染めて咳き込む病人には、血液と痰《たん》が喉をふさがないように手早く体位を変え、止血注射をし、胸部に冷湿布をする。痰を吐き出させると、汚物が血液とともに白衣にふりかかることもあり、病人が落ち着いたあとは、感染のおびえに襲われる。

雑病棟の多くはマラリア病患者で、一室一五人の病人のうち、半数が熱に浮かされていた。マラリアにかかると、最初は悪寒に見舞われ、夏でさえ、何枚毛布をかけても震えを止めることはできず、患者の体は硬直して、手足と顎がこわれた電気仕掛けの人形のように、がたがたと大仰に振動する。こうなると女手では処置できないので、元気な同室者に声をかけて、何人かで毛布の上に馬乗りになって抑え込む。ショックがやっとおさまったと思うと、こんどは高熱を発し、一気に四〇度を超す熱が体内をかけめぐり、患者はうなされて、シャツの胸をかき乱して苦しがる。解熱剤のキニーネを投与すれば平熱にもどるが、隔日に高熱となる三日熱、二日間は平常で四日目に熱を発する四日熱、不規則な発作が起きる悪性熱と病状は多様で、サイクルが同じ患者がいるので、数人が同時に悪寒《おかん》、発熱発作を起こす場合もある。そんなときは看護婦が総動員された。

この分院勤めで、タネにとって忘れられない患者が二人いた。一人は、結核病棟の斎藤健一という少年兵、もう一人が本田始だった。

結核病棟では当初、斎藤健一がいる六人部屋を担当した。六人のうち四名が肺結核、他の二名は喉を菌で冒された喉頭結核患者で、喉頭結核の二人は重症だった。斎藤はその一人で、「二名の患者の生命はそう長くもたない。目を離すな」と医師から指示を受けていた。

病室を見まわりに行くたびに、声を出せない二人は、早く自分のベッドの側に来てくれと、せわしなげに合図を送ってくる。「ちぇ、ち、ち」と舌を上顎にくっつけて鳴らし、「コツ、コツ、コツ」と木製のベッドの台を拳で叩いて知らせるのだ。舌打ちするのは、三四歳の吉岡昌平という上等兵、台を叩くのが一九歳の斎藤だ。

病院内といっても軍律はやかましく、階級差は患者でもはっきりと区別され、診療に際しても、緊急時でないかぎり体温検査、注射液投与、氷嚢《ひょうのう》の取り替えなどは、すべて古参兵から始める慣習が厳しく教育されている。少年兵の順番は、いつも最後になってしまうのが斎藤には不服そうで、タネが室に姿をあらわすたびに薄い頬をふくらませ、目を大きく見開いて、コツコツとベッドの台を真剣になって打ちつけた。

昭和一五年一二月一七日が強い風の日だったのは、めずらしく陸軍省から青森リンゴが患者一人ひとりに配給されたので、タネはよく覚えている。分院の構内に植え込まれている銀杏の木が、針に似た細い枝を揺さぶっているのが窓から見えた。

言葉が話せる肺結核患者たちは、「リンゴとはめったにお目にかかれないごちそうだ」、「滋養がつきそうだ」と、実のひきしまったリンゴを押しいただいて、ベッドの上にあぐらを組んで丸ごとかじり出した。タネは、吉岡上等兵には、下ろし器で果肉を擦って果汁にし、スプーンで一滴々々垂らし込むようにして与えた。タネに甘えるような少年の合図はひっきりなしに続いていたが、リンゴを分配しながら体温を記録していくので、彼のベッドにはなかなか行くことができない。リンゴを手渡すときは、たっぷりと時間をかけてあげようと思った。

「お待ちどうさま、ご用はなあに。はい、これあなたのリンゴよ」

ようやく少年の番になり、ベッドのかたわらに立って、ほかのより大きいのを握らせて体温を計ろうとすると、斎藤は彼女の手を払いのけ、枕元の雑用紙と鉛筆を取ってほしいと手の仕草で要求

した。声が出ないので、それで筆談するのだ。雑用紙の束と鉛筆を差し出すと、斎藤は仰向けのまま
ゆっくりと鉛筆を持った。紙には、「てがみかいた。おくつてほしい」と、弱々しいひらがな文
字が綴られている。それから彼は、いつしたためたのか、枕の下からしわくちゃになった紙を鈍い
動作で取り出して寄越した。
「かあちゃん、はようきて、はよきて。のどがいたい。みずものめない。かあちゃん、はよう……」
タネは、文面にさっと目を入れて、白衣のポケットにおさめた。
「うんうん、すぐにこのお手紙は出すけんね。お母さん、きっと来てくれるよ。だから、元気出さ
ないといかんね。すこしお水を飲もうかね」
タネが吸い飲みを口に近づけると、少年は顔をそむけた。自分の順番がなかなか来なかったこと
を拗ねているのではないのを、ここ数日の看護で彼女は知っていた。結核菌が喉を破壊し、水一滴
受けつけなくなってしまい、唾も飲み下せないらしく、口を半ば開き、輝きのない目でただ天井を
見やるだけなのだ。ガーゼを濡らして、かさかさに乾いた唇にあてがうと、わずかに舌をのぞかせ
たが、唇についた水滴が喉を刺すのを恐れてか、すぐに「もういい」と手で示した。
それでも片方の手はリンゴをしっかりと握って鼻のところへ持っていき、眉をゆるませた。たし
か福岡県の高原の村がふるさとであり、リンゴで故郷を思い出したのだわ、とタネは思った。
「剥《む》けばもっといい香りがするよ。剥いてみようか」
食べられないとはわかっていても、せめて唇にふれさせてやりたい。斎藤は、血管の浮き出た白
い手で半分に割ったリンゴをつつみ込み、においをかぎ、ざわついている窓外の銀杏の枯れ枝にち

らと目をやり、涙を流した。

少年兵がベッドで冷たくなっていたのは、それから二日後だった。彼の母親は一度も見舞いに訪れなかった。それどころか誰ひとり遺骨の引き取りに来ず、投函した手紙の返事もなかった。

手紙を書いたとき、少年兵は死を予感していたに違いない。「はようきて、はよきて」というたどたどしい叫びが肉親に聞き入れられなかったのが、タネには痛々しかった。彼女は、病院の中庭にあるつぼみのない水仙を手折り、薬の空きびんに挿して、少年が使っていた床頭台の上に供えた。


タネが本田始をはじめて知ったのは、外科病棟勤務のときだ。

昭和一六年（一九四一）三月二九日、本田始は、外科東五病棟にぐったりとした体を担架《たんか》に乗せられて運ばれて来た。「患者は、中支で戦闘中右肩に敵の砲弾の破片が命中して粉骨した。野戦病院から南京陸軍病院に収容されたが、傷がかなり重くて処置できず、内地に帰るよう命じられた。帰国してからは小倉陸軍病院などを経て、ここに転院となった」と、医師は看護婦を集めて病状を説明し、数々の病院をまわされてきたことで、看護婦たちは患者がかなり重傷なのを知った。

本田は、数日後手術をほどこされ、肩の肉の縫合は成功し、生命には重大な影響はないものの、予後の保証はできないと診断された。担当軍医は、「右の肩が砕かれている。治っても右腕は使いものにならんかもしれんな」と、本田に告げた。

本田の右腕は、石膏《せっこう》のギプスでしっかりと固定され、上げることも下げることもできず水平のままで、ベッドに臥していているときは、右腕を懸垂《けんすい》したままの状態となっていたが、夏になる頃にはだいぶ傷口が回復してきた。しかしギプスは取れず、相変わらず水平で、動かすことはできなかった。

そのころの本田は、多数いる負傷者の中でも、外科病棟の看護婦の間では、特異な患者とみられるようになっていた。案山子《かかし》のようにピンと張った右腕の格好ではなく、傷口の介抱の方法がほかの傷病者ときわだって相違していたからだ。

本田は、いきなり大きな呻《うめ》きを漏らし、ベッドでもがくことがしばしばあった。神経が切断されるような激痛が走るらしく、ギプスをベッドの木枠に打ちつけて苦しがったりし、そういうときの室内は、複数の患者がマラリア熱に冒された雑病棟のように喧騒状態となる。しかし、看護婦が処置すると、不思議に彼は平静に戻った。騒動は夜間に多く、当直の夜、看護婦は、彼の同室の患者から、「本田上等兵がまたのたうちまわっているぞ」と、連絡を受けるのを覚悟しなければならず、タネもしょっちゅう駆けつけた。八月半ばの当直勤務のときもそうだった。

懐中電灯とピンセット、膿盤《のうばん》、薬液の入っていない空のシャーレを持って廊下を踏みしめ、室内に入って唸っている彼のベッドの下にひざまずき、右腕の下にかがみ込んだ。

ギプスは胸部から肩、肘《ひじ》にかけて固められていて、脇の下あたりに石膏をくり抜いたハガキ半分ほどの穴が開けられている。そこを懐中電灯で照らして、血と薬品のこびりついた穴の縁に顔を近づけ、ピンセットをとり上げる。饐《す》えた臭気が立ちのぼり、傷が化膿《かのう》しているのがわかった。

「おるおる。まだおるのね。痛かったでしょう」

タネは、つとめて陽気にそう言って、懐中電灯の先に目を凝らしてピンセットを挿し込んだ。白くて、つるんとした生き物が、黄ばんだ消毒ガーゼの上に蠢《うごめ》いている。一つ、二つ、ぞろりと這っている。はちきれんばかりに肥えたウジ虫だ。

ウジは、ガーゼのめくれた個所から傷口へ潜り込もうとしているらしく、体をゆっくりと蠕動《しゅんどう》させている。これに傷を突っつかれたらたまるまい。

昼間もウジはわいてくるだろうに、どうして夜だけ本田は痛みを訴えるのだろう、昼はウジ取りを室外の患者に知られるのを気恥ずかしく思って、痛みに耐えているのだろうか。

「はい三匹。取っても、取っても出てくるのはどうしてなのかね。本田さんの傷がおいしいのかな」

シャーレに虫をころがして、タネは冗談を言って苦笑した。

軍隊病院の看護婦となって二年になるが、ウジ虫排除をした患者は本田以外にいない。七名いる外科病棟の看護婦の中では、タネはいちばん虫退治がうまいと評判となり、〈ウジ取り名人〉などとありがたくない称号さえさずかっている。苦笑せずにいられない。

「ありがとう、楽になった。看護婦さん、ウジ虫がこんなにいるのは、石膏が開いているところからハエがやって来るのではなかかね。自分では気づかんけど、寝ているうちに入ってくるんじゃなかとね。ばってん、そう思うと気持ち悪うて」

本田は、鼻柱に皺を寄せた。それはぞっとするだろう。ハエが爛《ただ》れた肉に卵を産みつけているのを想像しただけで気味が悪い。夜間に本田が叫びにも似た声を上げるのは、痛みよりもウジを意識してのことなのかもしれないと思った。

「そうではなかよ、きっと。受傷したときハエが産んだ卵が、今ごろになって孵化《ふか》しているんだわ」

石膏で固める前に卵が産みつけられてしまったのだ、と看護婦たちが話していたとおりのことをタネは口にした。
「看護婦さんが取ってくれるとしばらく出てこんけん、ありがたかことです」と、本田は処置後、いつものようにタネのていねいな排除の仕方に礼を述べた。こんなことが重なり、家が近いこともわかって、タネと本田はよく会話をするようになった。

本田始が軍隊に入隊したのは、タネが陸軍病院に勤務し出した前々年の昭和一二年（一九三七）一月一〇日だった。五人弟妹の長男の彼は、熊本県内の実業学校を卒業したのち、徴集で陸軍歩兵第一三連隊に歩兵二等兵として入営、同年三月二一日、中支派遣軍中野隊所属員として中国大陸に出兵した。

熊本県には、明治一〇年の西南戦争で名をとどめた熊本鎮台にかわり、明治一八年（一八八五）に組織された師団（陸軍第六師団）がある。その下部の歩兵第一三連隊は、すでに明治八年（一八七五）に創設されている。歴史ある部隊に所属した本田は、名誉を感じていた。

本田が軍人となった頃、中国大陸には硝煙が立ち込めていた。昭和一二年七月、駐屯していた日本軍が蘆溝橋《ろこうきょう》付近で中国軍に発砲された事件（蘆溝橋事件）をきっかけとして、対中関係に緊張が高まり、一三年、第六師団も動員令を受け、大陸へ兵士を次々に送り込んでいた。

蘆溝橋事件を口実に軍部に背をこづかれた格好の政府は、戦時色を一層強めるようになり、国民の生活にまで統制の手を伸ばし始めた。食糧や衣服などの生活関連ばかりでなく、教育や言論に至るまでいっさい政府が方針を打ち出すとの国家総動員法が施行（一三年五月）され、銃器増産のために金属類の使用を制限し、貨幣はアルミに変わった。綿製品の製造や革製品の使用、女性のパーマなどは禁制となり、手弁当運動、ゲタ履き通学の奨励、背広にかわる国民服着用の義務化（九月）も決められた。

日中対立は支那事変と呼ばれて、しだいにドロ沼化していく。日本軍の中国出兵の口実は、「中国は欧米の傀儡《かいらい》政権だから、日本は大陸に進出して中国人民を解放する」というものだった。中国への派遣人員を増やして中国政府打倒をもくろむ日本軍に、中国軍は、抗日戦と称して中華民国政府と共産党による国共合作で、広大な土地の利を活かしてこれに徹底抵抗し、軽く見ていた日本軍は苦戦を強いられることになる。日本軍は、隊を中支方面軍、中支派遣軍などに編成し、昭和一三年三月から五月にかけてついに中国北部と中部の全滅作戦に乗り出し、さらに武漢、広東攻略作戦を立てて、計二四師団を動員し、大陸制圧に膨大なエネルギーを注入した。

本田始は、この日中戦争に狩り出されたのである。

彼は、同年八月一〇日一等兵に、翌一四年八月一日には上等兵に昇進、歩兵第一三連隊第三大隊大砲隊所属員となって、大陸各地を転戦する。彼の中国での軍務は、三年半に及んだ。

一方、ヨーロッパでは一九三九年（昭和一四年）九月一日、ドイツとソ連がポーランドに侵攻、イギリス、フランスがこれに対抗して宣戦を布告、第二次世界大戦が勃発した。昭和一五年七月、二度目の政権担当となった近衛文麿首相は基本国策要綱をまとめて、中国ばかりかアジアの「解放」にも一歩を踏み出し、日本軍はインドシナ（ベトナム、ラオス、カンボジアなどアジア南東）方面にも進出することになる。一〇月には全体主義体制を確固とするために、国民統制組織の大政翼賛《たいせいよくさん》会《かい》がつくられて、国内の軍国色はますます強まり、翌一六年一二月八日、日本軍はついにアメリカのハワイ真珠湾を奇襲攻撃し、太平洋戦争へと突っ走る。

戦場で重傷とならなければ、本田も太平洋戦争の渦に飲み込まれていったであろう。彼の人生は別の道をたどったことになるが、幸か不幸か、本田は戦場での受傷で、この巨大な渦中からのがれることができた。

本田が右肩を損傷したのは、一六年一月九日だった。中支宮山觜《はし》付近で大隊砲隊として戦闘中、敵砲弾の破片によって、右肩胛骨《けんこうこつ》がザクロのように打ち砕かれ、瀕死の状態となったのだ。

そのころの本田についての軍隊成績表が残っている。同年三月一〇日付の「在隊間成績証明書」である。

品行　　品行方正ナリ、実直ニシテ熱心ナリ
勤務　　責任観念旺盛ニシテ果敢ナリ、犠牲的精神強ク良好ナリ
賞罰　　ナシ

前年一五年四月には勲八等を受章し、賞状とともに国から報奨金、御下賜包帯、タバコ、菓子を授与された。賞状はつぎのように記されている。

陸軍上等兵　　本田始
支那事変ニ於ケル功ニ依リ、勲八等白色桐葉章及金弐百八拾円ヲ授ケ賜フ
昭和十五年四月二十九日
賞勲局総裁従三位勲一等　下條康麿

兵士たちに恩賞を授与し、より一層戦意を燃え上がらせようという政府の思惑を割り引いても、成績証明書と賞状は、本田始が軍隊勤務に忠実であった点をうかがわせる。当時の、とりわけ農村部の青年たちの多くがそうであったように、職業軍人としての矜持、郷土意識、名誉に対する憧憬があったであろうし、少なくとも彼個人としては、軍人として満足な結果が得られたとの思いにかられていたであろう。本田が受傷したのは、太平洋戦争の七カ月前なので、戦闘で傷を負わなければ、彼は太平洋戦争の戦地に喜び勇んで出征し、さらに自己満足を獲得するために成績証明書のいう犠牲的精神を発揮して戦ったに違いない。

しかし、彼の利き腕である右腕は、二度と戦地に赴けないほど損傷を受けていた。健軍分院での治療で治癒はしたものの、敬礼時にこめかみの横に手を持ってゆけないほど萎えていた。これでは大砲に弾丸を込めることも、銃をとることもできないと、一時は名誉の負傷をした軍人であることに誇りを感じていた本田は焦っていた。

傷口がふさがり、ギプスがとれて病院を出る日が近づくにつれ、憂鬱そうな彼の顔つきがますます暗くなっていったのは、担当看護婦のタネにはよくわかった。それは、きっと退院後に兵役に戻れないことと家庭の事情を気に病んでいるのだろうと、患者の心中を斟酌《しんしゃく》していた。本田の家のことについては、ウジ虫取りの合間に彼自身から聞いたことがあったからだ。

「家は雑貨商店で、オレは長男ですたい。でも、親が決めてしまった縁組で養子に行くことになっとる」

養子先は中堅の農家で、ひとり娘と結婚するのが条件らしく、両親は自分の意向を確かめないまま縁組を進行させているのだと、規模の大きい農家に婿入りするのを鼻にかけるでもなく、むしろしおれた表情で打ち明けた。そういえば、彼の見舞いに母親らしい年配の女性がやってきて、「始、退院はいつかね、準備があるから日取りがわかったらすぐに知らせんといかんよ。相手さんにも連絡するから」と言っていたのを小耳にはさんだことがある。

本人の意思を無視して親同士が婚姻話を進めるのは目新しくはない。しかし、商店の跡取りを養子に出すのはどうしてなのだろうとふと思ったが、他人様の家庭に口をはさむのは失礼であるし興味はない。そのときは、「そう、いいお話ね。もうじき病院から出られるけん、早くよくなるようがんばってね」と励ました。

ところが本田は、タネのこの言葉に不服そうに、強い調子で彼女の激励をはねのけた。

「オレは気が進まんのよ。あのうちはタバコ農家ですたいね」

「いまからそんなこつ言うて。農家のお仕事はお国のためになると」

「畑を耕せることなどできるもんかね。毎日、畑に出ないといかんとでしょ」

「どうして。本田さんがやらなくても、相手のお家には耕作する人がいっぱいいるとでしょうに」

「オレ、右手ばこんなですたい。何もせずに見ておるしかできん」

彼は声を落とし、くぼんだ頬に翳りをより濃くして言った。後継者として農家を経営していくのはむずかしく、家庭がうまくいかないと憂えているのだ、とタネは彼の心情を多少は察したが、別にそのこと以外に気にとめることもなかった。

本田が温泉治療のために三カ月間別府病院に転院し、久しぶりに健軍の陸軍病院に戻った一六年秋、本田は夕方、外科の軍医に診察室に呼ばれ、担当看護婦としてタネも立ち会った。

「君はどのくらい入院しているかね」

机の上にカルテをひろげて、髭を蓄えた軍医は質問した。

「はい。そろそろ八カ月になります」

「案外手間取ったな。だが、もう痛みはないだろう」

「はい。おかげさまで、よくなりました」

「もう大丈夫だ。まもなく退院できるぞ」

「退院ですか」

本田は、軍医が手にしているカルテをのぞき込むようにして問い返した。返答に張りがなく、目の光を失っている彼を軍医はいぶかしがった。

「ああそうだ。何だ、うれしくないのか。君は熊本の出だったな」

「はい、そうであります」

「それなら結構じゃないか。この傷では原隊には復帰できまい。兵役免除の手続と傷痍軍人《しょういぐんじん》年金支給の書類はこちらで用意しておく」

傷痍軍人と聞いて、本田は顔色を変えた。日本は重大な時機を迎えており、米英と戦う機運が国全体を支配しようとしている。戦場へ行けなくとも内地での兵役はつとまるだろうと期待していたのに、傷痍軍人となればそれもできない。軍人として将来の道が断たれることの無念さを感じているのだろうとタネは推量した。

「兵役免除ですか」

と、彼は声を低めてたずねた。

「ああそうだ。これからの日本はますます忙しくなる。だがな、兵隊でなくても、国のために尽くすことはできるぞ。がんばるんだな。一二月中には包帯も必要なくなるだろう。正月の松がとれるころには退院できる」

「正月ですか」

本田はためらいがちにまた聞き返し、さらに何か尋ねたそうなそぶりを見せたが、医師はそれを無視した。

軍医から傷病兵扱いの診断を受けると、表情を曇らせながらも、戦死が免れる喜びを態度に示す患者は多い。しかし本田は、一瞬もそのような気配を見せず、心から消沈しているようである。軍医は不審そうに彼を凝視したが、「言いたいのはそれだけだ」と、さっさと退室を命じ、本田は肩を落として軍医室を出て行った。ドアの扉を開けて見送ったタネは、兵役免除を宣告され、養子縁組が決定的となったので気落ちしているのだろうと思っていた。


中国大陸をめぐって、日本とアメリカ、イギリスとの外交は敵対関係に陥り、日米首脳会談開催など戦争回避のための交渉はおこなわれたものの、一六年一〇月二日、首脳会談の前にアメリカが日本軍は中国から撤兵せよとの覚書を日本側に手交したことから、問題がこじれはじめた。東条英機陸軍大臣は撤兵断固拒否を主張、結局首脳会談は開かれることなく、時の首相近衛文麿は内閣を総辞職して退陣、代わって東条が陸軍大臣のまま首相になったのは一〇月一八日である。

病院内の医師らのあわただしさが増し、病棟の空気が張りつめ出してきたのは、対米英強硬派の東条の首相就任で、いよいよ米英と戦争が始まるためではないかと、看護婦たちは陰で話し合った。退院を許可された者はただちに原隊復帰せよとの命令が出ているらしく、患者たちの顔つきもしだいに険しくなってきたようにうかがえた。

師走に入ってすぐに、日本軍がハワイの真珠湾に先制攻撃をかけ、日本中が戦勝気分に沸き立っていたころ、タネは、腹に弾が貫通して入院しているHという軍曹の患者に、外科病棟の廊下で呼び止められ、いきなり尋ねられた。

「看護婦さん、あんた、本田上等兵ばどう思っておるとね」

背の高い、中年間近と思われる軍曹は、タネを見下ろすようにして言った。Hは本田と同室の患者だが、彼女の受け持ちではなく、まして診療の事柄ではない質問に答える必要はないので、返事はすまいと思ったが、軍律上、軍属の看護婦が上級者を黙殺するわけにはいかない。

「何ですの」

けげんな顔をして、逆に質した。軍曹は、彼女の形の整った唇をじっと見つめて、それから声を落として言った。

「本田君に養子縁組が進行中なのよ。相手さんは農家で、よかこととは思うが、彼は親同士が決めた縁組は嫌だと言い張っとる。農業したことないし手も使えんので、つとまらないと言っとるんだ。もし、養子に行くようなら死んでしまうとまで深刻に思いつめておる」

養子の件は、本田から聞いている。黙っていると、軍曹はいきなりタネのことにふれた。

「実はだな、彼は君を好いとるんじゃ。自分では言えんと悩んでおる。ばってん、軍隊で一緒だったわしに結婚の申し込みを頼みおるとよ。君、彼と結婚しなさい」

「えっ！」

彼女は絶句して、棒のように立ちすくんだ。

あまりに唐突だ。階級を重んじる軍隊病院に勤務しているからといって、結婚を指図されるいわれはない。タネは眉を上げて、軍曹をにらんだ。本田は患者以上の対象ではない。目が細く、どちらかといえば男らしくない本田には、異性としての感情は抱いてはいない。看護婦たちの間でも噂にもなっていない影の薄い存在である。

「急な話だけんね、今ここで答えをもらわなくてもよか。だが、本田君はわしがよう知っとる。わかっておろうが、よか男よ。承知してくれんね」

理不尽だ、と反発したかったが、Hの角張った顔の中の鋭い目の色に圧倒されて、言葉をのみ込んだ。ウジ虫の蠢動を頭に浮かべた。聞かなかったことにしようと、無言で軽く頭を下げて背を向けた。

そんなことがあってからというもの、本田の病室に行くのは気が重かった。本田が沈鬱な顔つきをしていたのは、傷痍軍人に認定されたのと養子に行くのが避けられないためとばかり思っていた。しかし、本当は養子縁組を壊す口実に自分との結婚を考えたとの邪推が頭をもたげて嫌悪感に襲われた。軍曹から何度も返答を迫られるので、本田に看護婦としてどう対応したらいいか戸惑い、母のユキにも相談せずに思案した。

そろそろ身を固めるのを考えなければならない年であり、結婚話はうれしくはあるが、映画「月よりの使者」の看護婦と患者の相思恋愛ならともかく、相手は心を満たしている男性ではなく、それに今は、誰とも結婚する気などない。せっかく苦労して資格を得た看護婦の職は当分続ける覚悟をしており、連れ合いを亡くした母をそのままにして結婚はできないと決めている。

本田の家は雑貨店で、両親のほか彼の弟妹は出征している弟を入れて四人いると聞いており、母、妹とひっそりと暮らしている看護婦が商店の大家族を賄うのができないのもはっきりしている。本田の縁組が破談となれば本田家の親は黙ってはいまいし、そんな中で自分と結婚したとしても絶対にうまくいかないだろう。そんなことより、親が決めるのならともかく、他人から結婚を命じられるのは不愉快であり、夫を選ぶ権利を奪われるのは腹立たしく感じた。

その後しばらくしてから、結婚の意思はなく、まして自分は一歳年上なので遠慮したい旨を手紙に書いて、「申し訳なかですが、これを本田さんにお渡しください」と軍曹に頼んだ。向こうが無理難題を押しつけてきたのだから、拒絶してもかまわないだろうと思った。

数日後、軍曹から廊下にまた呼び出しを受けた。彼は、タネの顔を見たとたん、枯れ木のような高い痩身《そうしん》を小刻みに奮わせ、威嚇するように大声を張り上げた。

「本田君から君の手紙のことは聞いた。君は、軍人が天皇の赤子《せきし》であるのを知っておるのか。本田上等兵は、生きるか死ぬか思い定めているほど神経がまいっておるのだ。赤子を見殺しにすると！」

Hは、天皇を口にしたとき、すくっと背筋を伸ばし、威儀を正して、鋭い目をぶつけてきた。こちらの気持ちを考えず、天皇を引き合いに出すとはあんまりであり、これは恫喝《どうかつ》ではないかと言おうとしたが、彼女は「赤子」のことばに縮み上がり、逃げるようにその場を立ち去った。

暗い心を引きずって日を送っているうちに、定期の配置換えで別棟となっている結核病棟に勤務が変更となった。結核病棟の勤務はきついが、本田と顔を合わさないでいられるのは気が楽だった。ところが、軍曹と本田は、結核病棟にまで押しかけてきた。病棟内は立入禁止となっているので、吹きさらしの板張り廊下に立ち、タネが勤務を終えるのを待っているときもあった。

看護婦はやめたくないし、本田とは結婚したくない。ほかの民間病院に移ってもよかったが、兵隊を看護し、国のために少しでも役に立ちたい。軍人の看護を続けていくとすれば従軍看護婦しかないと、密かに従軍派遣要員に応募した。従軍看護婦は不足しており、常時、戦地派遣看護婦は募集されていたのだ。どんな戦地に行かされるかは不明で、外地に行くとなれば母と離れ離れになるが、送金はできるだろうから、沈鬱な状態で勤務するよりはましだと転属願いの書類を書いた。

このことは、すぐにユキに感づかれてしまった。実家のすぐ近くに住んでいてユキとは昵懇な人事担当責任者の少尉が、タネが従軍看護婦に応募してきたことをユキに知らせたのだと察しはついた。

「母さんに内緒で、どげんして戦場勤めをする気になったと。外地では兵隊さんもたくさん死んでおるとよ。お前、死ぬつもりかね。そげんところへ行かせるわけにはいかん、よかね」

ユキは何回も念を押した。こうなってはいきさつを話すしかなく、今まで黙っていた事情を母に語って、病院から逃げたいのだと打ち明けた。

「馬鹿言うでなかよ。結構な話じゃなかとね。お前ずっと独りでいるつもりなの。男衆はみな戦いにとられ、結婚がむずかしゅうなっておるときに、ありがたいではなかか。戦争はいつ終わるか知れんし、お前、二五になったんだろ、よか話と思わんか。早よう結婚してくれたら母さん安心できるよ」

ユキは、長い時間をかけてタネを説得した。ユキの言うのがもっともなのは理解するが、心はすでに外地に飛んでいる。「結婚話はどうしてものめん」と、タネは外地行きを主張した。

しかし、人事課は従軍希望を許可せず、書類は突き返されてきた。母が少尉に頼んだのは間違いない。危険な戦場での看護はよほどの決意がなければできるものではなく、母を残して外地に赴くのは後ろ髪を引かれる思いでもある。これでよかったのだと諦めはついたものの、やはり強要されて妻となるのはどうしても嫌だった。タネは窮地に立たされた。

本田がどのように両親を納得させたのかはわからない。彼が本心から自分を好いているのかどうかはつかみかね、むしろ本田が軍曹と打ち合わせ、政略的に強引に結婚を迫ったのだとの猜疑心はなおさら高まっていた。だが、ユキの勧めがあってから仲人が急遽決められ、本田、西原家の婚約は整ってしまった。タネは、気の進まない気持ちを引きずったまま、不本意ながら翌一七年一一月三〇日に陸軍病院を退職した。

退職して結婚するまでの間も胸にのしかかる重石《おもし》は依然とれず、本田家に初めてあいさつに行った日に早くも不安は現実となってたじろいでしまったが、もう後へは戻れない。これも戦争のせいなのだと、観念するほかなかった。

第二章 福岡俘虜収容所

タネの最大の不安は、本田が店を継ぐことになったので、これまで会社や病院勤務以外したことがない自分が商いの手伝いをできるかどうかであった。妻となれば商品の仕入れをして売らなければならず、雑貨卸会社に勤めていた経験があるといっても帳簿づけだけで実際の販売などしたことがなく、本田を支えて家計を切り盛りするのに自信がなかった。

しかし、病院を退職し、結婚の日取りが決まって、彼の両親に会うために本田家を訪れた一七年の冬、その心配は不要となった。家の中に足を踏み入れたとたん、「あっ」と、タネは思わず声をもらした。

商店というから大きな構えを想像していたのだが、店は土間を改造したのが素人目にもわかり、薄板の棚に並べられている商品は、縫い針、縫い糸、封筒と便箋くらい。それらはどれもうっすらと埃をかぶって、売物になるとは思えなかった。

「戦争中なんでなあ。品物ば手に入れられないばってん、品数はほとんどなかよ。でも、酒だけは用意してある。月々配給される酒をとっておいてあるのよ」

足元から冷気が上がってくる土の床に立ちつくしているタネに、本田は弁解がましく説明した。

たしかに物資は欠乏している。戦争が始まってからまもなく一年が経ったこのころは、耐乏が美徳のようにいわれ、贅沢は国賊視されている。砂糖黍《きび》収穫地の南方諸国を統治したので、この八月は特例として、砂糖が地方都市で一カ月一人〇・五斤（〇・三キログラム）増配となり、酒は一カ月五合だったのが一〇月に限り一升配給されるという明るい話題もあったが、これは臨時の措置で、一一月には大政翼賛会と新聞社が「大東亜戦争一周年・国民決意の標語」を募集、入選した標語「欲しがりません勝つまでは」が広く喧伝され、国民生活を精神的にも呪縛していた。

それに、ここらの周辺は農家であり、ほとんど自給自足しているので、雑貨はたまに買うくらいだろう。客の少ないこの程度の店ならば手伝いはできるかもしれないと安堵したが、座敷に上がったときに、彼女はあらたな竦《すく》みに襲われた。

平屋建ての家は八畳二間で、ここに本田の父勝次、母スキと彼の弟、妹二名が住んでいるのだという。本田は出征したり入院したりして家を離れていたので、本田とタネが加わるとなると、七人がひしめき合って暮らさないといけない。新婚所帯を持つ甘い夢はいっぺんに砕け散り、両親を紹介されてもあいさつの言葉を忘れて、凝然として部屋を見回した。古びた茶簞笥《ちゃだんす》と卓袱台《ちゃぶだい》があるだけの殺風景な居間兼用の座敷の隣に、彼女の実家から運んできた簞笥と鏡台が置かれていたが、それらはこの家にはふさわしくないように感じた。

勝次とスキが息子の嫁を家に入れるのに反対していた理由がわかった気がした。本田の両親が長男を養子に出そうとしたのは家が手狭になるためだったのだ。本田が養子に行けば余裕が生まれるが、逆に嫁が来るとなると窮屈さはひどくなるうえ、食べるにも事欠くとの思惑があったのだろう。

「やはり彼と結婚すべきではなかった」と悔やんだ。

本田の家に入ったタネは、炊事と掃除をするときを除けばたまに店番をし、居間にぽつんと座って客を待つだけの日を送った。まれに客がきても注文に応じられる品はなく、「すみません」と頭の下げっ放しとなり、三度々々の食事の支度と洗濯は釣瓶《つるべ》井戸で水を汲むので、かなり体力を要した。店の上がり口にある八畳間は居間兼用となっていて、奥の八畳の一角が本田夫婦の居室空間にあてがわれたが、夜はあまり寝つけず、一日中頭が重かった。

「始、そろそろ仕入ればせんといかんばい。古い商品はたまには整理せんと」

スキは息子にしょっちゅう注意するが、町で商品を買いたくても品物がなく、あっても高価で購入できず、仕入れなどはとうてい不可能だ。その日暮らし状態で、彼女はやりくりに追われた。

義母のスキは、長男が縁談を壊してタネをつれてきたのが承服できないでいるらしく、息子に向ける不満がそのまま嫁にはね返ってきて何かにつけて小言を並べ、義弟、義妹たちの態度もよそよそしい。スキは、タネが嫁いできた直後から歓迎せずの意思表示をみせた。

「始さんがお嫁をもらってよかですね。あら、こちらがお嫁さん、まあ、しっかりしていらっしゃるようですね。これで本田さんの家は安心ですたい」

家の前を通りかかった主婦が祝いを述べたとき、スキは、即座に答えた。

「はい。押しかけ女房ですけんね」

スキの言葉は、棘となってタネの耳を突いた。

タネは、そのうちお義母さんは心を開いてくれるだろうと辛抱した。しかし、その甲斐はなく、スキの舌鋒はますます辛辣となっていった。

息のつまりそうな新婚生活に変化があったのは、それから約半年後の一八年五月一八日だった。傷痍軍人として兵役を免除されていた本田に、ふたたび応召令状がきたのだ。補充兵として西部軍第一八連隊に入営せよというのである。傷痍軍人手帳が交付されている傷病兵まで戦に引っ張り出すとは、戦況の悪化が察せらせたが、本田は勇んだ。久しぶりに細い目に喜びをたたえて、手続きを済ませに鹿児島にある第一八連隊に出かけた。

彼は、男がみんな戦っている非常時に家で売れない商売をしていることは世間体が悪いと気にしていた。本田家の人びとも同じ思いだったので、肉親全員が祝福した。軍人に復帰すれば俸給が支給されて家計は楽になるうえ、家の中の頭数は減る。タネにしてみれば居候のような気詰まりさをますます味あわなくてはならなくなるが、これが軍国婦女のつとめだと、歓迎せざるをえなかった。

ところが、二日後の二〇日、本田は冴えない面持ちで家に戻ってきた。検査で失格になったと言うのだ。

「やっぱりだめと。この腕では戦いはできんとよ」

彼は、家を出たときとは打って変わって、普段の暗い表情となって説明した。「右手の筋肉が衰え、伸縮が不能で硬直していては、とても軍務につけるわけにはいかないと言われた」と、彼が肩を落として語ったとき、これまでに増した気重い生活を覚悟していたタネは、内心喜んだ。

新聞には、「ソロモン群島で戦艦二、巡洋艦三隻を撃沈」、「ニューギニアで三艦撃破、一九機撃墜」などといった勇ましい見出しが踊っている一方で、陸軍記念日の三月一〇日を機に、「撃《う》ちてし止まむ」の決戦標語がつくられ、銃後の女性の竹ヤリ訓練が盛んとなっていた。紙面は、「名誉の戦死、二階級特進の栄誉」といった特別攻撃隊の戦死者の顔写真が連日のように華やかに並べ立てられるが、日本中が頼りにしていた山本五十六大将（死後元帥に昇進）の戦死やアッツ島の玉砕がやがて報じられ、国民は、戦況がかなり苦しくなっている様子をかすかに感じとり始めている。

戦力物資は緊急調達で確保しており、「コメの配給は心配ない」と政府は宣伝していながら、「おやつ時代はもうすぎた。イモ飯で勝ち抜け」とサツマイモの増産運動を奨励しており、実際は、地方に住んでいても、そのサツマイモさえ手に入れるのは困難となってきている。戦に狩り出されたら夫の命の保証はない。これでよかったのだとタネは思ったが、売れない在庫品をかかえる勝次、スキは、より焦りを大きくさせているようだった。

本田は、せっかくの応召の機会が失われたのを不名誉と受け取り、よけい劣等感をつのらせていた。父の目を盗んで寝しなに売り物の酒をあおり、タネに当たったりした。勝次、スキは商品の飲酒をとがめ、息子が売り物に手をつけるのは、嫁がしっかりしていないからだ、とタネをなじった。

入隊を拒否されてから数週間後、午前中からどこかに外出していた本田は、夕方勢いよく帰ってきて、店の敷居をまたぐなり、「もう一度お国のために働けるぞ！」と、息をはずませて家の中へどなった。見たこともないほど顔を輝かせ、彼は一気にしゃべった。

「タネ、よか知らせたい。またご奉公できる。一八連隊の熊本部隊にもう一度出かけて相談してきたんだ。西部軍が雇ってくれるとよ。軍のお役に立つことができるのだ。ばってん、商いのほう頼むよ」

本田の話では、現役兵としての採用は難しいが、軍属としてなら西部軍に配置してもよいと言われたというのだ。彼は、父や母を集めて得意げだった。

「お仕事は何ばするの」

「福岡俘虜《ふりょ》収容所の監視員たい」

「俘虜？敵の捕虜かね。捕虜を監視するのは怖いこつなかとね」

タネは、捕虜収容所の存在は知ってはいたが、敵国人を隔離している刑務所のような場所という認識しかなく、傷痍軍人でつとまるのだろうかというのがまず気になった。

「馬鹿言うでなか。怖いこつなどありゃせんばい。監視員はみな傷痍軍人よ」

「福岡収容所はどげんとこにあるの」

「福岡市に本所（本部）があり、九州にはいっぱい分所（支所）があると言っとったが、オレが行くとこは第一分所というところでな、第一分所は熊本にあるのよ。うちから近くだからまこと都合がいい。西部軍がお前の実家近くの健軍地区に飛行場ばつくる。それでな、建設のために捕虜を働かせないといかん、その監視をするとね。これもお国のための仕事ぞ」

本田は、部隊から詳しい説明を受けてきたらしく、目に光をたぎらせて饒舌《じょうぜつ》となり、勤務時間や仕事内容を書いた紙を見せた。熊本勤務なら自宅から通うことになるので、夫のいない家庭で舅《しゅうと》、姑《しゅうとめ》、小姑《こじゅうと》に囲まれた暮らしに気が滅入ることもなく、月々決まった給与がもらえるというので、タネは素直に喜び、勝次とスキも「よかばい、よかばい」と繰り返した。

本田が捕虜収容所に就職できたことを、タネはさっそく実家の母に知らせに行った。体が丈夫でなく、喘息《ぜんそく》を患っているユキの様子をうかがいに、タネはたまに実家に出かけることがあった。実家の西原家は阿蘇山寄りにあり、熊本市街を突き抜けて相当の距離を歩いて行くことになる。市内の会社に通っていた当時は戦争になる前だったので、まだのんびりとしていたが、今は、通行人は誰もが国民服とモンペ姿で、町の彩りはかき消え、灰色がかったくすんだ町並みとなっている。それでもまだ空襲がないだけましだろうと思った。

「よかったね。これで本田の家も安泰だね」

ユキは、そう言った。彼女は、本田商店が窮迫して娘が苦労しているのを知っており、相手の生活環境をろくに調べず結婚を勧めたことに責任を感じているらしく、今まで何度も「本田の家はどうかね」と尋ねていた。タネは母の胸中をかえって気に病み、実家にきたときは、つとめて本田の家庭状況にはふれないようにしていた。

「店では売れるものがなく、買ってくれる人もいないので大変なのよ。姑さんに仕事ができたので、家の人もみな嬉しがっているよ」

初めて台所事情を語ったが、自分が本田の家で身を縮めているとはやはり口に出せない。実家に行ったときはいいことずくめの話しかしないようにしていた。

本田が収容所に出かけ始めると、タネに対する義母たちの風当たりは、一段と強さを増してきた。タネが話しかけると、言葉の端々に針を含んだような反応がはね返ってくるので、夫がいないときはほとんど口を開かずに、猫の子のようにぽつねんとしていなければならなくなった。

自分がいたらぬ嫁であることは自覚はしている。これまで患者の看護のことしか考えてこず、家事は不得手で、商いの客の応対もよくわからない。文句を言われても仕方ないとは思うものの、商売が不振なのは店番をするタネのせいだとでも言いたげな態度を見せられるのには、堪えるにも限度があった。

「今までにこんなに売れなかったことがあったかね」

スキは、勝次に毎日のように問いかけた。

「戦争が続いているばってん、うちだけではないやろう」

「そうではなかと。熊本は空襲もなく、普段どおりの生活ばしておるではなかね。売り方が悪いとよ。もっと気合いを入れてもらわんと」

気合いを入れよとは、店をあずかっている嫁が商売に熱心でないとの当てつけと聞こえる。

「タネ、西原の家に行くのはいいけど、店をしっかり守らないとだめだよ」

と叱責されるときもあった。

夫が家にいれば愚痴をこぼせるが、勤務で不在がちとなるとそれもかなわず、我慢していなければならないために、長時間義母たちと過ごすには、苦痛と忍耐を胸の奥にじっと沈めるしかない。しかし、本田が勤務から戻ってくると、家庭内の空気はがらりと変わり、たちまちなごやかになる。

夕食時、義父たちは彼をとりまいて、捕虜収容所の出来事を聞きたがった。

夕立があがり、蝉の声がひときわすがすがしかった七月の晩、本田は初めて捕虜収容所内の様子を家族に語った。それまでは、まだ見習いだったので内部の事情はわからなかったのと、捕虜たちをどのように扱うかは口止めされていたためもあったらしいが、数日前からひとり立ちできるようになり、勤務に自信がもてたようで彼は機嫌がよかった。

「始、敵人は危険ではなかとね」

スキは、いつものように息子にたずねた。

「母さん、何度言うたらわかる。相手は捕虜たい。奴らが働くように目ば光らせるだけじゃ。ちいとも危険なことはなか」

「腕に差しさわりはなかと」

「ぜんぜんなか。監視員には足に負傷した人や片方の目を損傷した人もおる。捕虜らがサボらないように見張るだけじゃけん、足が悪かろうが腕が利かなかろうがよかと」

「アメリカ兵たちはどうして捕虜になったの」

義妹たちも捕虜には興味があるらしく、兄に話の催促をした。

「飛行機が撃ち落とされ、パラシュートで降りたところばつかまったり、外国でとらえられて送られたりしてきたのよ。病人はおるが、病人は働かせん。元気なもんは働かせるが、奴らずるいから、すぐに手ば抜きよる」

「そんなとき、どげんするとね」

「言葉が通じんから、やれっ、といってもわからん。体に言い聞かすたい」

「体に？」

「ああ、殴ったり蹴ったりする。顔が腫れ上がるまで殴られた奴もおるよ」

本田は、声をひそめて話したが、得意そうだった。表情には、敵国人を使役している優越感がうかがえ、厳しく監視するのが国に尽くしていることになるという使命感をにじませているようだった。

「かわいそうに」

「かわいそうなこつあるものか。彼らは日本人をさんざん殺してきたけんね。当然の報いなのよ」

「あんたも殴ったりすると」

タネは、がっしりした体躯の夫を見つめて、眉をしかめて尋ねた。威勢のいいことをしゃべっているが、夫はそんな野蛮な制裁ができる人ではないと思っている。家を継いだというのにまだ勝次やスキに抗うことができないほど気の小さい人なのだ、家族の前で虚勢を張っているのだと判断している。

「おお、やるさ。だが、右手がほれ、このとおりだけんね、左手や足を使うことばあるが、痛くもかゆくもなかろうよ。迫力なかよ」

苦笑いして、本田は開襟シャツから出ている右手をすこしたくし上げた。やや湾曲し、左手にくらべてほっそりしている右手は、医師の診断したとおり、いまだに硬直しているようで、右腕はほとんど使わなくなった。本田が手を持ち上げたとき、スキは目をそらしたが、タネは鈍重なその動作にかえってほっとした。

敵とはいえ、遠い国から戦にやってきて、捕虜となったうえに痛めつけられるのはあまりに気の毒で、夫には暴虐を加えてほしくないと願った。同時に、捕虜を殴って働かせることに、戦争の遺恨の根深さを感じた。いまなお日本の戦闘意欲は旺盛だ。が、他方で毎日のように戦死者が報道されるので、町には戦争は苦境となっているのではとの噂が流れている。カラ元気を出さなければならない焦燥が、八つ当たりにも似た捕虜への過酷な仕打ちを醸成するのだろう。もし日本が戦争に負けて捕虜が解放されたら、今度は夫たちが制裁を受けるのではないか、との不吉なひらめきが一瞬頭をよぎった。しかし、いや、日本が負けることは絶対にありえない、そういう考えを持つのはいけないことなのだと即座に否定した。


本田が勤務を始めた福岡俘虜収容所第一分所は、一七年（一九四二）一一月に熊本市健軍町に熊本俘虜収容所として開設され、本田が入所する少し前の一八年三月、福岡俘虜収容所第一分所と改称された。第一分所の大きな任務は、捕虜を管理するとともに、彼らを飛行場建設作業に従事させることだった。捕虜を適正な労働に使うことは国際条約でもみとめられていたのだ。

まだ空襲がなかったので、整地が主の建設ははかどり、本田が勤務し出してから半年で作業は完了し、第一分所は一八年一一月二〇日に福岡市へ移転することが決まった。こんどは、福岡県内の飛行場整備を受け持つことになったのだ。監視員の本田の福岡異動も発令された。

この配転を誰よりも喜んだのはタネだった。

熊本から離れられ、福岡で夫とようやく二人だけの生活ができる。本田の家から出られると考えるだけで、心はわきたった。タネ夫婦がいなければ家は多少楽になり、だいいち夫と遠慮気兼ねなく暮らせると思うと、タネは胸の霞が取り除かれたように晴れ晴れとした気分となった。

第一分所が熊本市から移転したのは一九年四月、福岡市の陸軍席田《むしろだ》飛行場（のちの板付飛行場、現福岡空港）建設だった。本田夫婦が建設地区近くに移り住んだのも同年春だった。

飛行場建設予定地は、熊本陸軍病院健軍分院と同じような広々とした畑地が続く殺風景なところで、家は点在しているが畑にはほとんど人影はなく、風の唸りが舞っていた。家々は、飛行場ができると移転するらしかった。

新居といっても官舎ではなく、ひと間だけの間借りの棟割長屋で、家賃を払わなければならなかったが、人里離れた場所であろうと、ささやかな住まいであろうと、家賃を払おうと、とにかく初めての水入らずの生活である。タネは、解放感に浸ることができた。本田が勤務に出かけたあとは、空の一升びんに玄米を詰め込んで棒で突ついて精米したり、コーリャン（中国産モロコシ）を干したりして家事に精を出し、夕食時の会話が新鮮だったのは、何にも増して嬉しかった。

タネは収容所の仕事についてはあまり聞こうとはしなかった。本田も語らなかったが、引っ越し荷物が片づいたころ、自ら収容所内部の話をしてくれた。

「朝は八時半に収容所ば出て、建設場に着くと、捕虜を整列させて点呼する。それから働かせるのよ。いまは地ならし、排水溝づくりばやらせておる」

「何時ごろまで仕事するの」

「そうさなあ、九時すぎから開始し、正午から午後一時までの昼食時間以外は五時まで使役し、終わるとまた点呼して五時半すぎに収容所に戻る。それから夕食を食わせて夜勤と交代するとよ」

「あなたも整備作業ばするの」

「監視員はみな体に障害ば持っておるけん、竹棒など持って捕虜を見張るだけよ。だが、立ったまま監視だけするのはかえってこたえる」

タネは、言葉が通じない相手を寒空の下で見守っている夫の孤独な姿を思い浮かべた。竹棒を手にして捕虜たちに目をこらす漠とした沈黙の現場を想像し、気苦労がしのばれた。

「いつごろまでここにおれるのかしら」

これだけは聞いておきたかった。できるだけ長く福岡にとどまっていたい。夫婦の暮らしを大事にするというよりも、本田家の生活に復帰するのが恐ろしく、できればずっとこのまま福岡で一緒にいたかった。

「それはわからんが、一年はおると思うよ。オレは、熊本の健軍飛行場には半年しかいなかったが、あそこも作業が終わるまでは一年かかったけんね。ここはやっと建設がはじまったばかりだけん」

朝は早いうちから家を出、夜勤もあるので監視員の拘束時間は長く、タネは一人で家にいることが多くなったが、それがかえってくつろげた。たった一年とは短いが、ひょっとするとまた別の建設地に移動するかもしれない。近くに畑を借りて、当分は野菜をつくろうと夫婦は相談し合った。

捕虜収容所は、太平洋戦争が始まった直後の昭和一六年一二月二七日、政府の勅令でつくられた俘虜情報局が取り扱うことに決められた。この局は陸軍大臣直轄の機関で、陸軍省の外局と位置づけられ、同局の指令によって全国に俘虜収容所が設置され出した。

一七年七月、東条内閣は外地にいる五千人を超える捕虜たちを日本に移送させることにし、「人道に反せざる限り、一日といえども無為徒食《むいとしょく》せしむることなく、その労力、特技をわが生産拡充に活用するなど総力をあげて大東亜戦争遂行に資せんことに努むべし」との通達を発した。この意向を受けて、同年一〇月二一日、陸軍省令第五八号で俘虜派遣規則が公布され、外地の捕虜を日本で収容し、管理、処遇、使役についてはすべて陸軍が担当することになる。

外地で確保された捕虜が、最初に日本で収容されたのは九州の八幡収容所であった。このとき、福岡県警察部長は、「南方占領地に収容なりし敵国俘虜五千百三十二名は、内地輸送のため、徴用船四隻に分乗せしめ一一月二五、六日門司港に入港せるが、(略)すでに四十九名の死亡者を見るやの傾向有り」と各警察署に訓電している。南方でとらえられた虜囚たちは、コレラ、マラリアなどにかかって痩せ衰え、健康者はほとんどいない状態のうえ、彼らは赤十字のマークがついていない輸送船で荷物のように運搬された。赤十字印がついていないため、捕虜移送を知らないアメリカの潜水艦などによって輸送船が撃沈され、犠牲となった捕虜は多数にのぼったといわれる。

内閣の指令には、「人道に反せざる限り」との但し書きはあったが、しかし、この文言は各収容所には徹底されていなかった。「一日も無為徒食させずに働かせる」こと、「捕虜の使役は国力増進につながる」点が過大に強調され、逃走をくわだてたり、サボったり、戒律を乱したりする捕虜には厳しい体罰が加えられるのは当然との考え方が収容所には浸透していた。日本では、成人男子はほとんど徴兵されて労働力が極度に不足しており、それを補うには大柄な外国人捕虜はうってつけであった。各収容所は、労働成績をあげようと、この指令を厳守した。

捕虜収容所は、全国に七カ所あった。

函館俘虜収容所（北海道空知郡美唄町にある本所のほか全道四カ所に分所を配置）、仙台俘虜収容所（仙台市土橋通の本所のほか東北一円に一一カ所に分所）、東京俘虜収容所（東京都品川区東品川にある本所のほか関東甲信越に計一七の分所）、名古屋俘虜収容所（名古屋市栄区南外堀町の本所のほか中部、北陸に計一一分所）、大阪俘虜収容所（大阪府三島郡新田村＝現吹田市千里山の本所のほか関西一円に計一八分所）、広島俘虜収容所（芦品郡戸出村の本所のほか中国、四国に計九分所）、それに福岡俘虜収容所（福岡県筑紫郡太宰府町の本所のほか二七分所）である。終戦までに主としてアジア各国で投降した捕虜は延べ三十五万人にのぼったが、輸送船の撃沈、病気やケガがもとでの死亡などで、これらの収容所に収容されたのは三万二〇〇〇人前後、外地の収容所の残留捕虜は約八万人と推測されている。

西部軍司令部に属していた福岡俘虜収容所本所が設置されたのは昭和一八年一月一日、その後、本所は空襲によって築港、箱崎、太宰府町と福岡市内をあちこち転々としながら、九州各県に配置されている第一から第二七までの分所を統轄していた。二七の分所のうち八つの分所には捕虜がいなかったので、実質的な収容所は一九カ所だが、終戦時には一万四百十一人の捕虜を管理していて、収容所の分所数、収容人員とも全国有数であり、中でもいちばん収容者が多いところは炭鉱地帯をかかえる第一七分所の千七百名余で、本田が配属された第一分所は約三百八十名を扱っていた。

九州地区にやってきた連合国側の捕虜たちは一八年一〇月、西部軍から川南造船会社、日鉄八幡製鉄所、古河鉱業、三井鉱山三池鉱業所といった大手事業所に配分された。職員らを兵役に引っ張り出されて人手不足となっている事業所、とりわけ国力の血液といえる基幹産業の製鉄所、炭鉱、造船所をかかえる九州地区では、一人でも多くの捕虜を労働要員としてほしがり、その要望に応えて、九州に大量の捕虜がまわされたのだ。

捕虜の割りふりは西部軍にまかされ、捕虜を受け取った事業所は、収容所基準にのっとって宿舎を建築し、労働スケジュールを組み、彼らの給金は事業所側が支払ったが、実際に使役し、監督するのは福岡俘虜収容所本所が各地に配置した分所だった。たとえば、川南造船は第二分所、八幡製鉄は第三分所、古河鉱業は第五分所、三井三池炭鉱は第一七分所が管理し、本田始が所属した第一分所は事業所を監督せず、飛行場整備に当たっていた。

日本に上陸した外国人捕虜を初めて見た九州の人びとは、骨だらけであまりにも貧弱な姿に驚きながらも憎しみをかき立て、不穏な情勢となることがしばしばあった。そこで福岡俘虜収容所本所は、八幡製鉄はじめ炭鉱関係者らを集めて、しばしば軍民懇話会を開いて捕虜の警備問題を打ち合わせ、脱走者があった場合の連絡方法、手配の手順、捜索の分担などが細かく話し合われていた。

捕虜の勤務内容は、軍によって次のように定められた。

一、当該地域内の必要労務に移動的に従事せしむる。
二、労役は隊組織を編成して行う。
三、労働時間は原則として一時間の食事、休憩時間を含めて一日八時間を限度とする。

四、使用主（事業所）より賃金として一日一人一円を支出せしめ、うち六〇銭を収容所に納付し、四〇銭は地方長官監督下に備蓄せしめ、必要なる福利厚生施設に充当又は国防献金を為さしむる。

五、捕虜将校の労務は免除する。

分所長は各地区の軍司令部の連隊から派遣された将校、それも英語が話せる人が多かった。分所職員は規模によって異なるが、下士官一名、軍属（傷痍軍人）三名、通訳一名、事務員二名（うち衛生兵一名）、食事担当一名が通常の人数であり、このほかに一カ月交代で、軍の連隊から一二、三名前後の衛兵が派遣されていた。

このように、捕虜の取り扱い態勢はとられていたものの、分所の課題は山積していた。もともと捕虜の体力は弱っているうえに、食糧事情が悪化するにしたがって死亡する捕虜が増え、大きな問題となっていたのだ。

例を挙げれば、福岡俘虜収容所第三分所の捕虜は、一年五カ月（一八年五月〜一九年一〇月）の間に八十六名が死亡している。一カ月平均にすると五人、かなりの高さの死亡率である。各分所は、産業を増産させるためには捕虜たちの健康に気を使わなければならず、他方で余分な食糧がない状態なので、満足な給食はできないというジレンマに陥っていた。

宿泊施設をつくるにしても、外国人の生活形態はまったく違うので、部屋、便所、浴場、寝具などをすべて新しく洋式にしなければならない。しかし建材は足りず、建設に従事する作業員たちが出兵していて満足なものはつくれないという悩みがある。炭鉱地帯では、炭住を改造して収容所とし、そのまわりに有刺鉄線を張って捕虜たちを押し込めた。捕虜一名につき畳二枚という軍の収容所基準は守られず、大方の収容所は六畳間に六人ほどが雑居し、ベッドではなくふとんを使用、主食はパンのほか麦を中心とした米食があてがわれ、医薬品が不足しているため病人にも満足な手当てはできなかった。

朝の食事といえば、麦飯少量の丼めしとほんの少し野菜の浮く、碗の底が透けて見える塩水のようなみそ汁、昼の弁当は麦飯とタクアン、夜はときに薄ぺらな塩魚がつく程度というのでは、肉食を常食とする外国人は食べたくても丼に手をつけられない。そのために体力はさらに衰弱し、作業中倒れて診療室に搬送される捕虜もいた。

「捕虜とはいえ、ろくに食えないのでは倒れるのはあたり前だ。といって、日本人自身食べるものには困っている。豆腐やみそ汁は腐ったものだから嫌だと拒否したり、ごぼうは牛のしっぽと言ったりして食わんというのではやりようがない」と、本田も嘆いた。

生活様式が合わないのが原因で脱走事件は各地で発生し、収容所をめぐる騒動は絶えず、どの収容所も捕虜処遇に手を焼いた。それだけに、彼らに対する監視員の態度は、戦況が悪化してくるにつれてさらに厳格となっていった。

第三章　始まった戦犯追及

本田は、飛行場建設現場近くの収容所分所に律儀に通った。

宿舎五棟と診療室、六畳ばかりの営倉、テーブルと長イスが置かれている食堂、調理場、貯蔵庫がある収容所は、どの建物も強い風が吹けば飛ばされそうな粗末なバラックだった。その周りには鉄条網が幾重にも張りめぐらされ、木戸のような門が一つあり、哨戒兵が立番している。

朝は到着後、監視員室で制服に着替え、白地に黒く「フ」と染め抜かれた腕章をつけ、警棒を腰に垂らして、勤務表に記載されている収容棟の衛兵当直者と引き継ぎする。捕虜収容所では、日本の管理者側は全員が「俘虜」の頭文字をあらわす「フ」の腕章を着用するのが規則だった。

引き継ぎを終えると、さっそく監房を見まわり、捕虜当番者に食事の準備をさせ、作業場へ出発する八時半までにすべての用意を終えさせて体調変化の点検をする。

一棟の収容者は八十人ほどで、労働作業者は、病人などを除くと合計で三百二十〜三百三十人くらいになる。作業中は、連隊から派遣されている衛兵が加わって、作業区ごとに監視にあたるので、ひとりで担当する捕虜は数十人、きちんと仕事をしているか、作業中会話したり、タバコを吸ったりするのを禁じている収容所の規則は守られているかどうかを見張るのである。

いくら働かせようとしても言葉が通じないので、監視員たちはひとつ覚えの英語「スピード」を連呼するだけとなり、捕虜側はやみくもに仕事をさせられる印象を抱いた。彼らは日本語がわからないので、「こんどはあっちをやれ」と指図されてもにやにや笑っているだけだ。するとガツンと殴られるので、日本人の扱い方はひどく野蛮に映った。全国の捕虜収容所は、言葉の壁にもずいぶん悩まされていた。

労働にはノルマが課せられ、炭鉱では一日捕虜一人につき約六トンを採炭させることが上から命じられている。決められた八時間のうちに六トン掘らないと時間が延長され、労働は時間内に終わると思っている捕虜たちとのあいだに悶着《もんちゃく》がおきた。

本田のいた第一分所の飛行場建設では、区画を決めて造成目標が定められ、所長坂本勇七大尉は、「彼らを怖れず、絶対に気をゆるませるな。徹底的に日本精神を味合わせて、計画目標を達成せよ」と、ことあるたびに檄《げき》を飛ばしていたが、すでに半年間捕虜たちに接してきた本田は、厳しく監視するより、規律違反さえなければ働く環境をよくしたほうが彼らの労働意欲をそそる点を経験上感得していた。だから、作業が終わると、捕虜を密かに間借りしている自宅に連れてきて、お茶などを与え、タネをおびえさせたりした。

福岡での飛行場建設がようやく軌道に乗りはじめたころ、現場は思わぬ障害に見舞われるようになる。敵機が福岡にも来襲するようになったのだ。胴体に爆弾を抱え、南洋から飛び立ってきた爆撃機が、九州地方の大都市福岡市に爆弾を落とし始めたため、整備作業はしばしば中断、計画が遅れる原因となって収容所の幹部たちは憂慮の色を濃くした。

福岡に来て半年が過ぎたころには、警報は慣れっこになっていた。タネが熊本で初めて敵機来襲を経験したのは一七年四月一八日だった。血管にまで響くような太いサイレンが熊本市内全域に鳴り渡り、彼女の一家も近くの防空壕に避難した。飛行機は市内に爆弾を落とす気配はみせずに北方に姿を消し、熊本市は被災しなかった。

このときの編成隊は、南方の航空母艦から発進したB25一六機が東京、阪神方面を襲うために熊本市を通過しただけだったのを、タネは翌日の新聞で知った。新聞は、「初空襲一億沸上る闘魂／敵機は燃え、墜《お》ち、退散」、「軍防空部隊の士気旺盛」と、空爆を大きな活字で報じ、これが、日本が被った初めての本土戦災となる。被害程度は不明で、防衛の成果ばかりが報道されていたが、このとき以後、「空爆」、「空襲」、「厳戒」の文字がたびたび新聞に登場し、福岡でも避難が日常となっていった。

一九年六月一六日、アメリカ第二〇航空軍の爆撃機約六〇機が北九州方面に飛んできて大量の爆弾を投下したのが本格的な九州攻撃の始まりとなった。目標は八幡製鉄所だったらしく、八幡はじめ若松、小倉、戸畑の各地域が大きな被害を受けた。

「八幡市内はだいぶやられたようだ」

と、本田は翌日、家に帰ってきてから話した。

「新聞には二時間で火災は鎮火したとあったよ。八幡製鉄は被害なしと出ていたと」

「それはきっとウソばい。収容所に入ってきた情報では、三百以上の家が焼かれ、二百人以上が死んだそうだ」

「これからどうなるの」

「九州のあちこちに敵機が飛んでくるとみんな言っとる」

「敵兵がいる収容所はねらわれないのよね」

「馬鹿言え、空の上から敵味方が判別できるこつはなか。飛行場建設地を妨害しようとしているけん、空襲があるたびに捕虜を誘導して避難させとる。お前も空襲のたびに防空壕に入っておろうが」

「敵の捕虜を守るのはおかしなもんね」

「そうさ。空の奴らと捕虜は同国人だけん、妙なものよ。空襲があれば作業が滞り、捕虜をよけいに働かさないといけんようになるし、こちらの仕事量も増える。爆弾を落とされなくても、仕事が中断されるので収容所にとっては痛手だ。警報が鳴るたびに、こんちくしょうとみんな叫んでおる」

あちこちで爆弾が落とされているのだもの、「敵国の捕虜憎し」の気持ちがよりつのるのは仕様がないだろう、とタネは思った。

本田が話していたとおり、それからは九州各地の被災がひどくなり、一〇月二五日、北九州に飛来したB29は福岡市めがけて爆弾と焼夷弾を投下、市内は焦土と化して本田夫婦も一時避難生活をした。一一月二一日には熊本市にも五〇キロ爆弾が落とされ、大被害を受けたとニュースで知った。すぐに本田家に手紙を出したが、幸い本田の家は戦災をまぬがれたとの返事があったので安心したものの、この空襲で市内の中心部は壊滅状態となったらしい。

戦況は劣勢で、神風特攻隊と呼ばれる体当たり攻撃が活発となり、町にも悲壮感があらわれはじめ、どこへ出かけても「忠烈」、「決死」、「魂不滅」、「一億特攻」などの激したスローガンが目についた。国は眦《まなじり》を決して国土防衛を叫んでいるようだが、人びとの表情には、諦めの色が漂い始めている。「被害最少」、「死傷者はなし」と発表されても、空襲で亡くなる人が近辺で続出しているのを知っている国民は、敏感に敗戦を肌で感じとるようになっていた。にもかかわらず、敗戦を頭の中で考えることさえはばかられるほど国の戦意は高揚し、ひたすら感奮を催さなければならなかった。

分所には、「わが軍はまさに肉体を弾丸として敵機、敵艦に体当たりを敢行しておる。祖国防衛のために、われわれも特攻精神をいかんなく発揮して、任務完遂をしなければならぬ」との指令が本所から来ていたようである。本田の帰宅時間は日増しに遅くなった。タネは夫の労苦を察した。

席田飛行場の整地作業は、監視員の使役の成果で予定より少し遅れただけで終了した。そのため作業地は、一九年一二月二八日から福岡市内の香椎《かしい》飛行場整地に移った。やはり軍用の飛行場で、野原を平らにし、諸施設をつくるのだ。

香椎は、席田からは距離がある。作業地の近くに再び間借りするために、本田夫婦はリヤカーにわずかな荷を乗せて引っ越した。席田と同じような耐乏と避難の生活が続くと予想されるが、これでまたしばらくは熊本に帰らないですむ。タネはリヤカーのうしろを押す手にも力が入った。

香椎一帯はアメリカの標的となっているようで、席田より警戒警報の頻度が高くなっていた。そのため建設の進捗は一層はかばかしくなく、本田の勤務はますます苛酷になってきた。一刻も早く飛行場をつくってこの地から味方機を発進させ、飛来してくる敵機を迎撃しなければならないと軍部が焦っているのは、タネにもよく理解できた。

寒風の吹きさらす中での立ちっ放しの監視業務のためか、本田の体力に衰えがみえはじめ、二〇年二月初旬になると、右腕の痛みを訴えながら顔をしかめて帰宅するようになり、しばしば苦痛を妻にもらした。傷跡が寒さにこたえるのだとタネは判断した。

温湿布をすれば多少は楽になるだろうが、カゼ薬さえ手に入らないくらいで、湿布薬などはどの薬局や医院に行っても求めることはできない。タネは、彼の肩から肘をタオルで温めてもみほぐしたが、右腕の弾力性は戻らず、棒のように突っ張っている。本田は、だらりとした腕を左手でさすり、毎夜、苦しみに堪えているようだった。

「ずいぶん働かされたけん、骨がどうかしたかもしれん。特攻隊員のことを思えば何ともなかが、しょっちゅう痛みがあるのはつらか」

「おそらく筋肉痛ばい。とうぶん休んだらよかよ。しばらく三角巾を吊って手を使わなければ楽になると思うけん」

タネは元看護婦らしく診断して、休暇をとるように勧めたが、本田は、「大切な時期に休むことはできない」と、勤務表どおり分所に出かけて行った。

二月半ばになったとき、とうとう本田は倒れた。あまりの激痛で勤務ができなくなり、昼間、中途で退所してきたのだ。

「タネ、これではとても仕事ば続けられん。オレは監視員を辞める」

彼は、表情をきびしくして妻に退職の意思を告げた。仕事に忠実な夫が退職を口にするのはよくよくのことであり、彼の体にとってはいいことだと内心賛成したが、一方でどきりとした。

「よかよ。しばらく休養すればいいわ」

「休養しても無理ばい。熊本へ帰るしかなかよ」

タネの顔色は、変わった。

せっかく義父母たちから遠ざかり、夫婦で穏やかに暮らしているのに、熊本に帰ればまた気づかいを見せなければならない。それが死ぬよりつらいのは、夫にはわかっているはずだ。

「お願い、熊本に行くとだけはやめて」

懇願した。

このまま彼と福岡にとどまり、看護婦を募集している病院を探し、自分が勤めに出てもいいから帰郷だけはしたくなかった。小さな医療施設にかかる人は激減していて看護婦は必要とされていないのは承知しているが、たとえ就職できなくても、自給自足すれば当分は何とか食べていける。熊本に戻るのはそれからでも遅くはない。

「ばってん、辞めれば帰らんと仕方なかやんね」

「もし帰るんだったら、あんた一人で行って。私はここに残るけん」

「何ば言うとるとね。熊本ば離れて、もう一年二カ月なっとるとよ。母さんらもちいとは考えとろうけん、だいじょうぶて。以前のようなこつはなかて」

一家がタネを拒んでいるのを知っていながら、自分が養子縁組を反古にしてしまった弱みがあって、かばいきれない不甲斐なさを本田は自覚していた。

「そげん……そげんこつきっとなかて！お願い、帰るんやったら離縁して」

「馬鹿！この戦争の最中に、どげんしてお前だけで食っていけるとか！野たれ死にすっぞ」

本田は、妻の強硬な申し出に、声を張り上げてどなった。

「女ひとりくらい何ばしても生きていける。熊本に引き返すんやったら野たれ死にしたほうがよかよ。ね、私が何とか働くけん福岡におって」

「わがまま言うたらいかんばい。大工場のあるここは敵に狙われとる。熊本ならちっとは安心たい。もし母さんたちが前のごとあったら、こんどはオレが黙っとらんけん。家ば継がんで本田の家ば出る。オレ、性根入れ替えるけん、頼む、帰ってくれんね」

本田は、右腕の痛みで顔をゆがめながら頭を下げた。

タネはどうしても首を縦に振らなかったが、彼の右手が気にかかり、一生懸命にかき口説く真剣さに根負けした。このまま夫と別れ、空爆がひどくなる福岡にいて看護婦の職がなければ、確かに飢え死にするかもしれないが、それでもいい。しかし夫の言うように、ここ当分は冷却期間があったので、義母さんは前のようではないだろうとのほのかな期待もないではなく、もし前のままだったら、そのときは家を飛び出せばいい。気の弱い夫が「家を出る」と決意を示しているのだから、とりあえずは彼の言葉を信じてひとまず帰ろう。我を張るより彼の体調を気づかうのが妻のつとめであり、彼の腕のためには熊本に行ったほうがいいのだと、意地を折るのを自分に納得させた。

「わかった。わかったけん、帰る」

タネは、じっと夫を見つめて、涙声で応じた。

こうして本田は二〇年三月一日付で退職届を出し、家財道具を処分し、手荷物だけを持ってタネといっしょに熊本に帰郷した。一年三カ月ぶりのふるさとの街はすっかり様相が変わっていた。

熊本市内は焼け野原となり、ぽつんぽつんと硝煙を浴びたビルが残っている程度で、郊外にある本田の家の周辺にも住宅を失った人びとが多く、今日の命の保証さえ危うい状況となっていた。勝次とスキは、商売のことについては口出ししなくなっていたが、タネに対する態度は、少しも改まっていないばかりか、前にも増して小言がひどくなってきたように感じられた。

終戦を迎えたのは、本田夫婦が熊本に戻ってから五カ月後だった。タネにとって、終戦にも増して大きな喜びだったのは、近くに新設された村立の診療所に勤め始めることができたことだ。もう空襲や死ぬことを心配しないでよいばかりか家計を助けられると思うと、舅、姑たちの仕打ちを気にかけないでいられた。義父さん、義母さんは戦争のために心をいら立たせていたのだろうから、これからは、二人の気持ちはきっとなごやかになると思った。戦争が終わったことで、人びとは飢餓状態になるおびえを抱きながらも、直面していた死と国への隷属から解き放たれて恐怖と精神的苦痛を遠のかせているようで、顔つきまで穏やかになってきている。義父母もきっと落ち着きを取り戻すに違いないと、気長く待つことにした。勤めていると気も晴れた。

本田は、陸軍病院で治療してもらい、腕の具合がよくなってきた。そのためか明るくなったので、そのうちに商売に熱を入れてくれるだろう。物資は欠乏し、売る商品はまったくなくなっているが、それだからこそ、工夫次第で商いは繁昌する。力を合わせれば、店はきっと立ち直るはずだ。お金を蓄え、売れる商品をたくさん仕入れよう。

商いが順調にゆけば、家の中の空気はきっと変わる。貯金ができたら別棟を建て、そこに私たちが住めばいい。タネはそんなことを胸に描いた。希望は自分で見つけ出すものだと思うと、熊本に帰るのをかたくなに拒んでいた自分がおかしく感じ、力が湧いてくるのを自覚し、商店建て直しの計画も夢ではない気がしていた。

戦争が終結し、国民がようやく敵の機影のおびえから解放されたこの時期、連合国側は、日本国の戦争犯罪人に関する調査を内密に始めていた。調査対象とされたのは、軍人のほか捕虜収容所従事者も含まれていた。

終戦になると、全国の収容所にいた外国人捕虜たちは、上陸してきた連合国軍に引き渡され、彼らは、長崎港に集められて船で沖縄へ、そして飛行機でフィリピンのマニラに送られて、連合国軍によって事情聴取が開始された。日本国内の捕虜収容所状況調査である。労働内容、国際条約（ジュネーブ条約）違反の有無のほか、虐待については、虐待したと推定される日本人の氏名、収容所の待遇などが捕虜からの聞き取りによってまとめられ、日本人リストが作成されていった。これは、ポツダム宣言にもとづいた戦争犯罪人訴追のための準備であった。

かつて「捕虜は徹底的に使役せよ」と訓令していた日本政府側にも俘虜関係調査中央委員会がつくられ、昭和二〇年九月、陸軍大臣は次のような通達を出し、全国各地区に地方委員会をつくり、虐待の実態調査をするよう督励した。

陸密第五九三一号

俘虜関係調査委員会設置ノ件

首題ノ件ニ関シ左ノ通リ定ム

昭和二十年九月二十日

陸軍大臣　下村定

一、連合国側ノ俘虜関係戦争犯罪者関係一般ノ状況、特ニ其ノ実相並ニ処罰状況等ヲ調査シ、以テ処罰等ニ資スル為、俘虜関係調査委員会ヲ設置ス

二、中央ニ於ル全般ノ計画指導及連合国側トノ連絡等ノ為「中央委員会」ヲ、地方毎ニ夫々《それぞれ》「地方委員会」ヲ設ク

多数の捕虜を抱えていた西部軍司令部もその例外ではなく、九州の委員会は、捕虜の扱いが適切だったかどうかの調査を実施し、福岡俘虜収容所では一〇月一三日、元分所従事者一一名についての「虐待事件」がさっそく西部軍司令部に報告されている。

福俘（福岡俘虜収容所の略）号外

俘虜ニ屡々《しばしば》私的制裁ヲ加ヘタル者及取扱苛酷ニ過ギタル者ニ関スル件報告

昭和二十年十月十三日

福岡俘虜収容所長印

西部軍管区司令官殿

首題ノ件別紙ノ通リ十一部提出ス

西部軍管区俘虜関係調査事務所の報告では、「虐待事件」として調査された人は二一名で、この

中にはのちに死刑に処せられた元軍人も含まれている。第一七分所長だった福原勲・元大尉である。福原に関する事件報告書は、以下のようになっている。

直接関係（責任）者の所属及氏名　第十七分所陸軍大尉　福原勲
事件の概要　昭和二十年一月〜五月ニ至ル間ニ於テ、入倉《にゅうそう》俘虜ニ対シ食サセタルトコロ衰弱ニ依リ余病ヲ併発スルニ至ラシメタ事件二件、入倉中凍傷ニ患《かか》リ足ヲ切断セル事件一件
処置　事実調査ノ結果、犯罪事件トシテ軍法会議検察官ニ告発ス
罪名　職権濫《らん》用《よう》、傷害致死
昭和二十年十月十三日　調査事務所長

「殺害」の文言はないが、罪状として「傷害致死」が明記されており、のちの横浜軍事法廷の裁判で、福原は「死に寄与した」とされた。

連合国と日本当局が旧捕虜収容所内の出来事を調べ出したことを知った元収容所関係者たちは、恐怖におののいた。国際条約の存在を知らずに、逃亡した捕虜を殺害するなど条約違反行為をしたり、作業の進捗の遅れをとり戻そうと痛めつけて働かせたりした覚えのある人たちは、当局の摘発を覚悟しなければならなかった。

「旧敵国人の報復を受けるよりは、我が身を処すのが軍人の生き方である」と、捕虜施設関係者の中には、自決者が各地に出始めた。西部軍司令部管内では、福岡俘虜収容所の所員だった少佐がピストル自殺する事件が発生した。他方、行方をくらます者も各地で増え、逃亡者は警察によって全

国に手配され、追及を受けた。

捕虜を冷遇したとみなされるおそれのある書類や作業記録を焼却して証拠隠滅をはかる収容所が多く、福岡俘虜収容所本所でも各分所に指令を出した。書類にはむしろ収容所にとって有利なデータが含まれていたのだが、ささいな事柄が不利な証拠になるのを案じて、差しさわりのないもの以外はいっさい処分するよう訓電された。

わが身をかばうため、かつての同僚や部下を告発する事例が続発し、「誰々は毎日捕虜をぶんなぐっていた」、「誰々の殴打で捕虜が死んだ」といった類の中傷やデマが飛び交い、それが過大に増幅され、元収容所勤務者は悪評の指弾にもさらされた。当局が懸賞金をつけて告発を奨励したので、隠れ蓑をまとうために告発合戦状態となり、収容所に勤務した人たちは、親しんできた同僚にまで戦慄を感じなければならなかった。

本田も捕虜監視員の一人であり、戦争犯罪人追及の動向には神経質となっていた。しかし、彼の日常は平穏だった。自分についての悪い評判は飛んでこないし、次々と警察から呼び出しを受けるのは上官ばかりのため、監視員は対象外なのだろうと自ら分析していた。本田家はのんびりしたもので、夫婦は人ごとのような会話を交わしていた。

「えらいこつね。拘束される人がどんどん増えているようね」

「偉い人は戦々兢々として、枕を高くしておられんじゃろう」

新聞には、戦争遂行に関わった元大臣ら政府要人や大将、高級軍人以外には、検束者名は出ていない。収容所関係では、上級将校は記載されても下級のまして軍属の名が載ることはなかった。

「監視員だった人は引っ張られないの」

「下っ端は相手にされんさ」

本田は、念のため中国に出征していた当時の軍隊手帳などは処分したが、それらは旧軍人なら誰でも所有していたものだ。戦争犯罪人は戦争を引き起こした人、戦闘行為の指令者、あるいは捕虜に対する取り扱いを命じた責任者と思っていた。だから、軍属だった身には関係ないと、処分にも熱が入らなかった。それに、戦争が終わってから早くも四カ月となり、二〇年も師走となっているので、戦争犯罪人逮捕旋風はもうそろそろ下火になるはずだと考えている。東条英機・元首相はじめ旧軍隊の責任者らが逮捕されたのが九月、戦争犯罪人裁判規程が発表となり、戦争を企図し、指揮したA級戦犯たちが大森戦犯収容所（品川区から移転した元東京俘虜収容所本所跡）に収監されたのは一〇月、世の中の人たちも、この時点で戦争犯罪人追及処理がひとまず片づいたのだと判断していた。

しかし、連合国軍は、戦争を指揮したA級戦犯たちの裁判に備えて二〇年一二月八日、すでに設置していたGHQ（連合国最高司令官総司令部）内に、新たに国際検事局をつくり、戦犯を特定するためのさらなる証拠収集に乗り出していた。一二月八日は、日本軍がハワイ真珠湾を攻撃した日である。検事局の追及は、おさまってはいないどころか、第二、第三弾の苛斂な検束がはじまろうとしており、同月には早くも国内の戦犯では第一号の裁判の判決結果が発表された。

第四章　収監

何の前ぶれもなく二人の警察官が本田商店にやってきたのは、終戦の年がすぎて半年が経った昭和二一年二月一九日、みぞれのまじる氷雨の午後だった。居間の火鉢に手をかざして店番をしていた夫婦は、管内巡視と思って店に下りて迎えた。

「寒いのにお疲れ様でございますね。どうぞおかけください。いまお茶を煎れますけん」

タネが愛想よく、座布団を上がり口にそろえようとすると、

「お茶はよかよ、きょうは巡視ではなく、こげんもんを持ってきた。マッカーサー最高司令官の指令状なのよ。わしらもつらいんじゃ」

と、黒いオーバーをまとった年かさの警察官が言って、本田に茶色の角封筒を渡し、何事か彼の耳元に声をかけて、「頼みますけんね」と念を押した。

本田は、「マッカーサーの指令状」のことばで顔に緊張を走らせ、警察官のささやきには、はっきりと怖れの色をたたえて聞いていた。タネは、指令状が何を意味するのかわからず、買い物客に

そうするように戸口で二人を見送り、「雨の中、ご苦労様でした」と礼を述べてガラス戸を閉めた。

警察官が引き揚げるると、本田は店先で封筒を引きちぎるようにして開き、取り出した紙にじっと目を落として立ちつくしていた。ただならない様子に、タネは「何ね」と言って近づくと、本田はこわばった動作で、黙ってタイプ印刷された文書を手渡した。

そこには、まったく予期していなかったことがしたためられてあり、タネは仰天した。彼女も本田と同じように身じろぎもせず、何回も文面を追った。

元福岡俘虜収容所軍属　本田始

右は、戦争犯罪人として大森収容所に収監ののち裁判に付す。猶予期間を経たのち地元警察に出頭すること。猶予期間は昭和二十一年二月十九日より四月九日。四月十一日に左の場所に警察官二名とともに出頭すべし。

場所　東京都豊島区池袋　明治ビル内終戦連絡事務所

終戦連絡中央事務局

戦争犯罪人、出頭、収監、裁判のおどろおどろしい文字、まぎれもない拘束通知書である。なぜ戦争犯罪人なのかの理由がないのはかえって頭の中を惑乱させ、冷え冷えとした店の中で、夫婦はしばらく声を発することができずにいた。裁判にかけるとはどういうことなのか、書類にある二カ月足らずの猶予期間のうちに、何をどうしたらいいのか、タネは思いあぐんだ。

「どげんこと」

「……」

タネの問いかけにも本田は無言だった。

戦争処理のために終戦連絡中央事務局という部署がもうけられ、戦争犯罪の関連事務にもあたっているのは多少は知っていたが、戦争犯罪がどんな罪なのかはよくわからない。戦争を起こした罪というならば軍の上級幹部たちの問題であり、九州の田舎の自分たちには関係ないとタネは考えていた。まして夫は軍属である。戦場に行ったのは確かだが、米英らと戦った太平洋戦争ではなく、それ以前の日中戦争であり、それも国民としての義務を果たしたにすぎない。この令状は、別人に送られるはずのものが連絡事務局で名前を誤記したのだ、と思った。

かつて外国人捕虜収容所だった東京俘虜収容所は、戦犯の隔離施設（大森収容所）となっていて、監獄の巣鴨プリズンに押送される前に一時的に収容される所だ。元首相の東条英機はじめ軍隊の偉い人たちも入っている。収監して裁判にかけるというのだから、本田も大森収容所から巣鴨の獄舎につながれることになるのだろう。大きな罪だからこそそのような手続きを踏むのだと思うものの、夫は捕虜監視の軍属だっただけだ。まったく腑に落ちず、なぜ戦争犯罪人なのかがわからない。

突然舞い込んできた指令状に、本田家の人たちは混乱に陥った。文書には目をそむけたくなる不気味な事柄が別記され、戦争犯罪人としての罪状がもはや確定したように見受けられる。戦犯として起訴されると厳罰になる、との噂がとみに高まっていて、この一月には捕虜収容所元所長の二人に死刑判決が下されていたのを家族全員がニュースで知っていただけになおさらだ。別記事項は次のようだった。

一、逃亡の禁止

猶予期間中は三日以上の県外の旅行は禁止すること。逃亡したる場合はその罪を加算し、親族等にも責任が及ぶ。

一、自殺の防止

猶予期間及び出頭日までに自殺等無きよう厳命する。

一、出頭時の注意

1．金属類、ロープ、一米（メートル）以上の布、ヒモ類等の所持を禁ず。

2．ズボンのベルトは禁ず。代用としてヒモを着用すること。ヒモの長さは十糎（センチ）、幅は一・五糎のものを四本程度使用すること。

3．金属製のボタンは取り除くこと。

金属類のほかロープ、ヒモ、ベルトを禁止しているのは、それで自殺をはかるのを防ぐためだろう。タネは、逃亡、罪の加算、自殺の文言を目にして身を震わせた。

どうしてこんな印刷物が来たのか、と家族は本田に質したが、彼は「わからん」とうなだれるばかりだ。勝次、スキは「他人との連絡違いだ」と、タネが考えていたことを口にしたものの、元福岡俘虜収容所軍属という肩書きと氏名がはっきりと明記されている。

「だから言わんこっちゃなか。疫病神《やくびょうがみ》ばつれてくるけん、こげんなもんがくるとよ」

スキが、声を荒らげて苛立ちを吐き出した。養子に行っておれば軍属にはならず、戦犯のレッテルを張られなくても済んだのだと言っているのだ。息子に対する叱責は、つまりはタネへの非難であった。

「何ばしたと！」

疫病神とまで言われたタネは、スキに文句をつけたかったが、その怒りを本田にぶつけた。召喚状が本当に本田宛てにきたものなら、勤務していた福岡捕虜収容所内で何か隠している出来事があったに相違ない。そうでなければ、検束されるはずがない。

「何もしておらんばい」

「それなら、どげんして裁判にかけるといってくると。盗みでもしたとかね」

「馬鹿！そげんこつするわけなか。ちいと黙っていろ、いま考えておる」

タネは、犯罪とは、法律に反するものだと理解している。法律は人の道の指針であり、指針に反することが犯罪だと思っている。戦争は殺し合いをするのだから、人の道に反する最大のものであるはずだ。そうならば、軍人だった人全員が人道を踏み外していたことになり、旧軍人すべてに収監通知が発送されなければおかしい。

本田は、中国の戦地にいた四年足らずの間に果敢に戦ったらしいが、敵を殺したとは聞いていない。大砲隊なのであるいは知らず知らずのうちに殺傷したかもしれないが、殺戮を目的とする戦争は攻撃、応戦は当たり前であり、それが罪になるとは思えない。裁判にかけられるとすれば、福岡俘虜収容所第一分所で何かがあったとしか考えられない。収容所監視員だった一八年五月二九日から退職した二〇年三月一日までの太平洋戦争の間に、罰を受けるような何らかの不祥事があったのだろう。しかし、監視員当時、夫には特に変わった様子はなく、悪いことなどできるはずがない人であるのは、タネが一番よく知っている。

「おそらく、捕虜を虐待したというんじゃろ。それ以外考えられるものはなか。だが、それなら大丈夫だ。厳しく教育はしたけど、虐待などはしておらん。ぶったり殴ったりするのは戦争中の軍隊じゃけん仕方なか、誰でもしていたことよ」

本田は、ようやく面を上げて言った。

「それなら監視員だった人は、みんな引っ張られるのね」

タネは、夫の目をのぞき込んで尋ねた。監視員の召喚などは、これまでニュースになっていない。ただ、昨年一二月に、元東京俘虜収容所第一二分所の監視員に、初めて判決（終身刑）が言い渡されて大きな話題となり、監視員にも罰が下るのは確からしく、動揺は抑えられない。

「たぶんそうだ。きっと参考人として事情を聴くために出頭し、事実関係ば調べるのやろう。大仰なこつよ」

「ではどうして裁判ばかけると書いてあると」

「裁判で虐待ばあったかどうか白黒つけるのやろう」

本田が平静をとり戻したようなので、タネの胸の中も幾分やわらいだ。

福岡市の収容所に勤務中、夫は一人の捕虜を家に連れてきたことがあり、作業を終わって帰る途中立ち寄ったのだと話していたのを記憶している。捕虜は色白のアメリカの青年で、タネは間近にいる外国人が恐くて直視できなかったが、本田は茶を飲ませ、得意そうに身振り手振りで何やら説明していた。戦っている国の捕虜を個人の自宅にともなってくるのが収容所に知れたら大変なことになるはずだが、妻に敵国人を使役しているのを自慢したいのだろうと、そのとき思った。

夫にはそんな無邪気なところがある。捕虜に着せるのだと言って、タネの着古した浴衣を収容所に持って行ったこともあった。何のために着せるのかは聞かずじまいだったが、日本の着物を外国人に見せびらかしたかったのだろうか。そんな夫が捕虜を殴ったりするのは予想外のことであり、彼の言うとおり同僚の捕虜に対する仕打ちの証言のために出頭を命じられたのかもしれない。夫自身についても事情を聴かれて裁判で虐待の有り無しの決着をつけるのだという彼の解釈は、たぶん当たっていると思えた。

「戦地では、オレたちは上官からずいぶん張り飛ばされた。日本の軍隊ではビンタで教え込むのじゃけん、ぶん殴られても別に恨みはなかよ。捕虜が言うことば聞かんようだったら体で覚えさせろ、とつねづね収容所では厳命されておった」

「そんなら、あんただけ裁判にかけられるのではなかとね」

「そうやろう。監視員はみな一度収監されて調べられるはずだ。昨年暮れに東京収容所の監視員が終身刑を受けたが、よほどの証拠がなければそげんこつはなか。だから心配せんでよか。ほかに何も悪いことはしておらんけんな」

一時は、あちこちで旧軍人に出頭命令が出されていたらしいが、新聞紙面を見るかぎりはもうだいぶ静かになっていて、最近では判決がニュースの中心となっている。重大な罪ならば、終戦直後に拘束されるはずである。戦争が終わってから半年にもなって戦犯の指定を受けるのは、やはり捕虜収容所に勤務していた人は全員が対象となり、虐待調査の裏づけのために事情を聴かれると考えたほうが自然である。たとえ本田が容疑者として認定されたとしても、今ごろ召喚状が来たのは、それだけ罪の程度が軽いためと判断できないことはなく、「殴ることはあるが、右手が利かんから迫力なかよ」と、以前彼が家族に語っていたのは間違いないようであるので、罪がないのはすぐに証明される気がした。

タネは、夫のことばを引き取って勝次とスキに言った。

「罪の重い順に呼び出されるじゃろうから、こんなに遅く命令が来るのは、始さんが罪に問われることがあったとしても、それはたいしたことではないと思うけん、安心してよかではなかね」

タネのことばに、スキはかすかにうなずいた。

しかし、そう言いながらもやはり落ち着いていられなくなったのか、夫は、捕虜収容所の元同僚たちを訪ね歩き、令状がきているかどうかを聞くようになり、そのたびに元気なく帰ってきた。知人のところへはマッカーサーの命令が届いていないらしく、そのため心の波瀾《はらん》は大きくなっているようだった。

ＧＨＱが戦争犯罪人として東条英機・元首相ら三十九名の逮捕を指令したのは、本田に出頭令状が来る五カ月前の前年二〇年九月だ。一一月は小磯国昭・元首相ら十一名、一二月には近衛文麿・元首相はじめ九名が戦犯に指定されて、逮捕令が発せられた。東条元首相は逮捕直前にピストル自決をはかり、一命はとりとめたものの、旧敵国の手にとらえられるのを恥辱とする軍人や政府要人の中には自殺者が相つぎ、杉山元・元元帥、小泉親彦・元厚相、橋田邦彦・元文相、本庄繁・元陸軍大将、近衛文麿・元首相らが命を絶った。

軍部の枢軸にいた人や閣僚たち、および日本国の指導者だった人びとはA級戦犯、戦争の実戦に携わった人たちはBC級戦犯とされ、BC級の軍人だった者も次々に逮捕され、二〇年一二月、土屋達雄・元陸軍伍長に対する初めてのBC級裁判が横浜軍事法廷で開かれ、法廷は土屋元伍長に終身刑の判決を言い渡した。国内では初の戦犯裁判判決である。さらに二一年一月になると、やはりBC級の由利敬・元陸軍中尉（元福岡俘虜収容所第一七分所長）、平手嘉一・元陸軍大尉（元函館収容所第一分所長）の二名に絞首刑の判決が下され、GHQは本気になって戦犯を処罰する姿勢をみせていた。

タネはこうした動きを知ってはいたが、A級とBC級の区別はもちろん、元軍人たちがどうして裁かれるのかはさっぱりわからなかった。戦争を遂行した日本の指導者たちの責任はあるにしても、負けた国が裁かれて、勝ったアメリカ、イギリス、オランダなど連合国の戦争指導者が裁判にかけられないのは不公平である。日本人も連合国から多大の犠牲を受け、終戦直前には広島や長崎に原子爆弾が落とされて、万余の市民が亡くなっている。その罪はどうして問われないのだろう。戦争中は敵を憎むのは当たり前であり、捕虜だって憎しみの対象となる。外地で捕虜となった日本兵たちが敵国人から暴虐をまったく受けなかったとは考えにくく、日本人捕虜に対しての虐待問題は裁判にかけられないのだろうかと考える。

終身刑が決まったBC級の土屋達雄・元伍長は、本田始と同じように監視員で、六人の同僚らとともに捕虜を殴打し、拷問にかけたとして告発された。由利敬・元中尉、平手嘉一・元大尉は、ともに俘虜収容所の所長であり、監視員らによる捕虜虐待の監督不行届きで死刑という極めて厳しい判決を宣告されたと新聞に出ている。監視員が虐待したというが、日本語がわからない外国人がどうして監視員たちを特定できたのか、誰がそのように証言しているのか、証拠はあるのかどうか、タネには不思議なことだらけだった。

彼女がそう思ったのも無理はなく、戦争犯罪とは何かを正確にとらえていたのは、当時の国民の中ではひとつかみ程度だったろう。ポツダム宣言という言葉はよく口にされてはいたが、この宣言の中身を把握している人もごく少なく、まして連合国側が終戦前から戦争犯罪の追及についての周到な準備を始め、膨大な資料を入手していたことは、ほとんど知られていなかった。

太平洋戦争がまだ続行されていた二〇年七月二六日、アメリカ、イギリス、中国は、ドイツのポツダムで日本に対する降伏条件通告書といえるポツダム宣言をとりまとめていた。宣言は一三条からなり、その第一〇条には、「吾等は、日本人を民族として奴隷化せんとし、又は国民として滅亡せしめんとするの意図を有するものに非ざるも、吾等の俘虜を虐待せる者を含む一切の戦争犯罪人に対しては厳重なる処罰を加えらるべし」との条文が盛り込まれていた。この条文にもとづき、各国に軍事法廷が開設されて、戦争犯罪の名のもとに旧日本軍人や開戦前後の為政者の罪状を問う追及が開始されたのである。

これより前の同年六月には、連合国の法律学者がロンドンに集って、戦争責任の解釈を協議している。罪として決定されたのは「平和に対する罪」と「通常の戦争犯罪」、「人道に反する罪」である。「平和に対する罪」というのは、侵略戦争を計画、準備、鼓吹《こすい》、共同で謀議したりした者、つまり戦争を遂行した指導者たちを罰する罪で、この対象者はA級戦犯とみなされた。

「通常の戦争犯罪」は、アジアを中心とする特定地域で戦争法規、慣例に違反して現地人や捕虜を迫害、虐待した実行者、またはそれを黙認した部隊の責任者であり、これがＢ級戦犯である。ドイツがユダヤ人を大量虐殺したような人道に反する行為者はＣ級戦犯とされた。日本には太平洋戦争中に大量殺戮《さつりく》例がなかったので、実質上Ｃ級戦犯はおらず、ＢＣ級がいっしょくたになっているが、正確にいえば、捕虜虐待の罪に問われた人はＢ級ということになる。

「平和に対する罪」については、ポツダム宣言にもとづいて、マッカーサー連合国軍最高司令官が発した特別宣言書で極東軍事裁判所が設けられることが決まり、連合国側の一一カ国が原告となった。同裁判所は東京の市ケ谷法廷に設置されて、Ａ級に指定された被告たちはここで審理された。これがいわゆる東京裁判で、昭和二一年五月三日に開廷している。

捕虜虐待などの「通常の戦争犯罪」の対象となるＢ級と「人道に反する罪」のＣ級（一般的には合わせてＢＣ級）は、極東軍事裁判所とは別に、各国に置いた軍事裁判所（アジア、オーストラリアなど計四九カ所）で審判に付されることになった。日本国内の法廷は、横浜市中区にある横浜地方裁判所特別法廷が軍事法廷にあてがわれ、東京裁判より約五カ月早く二〇年一二月一八日に開廷されている。横浜軍事法廷では、アメリカが主として捕虜関係の虐待事件を審理することになっていた。

軍事裁判の構造はかなり複雑であり、国民がのみ込めないのはやむをえず、Ａ級、Ｂ級、Ｃ級の判別すらよく咀嚼《そしゃく》されていなかった。それだけに、戦時中に生活を破壊された人たちの中には、戦争犯罪人は戦争に携わった者、国民を破滅に導いた者、ユダヤ人虐殺のような非道な行いをした者と一方的に決めつけて、戦犯としてとらえられた人を次第にののしりはじめるようになっている。日を追って逮捕者が増えるにつれ、国のために戦ってきた旧軍人に、同情するよりはむしろ憎悪の感情をぶつけ、「戦犯は日本をだめにした象徴であり、国土を荒廃させ、われわれを苦しませた張本人だ」との共通した認識が醸成されつつあった。

そういった社会風潮の中である。厳罰が下されるなどてんから頭になかったタネにとっては、戦犯指定されたことそれ自体が、最も怖いことに感じられた。

本田が連行されたのは、桜の花が散って、季節が装いをあらため出した二一年四月九日朝だ。終戦連絡中央事務局の指令状に書いてあった「東京に四月一一日までに出頭すること」の期限としては、ぎりぎりの日である。

翌一〇日は総選挙の投票日で、最後の選挙運動日となった九日は、町中どこも候補者名を染め抜いた幟《のぼり》が祭のようにはためいていた。新しい選挙法にもとづいて、婦人に初めて参政権が認められた国政選挙ということもあり、全国で八九人の女性が立候補して選挙運動は盛り上がった。女性候補者は早朝から華やいだ声で、「新生日本の創造」を連呼していた。

その朝、ジープが家の前に止まり、メガホンの声が飛び交う中を、本田は悄然として刑事二名に伴われて家を出た。令状にあったとおり、熊本駅までジープで送られ、警察官がつき添って列車で東京池袋の終戦連絡中央事務局まで連れて行かれる。

「駅には来るなよ」

本田は、そう言ってタネを振り返り、ジープに乗り込んだ。刑事に連行される姿を見られたくはないのだ、と彼女は察した。どんな罪かは不明でも、犯罪人として東京までずっと監視されながら護送される夫のつらい立場はよくわかった。同時に、戦争中は、戦意のない男女や徴兵を拒否する男性をびしびし検束して戦いを強要していた警察が、戦争が終わったとたん手の平を返したように元兵士を取り締まる側にまわっている様子を見て、どうして日本人を助けてくれないのかと落胆した。彼女は、声をかけるのも忘れて、ぼんやりと夫を見送った。

この日が近づくにつれて本田の不安はつのってきていた。家の前を流れる小川の堤に植え込まれた桜並木の満開の花を見ようともせず、部屋にこもりきりだった。本田の家では、彼が巣鴨の監獄に入るのはもはややむなしという雰囲気になっている。罪の理由が依然判然としないので、誤認ではとの望みはしだいに薄れ、絶望的な気持ちを抱えていた。

逃亡——も相談された。

それを誰より勧めたのはスキだ。「ほとぼりがさめるまで、どこかに身を潜《ひそ》めておればいい。そのうちに戦争のことなどみんな忘れてしまう」と言うのである。だが、姿をくらますにしても、隠れる先はなく、だいいち逃亡資金がない。

「悪いこつせんだったら、逃げてもかまわんやろ。そのうち罪ばなかったとわかって許されるばい」

勝次はスキに賛成したが、「逃亡すれば罪が加算され、親族にも責任が及ぶ」との召喚状の文言が一家を重苦しくさせ、妹たちは押し黙ったままだった。戦争犯罪がそんなに重い罪ならば、はじめから戦争などしなければよかったのだ、とタネは思った。

召喚通知が来て以来、気をつけて新聞記事を読むと、戦争犯罪人として、拘束された人の審理はかなりのスピードでおこなわれているようである。一月の由利敬・元中尉と平手嘉一・元大尉の判決に続き、二月には福原勲・元大尉（由利の後任の第一七分所長）にも死刑判決が下り、三月にはマニラで本間雅晴・元中将が死刑判決となった記事が掲載された。審理の早さは、一挙に戦争処理を片づけたい連合国の意向のあらわれとみてとれる。重罪と判定されたこれらの人はいずれも軍の元幹部だが、「死刑」の活字にタネはどきりとし、本田は顔色を失った。

元同僚たちには令状は来ていないとわかってからというもの、本田は、毎日昼間から意識がなくなるほど売り物の酒をあおり、人が変わったように「何でオレが裁判にかけられるのか！」と叫び、家族をおろおろさせた。店番をせずにふらりと外出し、夜遅く戻ってきて、帰宅したときは足腰が立たないほど酔いしれて店先で寝ころび、「何でだ」、「なぜだ」を繰り返す。その気持ちは、タネにはよくわかり、逃げおおせるものならそうさせてあげたかった。

本田がタネに無断で、忽然として姿をくらましたのは、桜がほころびはじめた三月末だ。義父母にそそのかされて逃げたのだ、と彼女は直感した。勝次とスキだけは平然としているので、タネに内緒で両親と相談ずくで逃亡したのだと確信し、妻である自分は何も知らないと思うと情けなく、一人でうろたえた。

ところが彼は翌日、ひょっこりと帰ってきた。まんじりともしない夜を送った彼女が心落ち着かずに店番をしていた午後、魂を抜かれた人みたいに、憔悴《しょうすい》した格好で店先に立っていた。

「あんた！」

タネは彼にすがりつき、彼の四角い胸を叩いてなじった。酒のにおいが体に染《し》みている。

「どこば行っていたと、どこば」

「伯母さんのところよ。逃げも隠れもせん」

彼がふてぶてしく言い放ったとき、スキが飛んできて、息子に険しい声をぶつけた。

「始！何ばせんだったら隠れておればええのじゃ。のこのこ帰って来よって、この意気地なしが」

本田は、泣き出した。

「逃げてもつかまるばってん帰れ、と伯母が言っておったで戻ってきた。オレはどうせ裁判にかけられる。死刑になるかもしれん。死刑、死刑だ！」

本田は、店にあった商品を外に投げ飛ばした。

夫は、義父母にそそのかされてスキの妹の家に身をくらまそうとしたが、逆に説得されて引き返してきたのだとタネは推察した。伯母の家などはすぐに探し当てられてしまうのに、どうしてそんな軽はずみな行動をとらせたのかと憤りを感じた。

「死刑などなりっこなか。あんた、何もせんとでしょ、安心しておればよかよ。裁判で証言するだけたいね、あんたば調べるとしても無実はきっとわかるけん、大丈夫よ」

泣きじゃくる彼の肩を抱えてそう慰めた。そのくせ自らの動揺が前より一層強くなっているのを意識して、彼の首に顔をうずめて涙をこらえるのに必死となった。

連行日の前夜、本田の着替えを用意したが、六尺褌《ふんどし》が禁止されているので、白布をぶつぶつに切って縫い合わせ、パンツをこしらえた。タオルは何枚もハサミで裁《た》って半分にした。ベルトが許されないので、幅一センチのヒモを一〇センチほどに切断し、糸で止めてバンドをつくった。準備をしていると、実際にこのまま夫は帰ってこないのではないかと、自分で自分の胸を黒く塗りつぶしている気がして悲しかった。

本田が連行される時が来た。駅までくるなと言われていたが、本田を乗せたジープの姿が見えなくなると、タネはすぐに家を飛び出した。上り列車は午前一一時八分に熊本を出発するはずだ、まだ間に合うと四キロ以上の道のりを駆け出した。

夫は帰ってくると信じているが、ただもう一度声をかけてやりたかった。戦争で腕を傷つけられた傷痍軍人でありながら、「お国のために働ける」と喜び勇んでいた夫が犯罪人になるとは、あまりにかわいそうだ。「元気で。心配しないで」と慰めてやりたい。

小川沿いの桜は、花びらを川面に散らばして、薄紅色の帯となって流れていた。途中で、戦闘帽をかぶった立候補者とずいぶん行き逢い、彼らは走っている彼女にも手を振って頭を下げたが、見向きもせずに走った。

列車の出発時刻すこし前に熊本駅に着けた。焼夷弾で焼けただれた駅周辺からは、がらんどうになったホームが見はるかせる。ホームの中ほどに夫の姿がみとめられた。

彼女は荒い息を整え、乱れた髪を手で直し、改札口に行こうとして、はっとした。夫は、警察官に両腕をとられていて、近くには列車を待っている乗客がかなりいる。夫に近寄ったら取り乱してしまいそうで、そうすれば夫は気まずくなるだろうと、ホームに駆け上がるのを思いとどまった。

傾《かし》いだ電信柱の陰からじっとうかがった。背中を向けてホームに立っている本田は、刑事に何事か尋ねられ、うなずいているようである。タネは夫の姿を見のがすまいと瞳を一点にしぼった。

列車が到着し、本田と刑事を乗せてゆっくりと動きはじめると、その方向にまた急いだ。せめてホームのはずれの踏切まで行って見送りたい。顔を見たい。手を振って知らせてあげたい。

ちょうど踏切のところまできたとき、スピードをあげた列車は、大きな車輪をはずませて、両手を振ろうとしているタネを黙殺して通りすぎて行った。

第五章　判決

夫はすぐに帰ってくるとのタネの期待は裏切られ、本田は巣鴨プリズンに入所し、半年をすぎても解放されなかった。月日の経過とともに心慮はつのってきていたが、それでも厳罰となることを打ち消す自信はあった。獄内から届く本田の手紙には絶望感はなく、元気であることをうかがわせる内容がしたためられてあったのと、相当数の人が収容されているらしいので、遅く収監された彼の調べの順番がくるまでに時間がかかるのはやむをえないと思えたからだ。

彼が裁判で捕虜収容所の実態を話せばすべては終わると信じていたタネの予想は、しかし、本田が東京に出頭してからほぼ一年が経った二二年春、完全にくつがえされた。本田が捕虜虐待の罪状で起訴されたとの通知に続き、起訴状にもとづき裁判が開廷されるとの電報を受け取ったのだ。

つまり、証言者の立場ではなく、彼自身の罪が問われるということだ。本田が戦争犯罪人として有罪か無罪の判定を受けるということであり、起訴の通知は、懲役刑という最悪の不吉な予感をタネに与えた。懲役刑になれば、当分は獄舎に居続けになる。刑期は五年、一〇年、二〇年、場合によっては終身刑があり、このまま夫とは会えなくなるのではないか、そうなったらどうしよう……、貯金をして商売を立て直したいとの気力が体の中でぎしぎし音を立てて崩れ、深い暗がりに突き落とされたような気持ちに襲われた。

それでもなお、タネはよいほうに頭をめぐらせようとした。むしろ起訴されて裁判にかけられれば決着も早くつけられて片づくのだから、すっきりとする。右腕が悪い傷痍軍人の夫は、たとえ虐待の罪で審理されても、捕虜を傷つけたりはしていないだろうから、有罪であろうと重罪にならず軽微な罪のはずだと思うようにつとめた。

第八軍軍事委員会から、いよいよ本田の裁判が開かれるとの電報が来たのは、この年の五月九日だった。第八軍は日本に進駐してきているGHQの軍事を司る司令部であり、その下部の軍事委員会が裁判を指揮することになっていた。開廷通知の文面は、短いものであった。

五ガ　ツ一五ヒ　コウハンハジ　マル　シヨウニントシテシユツテイアレ

五月一五日に本田始の裁判がはじまるので証人として出廷せよ、との招請状であり、裁判の期日が知らされたのはこれが初めてだった。夫が裁判にかけられるとは当初思ってもみなかったが、今はとにかく刑期が一年でも半年でも、いや一日でも短くなればと願い、それよりかは無実であることを祈った。それにはしっかりした証言をしなければいけない。

これより前、起訴の連絡が来てすぐに、弁護人から「公判のために二名の証人を探してほしい」旨の依頼があった。本来なら、弁護人自ら被告人に有利な証人を見つけるはずであり、現地調査にもやって来ると聞いていたが、多くの被告がいるし、東京からは遠いことでもあるので手紙で頼んできたのだろうと思った。タネは、夫が監視員当時親しかった人と、直属の上司だった元福岡俘虜収容所第一分所の班長宅に足を運び、「夫が虐待するような人ではなかったことを裁判所でぜひ話してほしい」と頼んだ。

熊本県内にいるFという元同僚は、「本田さんのためなら」と快く引き受けてくれたが、県内にいる元班長のWからは、体調を理由にはっきりした返事が聞かれず、四、五日経って、証言拒絶の手紙が届き、それには、「関わり合いになりたくないのでお断りします」とあった。責任がふりかかってくるのをおそれているのが察せられ、タネは、軍隊の絆《きずな》とはそんなものなのかと落胆した。しかし、せっかく二名の証人が許可されているので、彼女が証人として出廷したい旨を弁護人に申し出てみとめられ、手続きをすませた。

電報がきてから数日後、タネは店の前の小川のほとりに行って堤に腰を下ろし、心を静ませてもう一度電報を読み返した。小さなせせらぎを眺めていると気持ちが洗われ、義母に口やかましく言われたときなどは、よくここへ来て腹にたまったうっぷんを流れに投げ込んでいる。彼女は足を投げ出して、何度も目にしてきた電報を見つめた。電文の上の公電であることをしめす赤の公印に、若葉の影が映ってゆらいでいる。

とにかく横浜裁判所に出廷し、証人として夫を弁護しよう。軍隊から二度目の召集令状が来ても身体検査ではねのけられたほど夫の右腕は使いものにならなかったのだ。看護婦だった自分は、夫が重傷で内外地の病院を転々とし、熊本の陸軍病院健軍分院に運び込まれてきたとき、瀕死状態だったのを現実に見ている。家でも右腕をいつもかばっていたことや、入院中ウジ虫取りをしたことも証言したい。

福岡俘虜収容所勤務時代には、捕虜を自宅まで伴ってきてお茶をごちそうし、浴衣をあげたことはぜひ訴えよう。家ではいつも暗い顔をしていたが、寂しがり屋で、気弱なところがあり、実母にさえ抗弁できず、逃亡をはかってもすぐ戻ってきた夫の性格を正直に語ろう。外国人のいっぱいいる法廷の証言台に立ってうまく話せるかどうか心もとないが、情理をつくして夫の潔白を自分なりに申し立てればきっとわかってくれるはずだ。法廷で解き明かされるだろう夫の罪の真実も知りたい、と彼女は落ち葉の流れに目を止めて考えた。

電報をもらったとき、義父母に「証人申請してあるので、横浜裁判所に出かける」と相談したところ、スキは「それはよかことばい」とめずらしく喜び、勝次は、「わしも裁判を傍聴したい。一緒に連れて行ってくれんか」と言ってくれた。横浜や東京を知らないタネには、義父の同行はありがたく、よけいに一生懸命証言しなければいけないと思う。有期刑になるとしても、早く出所してもらうためにがんばらなければと、ゆるやかな流れの小川のほとりで、ここ数週間のあわただしかった周辺の出来事を思い出していた。

道沿いの桜と柳の葉が、モンペから出た素足の先にまつわりついている。昨年、二名の刑事に抱きかかえられるようにして夫が連行されて行ったときは、桜は散りはじめていた。来年の花の季節には、ここで夫と桜見物をしよう、きっと実現できる、それを張り合いとしたい……と、心を励ました。

タネと勝次が家を出たのは五月一三日朝である。午前一一時の熊本発門司港行き列車に乗車し、長崎県の鳥栖駅で長崎発東京行きの南風号に乗り換え、長い時間をかけて横浜駅に着いたのは、電報にあった裁判開廷日の一五日早朝だった。そこから根岸線の省線に乗り込んで、横浜軍事法廷最寄りの桜木町駅に到着した。

目に痛いほどの五月晴れの光があふれていた。しかし、駅から見渡した横浜は、黒ずんだ単色の焼け野原が遠くまでひろがっていた。

本田始がどのような取り調べを受けたかは、判然としていない。

戦犯への尋問は、検察官が巣鴨プリズン内の一室でおこなう例が多かったので、本田の場合もそうであったろう。検察官が起訴事実を明らかにした根拠については不明だ。日本軍が占領した外地での連合国側の情報活動は、現地住民の証言と証拠品収集が主だったのに比べて、日本国内の捕虜収容所の虐待については、告発者と捕虜だった者の証言で容疑者となる戦犯を割り出す手法がとられた。

本田についても、日本側からの告発にもとづいて調査がおこなわれたのは明らかだが、告発者はわが身をかばうために、罪を他人になすりつける傾向にあり、虚言を弄する人も相当いたという。捕虜の証言にしても、日本人には外国人の顔がみな同じに見えるように、捕虜たちからは日本人の顔の判別があまりつかなかったし、名前が似かよっていた人が多かったので、末端の旧軍人たちを特定するのは難事だったろう。捕虜の記憶違いはかなりあったとされている。

たとえば本田始の所属していた福岡俘虜収容所第一分所には、昭和一八年一月一日から二〇年八月一五日までの二年八カ月の間に、業務に携わった日本人関係者は五十九人おり、このうち監視員は延べ二十二人いた。五十九人のうち本田と似た名前は、マキタ、カンダ、トミタ、ムラタ、ワダ、ノダ、テラダ、マスダ、ウエダ、イワタと多い。終戦で収容所から解放された捕虜たちが収容所員らの名前と顔を間違えずに言い当てていたのかどうかを知るすべがない。告発者の証言の信憑性も、今となっては確認できない。

日本軍は、終戦と同時に捕虜収容所関係文書をほとんど処分してしまっていたので、無実を証明できたかもしれない資料がほとんどなく、告発者や捕虜たちが一方的に、おそらくは誇大に証言した被告発者の罪状、捕虜収容所生活のひどさが、戦勝国側の厳罰意識を刺激した点も無視できないといわれている。

そのうえ、戦争犯罪人を裁く軍事委員会の裁判官は、ＧＨＱの戦争犯罪被告人裁判規程で、「連合国最高司令官またはその授権を受けた者により任命される」となっており、「連合国最高司令官またはその授権を受けた裁判の召集官は、訴追をおこなうため、一人または二人以上の検察官を指名する」とされていた。つまり裁判官、検察官はＧＨＱから任命または指名されていたのである。検察官ばかりか弁護士ですら連合国が指名するケースが目立ち、このような、勝った国が正義であり、敗戦国はその正義に従わなければならないとの強者の論理を不当とする当初からあった指摘は、認められないか、もしくは無視されていた。

戦争犯罪人として被告となると、法廷には委員（裁判官）、被告人、検事、弁護人、通訳、記録係、傍聴人が出廷し、まず弁護人らの宣誓がある。

検察官　　被告人事件をじゅうぶんかつ誠実に審理、裁決し、正しく正義をおこなうことを神に誓いますか。裁判所の認定、刑を口外しないこと、特定委員の表決、意見をもらしたりしないことを誓いますか。

弁護人、通訳ら　誓います。

それから検察官の宣誓があって、委員長（裁判長）が、「起訴状を読み聞かせてください」と検察官をうながし、検察官は起訴状を読み上げる。委員長は被告人に、自分が「有罪」または「無罪」のどちらであると思うかを答弁させ、検察側の証人を出廷させる。次に弁護人の反対尋問があり、弁護側の証人がいるときは喚問される。

東京裁判は、二一年五月に開廷されて以来、何回も公判が開かれ、結審したのは二年後の二三年四月、判決が下されたのは同年一一月である。これに比しBC級の横浜軍事法廷は、初公判から短期間のうちに判決となった。函館俘虜収容所第一分所長だった平手嘉一・元陸軍大尉の場合は、二一年一月一四日の初公判から日曜日を除いて連日裁判がおこなわれ、絞首刑が宣告されたのは一一日目の二五日だ。ＢＣ級裁判は多数なのでかなり急がれ、短日のうちに判決となったのだ。おそらくは本田の公判も何度か開廷され、その結果は割と日時を置かずに出されるとみられていた。

桜木町駅にたどり着いたタネと勝次は、時間が過ぎるのをホームで待っていた。まだ午前六時をまわったばかりである。駅を出てしまったら道に迷いそうだった。

タネは、たすきがけにしていた風呂敷包みを背からはずし、人影のないベンチに身をうずめて、駅周辺の様子をうかがった。ホームの外側は板囲いもされておらず、鉄棒の手すりがあるだけで町が一望できるが、家並みはほとんどなく、瓦礫《がれき》が連なって横浜の町が相当な被害に遭ったのがわかる。ここへくるまでに廃墟と化した町を汽車の窓から幾度も目にしてきたが、横浜のやられ方はもっと広範囲なようであった。焼けただれた木々が明るさを増した空に向かってろっ骨のような黒い枝を伸ばし、崩れ落ちたビルの残骸がいたるところにころがっているのは、空が澄んでいるだけに、よけい無惨な光景に見えた。それでも新築用の鉄骨や材木がところどころに積まれている個所があり、復興の息吹を感じとることができた。

公用電報を持っていたので汽車には乗れたが、復員兵が多く、列車が関西に近づくにつれて車内は超満員となって立錐の余地もなくなり、乗降ができないために、駅に止まるたびに窓が乗降口となって列車は立ち往生した。子どもの泣き声、体を圧迫されてしぼり出す苦しそうな声があちこちから耳に届き、騒音に加えて蒸し風呂のような暑さなのに、汗をふくこともできない。「うるさい、子どもを黙らせろ!」と飛ぶ怒号、「もっと肩を下げろ」といがみ合う男、「もう入れない。乗ってくるな」と列車に乗ろうとする客の胸をこづく人、悲鳴と呻き、わめき、汗と体臭と荷物内の腐敗物の臭い。重なり合ったマグロのように、人びとは身をすり合わせて騒動を繰り返した。タネは、地獄絵など見たことはないが、阿鼻叫喚《あびきょうかん》のことばがぴったりな車内のこの様は、きっと地獄に近いと思ったほどだ。

通路に新聞紙を敷いて座った勝次とタネは、足を投げ出せなかった。足腰の弱くなってきている勝次はあぐらがかけずに苦悶の色をみせ、タネは舅の片方の足を自分の膝の上に乗せて、ひと晩じゅうさすった。両足は機械のように感覚がなくなり、桜木町駅に着いたときには体の一部とは感じられないほどこわばっている。

丸二日間、ほとんど眠っていなかったので、顔がむくんでいるのは鏡を見ないでもわかる。全身がだるく、寝不足で頭は重いのに、体力を消耗したうえに何も口に入れていなかったせいか空腹感と喉の渇きを覚えている。とりあえず家から持参してきたお握りを食べて、水道水を飲み、それからすこし仮眠をとっておこうとタネは勝次に言った。裁判所は駅から徒歩二、三〇分と軍事委員会からの手紙にあったので、八時すぎにここを出ればじゅうぶんのはずだ。しかし、どこをどう行っていいのかがわからず、それが心配だった。

夫はひょっとしたら無罪になるかもしれないと思うと、心細さは薄らぐ。有罪になるよりは無罪の確率はきっと高いに違いなく、無罪になれば解き放されて帰ってくるのだ。今は、そうした想像を楽しもう、とタネは人影がまばらなホームの視線がないのを確かめて、押しつぶされてぺしゃんこになった麦入りの塩握り飯を竹皮の経木からとり出して義父に差し出し、彼女も急いで口に入れた。

長い間ベンチに座っているのを不審に思ったのか、ホームを巡回していた若い駅員がわけを聞きにきて、事情を知ると湯呑みにあたたかい茶を入れて運んできてくれ、裁判所に行く道順まで書いてくれた。熊本から遠く離れた殺風景な駅のホームで握り飯をほおばっているわびしさと、迷わず裁判所に着けるかどうかの心もとなさは、駅員の思いやりでずいぶんやわらぎ、人の情が身にしみた。世の中の人は戦犯にとげとげしいまなざしを向けているのに、戦犯家族と知ってもてなしてくれた厚意が嬉しかった。

胃がふくらんで少しまどろむと、日の光が全身にふりかかってきて、ホームには人が増えはじめた。

「さあ、義父《とう》さん、そろそろ行くかね」

タネは、腕時計の時刻を見つめて、背を丸めて焼け跡を見つめている勝次に声をかけて立ち上がった。

彼女は、弁護士へのお礼のために、農家から手に入れた小豆《あずき》を熊本から持ってきていたので、風呂敷の口をほどき、小豆をふたつかみほど取り出して新聞紙にくるみ、改札口を出るときに先ほどの駅員に手渡して、「おかげさんで助かりました」と、ていねいにお礼を述べた。小豆は、東京では貴重な品だった。

駅員が書いてくれた地図を見ながら歩いたが、列車内で正座し続けていたせいで、ふくらんだ足がまだ痛く、途中、何度も勝次と青草が生えた地べたを選んでしゃがみ込んで休息した。いたるところにがらくたが野積みされていて、トタンをかぶせ、ゴザで囲っただけの小屋が目につく。

「あそこに人が住んでいるのやろうかのう」

と、義父は焼けただれた道をたどりながら嫁に語りかけた。本田始とタネが福岡から帰った四カ月後の二〇年七月一日の深夜、とうとう熊本にもアメリカの飛行編隊一五〇機が爆弾を連続して落とし、市内の中心部はじめ三分の一が丸焼けとなり、四万人以上の人が家屋を失って、三〇〇人が死んだといわれた。このとき、タネの実家も焼け出され、家を失った母のユキは、現在もタネの叔父にあたるユキの兄夫婦の家に身を寄せている。勝次の問いかけで、タネはそのことを思い出した。

「熊本もバラックは多いけんど、おなじバラックでも、横浜で見る小屋よりは、土地があるぶん熊本のほうがましとね。ここらは畑もないけん」

タネは舅にそう答え、早く本田と一緒に母のいる叔父の家に行き、母を安心させなければいけないと考えた。自分の夢は、金を蓄えて本田と別棟を建てることであり、できれば母も引き取りたい。夫が巣鴨から帰ってきたらそのことを相談しよう。彼はきっと許してくれるはずだと思った。

七月の空襲では、郊外の本田の家近辺からも熊本市内が激しく炎上しているのがのぞめて、明け方になるまで空はまっ赤に染められ、その一角だけが夕日の残影のようだった。しばらくして市内に行って、廃墟と変わった町の様子にタネは立ちすくんだ。看護婦になるきっかけとなった懐かしい映画館や、初めて就職した雑貨卸の会社は跡形もなくなって、石ころと土だけの平地となっていた。熊本市の惨状は、福岡市で目にしたよりもひどい気がし、ユキが「焼夷弾がカラカラと音を立てて降るように落ちてきた」と話していたのを、横浜のバラック小屋を目の当たりにして蘇らせた。

地図のとおりに歩いて裁判所に近づいてくると、胸の高鳴りが意識された。夫に会える、会話が交わせる、そう思うだけで鼓動が早くなる。

裁判所周辺は、大きな建物が不思議と焼けずに建っていて、道路沿いの並木はたっぷりと緑をたくわえ、一帯は砂漠のオアシスのように感じられ、かすかに海の香が漂っている。

裁判所の前にようやくたどり着いた。どっしりとした石づくりの建物を見ると、うまく証言できるだろうかとの躊躇に似た怖気が突き上がってくる。

まだ時間が早いためなのか、裁判所の正門扉は閉じられたままで、舅と嫁は、人目をはばからずに裁判所前の草むらにぽつんと座り込んで足を伸ばした。立っていられないほど疲れている。幌つきの米軍トラックが次から次へとうしろを通過して、右方向の角を曲がって行く。トラックが通るたびに土埃《つちぼこり》がふりかかり、タネの絣《かすり》のモンペと、勝次の褐色の国民服が白くなり、二人はその度に髪の毛と衣服を手で叩いた。みじめだったが、それでもかまわず座り続けた。

「えらくでかい建物よのう。裁判ば長くかかるのやろうかね」

「さあ。すぐ終わると思いますよ。あの人、何も悪いことしてないけんね」

「うん」

「おとなしい人だけん、悪いこつできるわけはなかよ。何かの行き違いで裁判にかけられたと。ばってん、うまくすると、四、五日もすれば帰ってくるかもしれんね」

タネは自分に言い聞かせるように答えて勝次の顔をうかがったが、舅は黙りこくって、白い建物を見上げていた。

本田が戦争犯罪人として拘束されたのは、人道に反する罪という理由らしいが、夫は頼りないほど小心で、人の道に反するようなことをできる人ではない。だから、本田が罪を得たのは、ぜったいに誤りなのだとの確信めいた信念は、いまでは確固としてタネの心に宿っている。

裁判の行方については、思いがめぐってこない。きっと刑がそんなに厳しいものとはならないと納得しているためだ、と彼女は自分で判断している。いずれにしても、本田には早く熊本に戻ってくれなくては困る。頼りない夫でも、彼がいない本田の家はほとんど会話がなく、暗がりで暮らしているようなものなのだ。義母の態度には、相変わらず変化がみられないが、本田が帰ってくれば少しは家に活気が出てこよう。今日から始まる裁判でよい結果が出るかもしれないと思うと、こわばった気持ちがほぐれる。
三〇分ほどが経過し、裁判所の入口の両側に、カーキ色の服を着て白いカブトをかぶった二人の
アメリカ兵が立った。開所時間となったらしい。
勝次とタネは腰を上げ、正面階段をのぼりはじめたが、コンクリートの塊がのしかかってくるよ
うな威圧感と、無表情なアメリカ兵の動きのない冷たい目、有罪とは思わずとも、やはり裁判の内
容を聞く怖ろしさとがいっぺんに覆いかぶさってきた。タネは足を進めるのがためらわれた。
「さ、行こ」
タネは気をとり直し、勝次の手をとって強く握りしめた。

本田に対する起訴状は、以下のようになっていた。

原告アメリカ合衆国ハ、米国第八軍司令官ノ召集シタル軍法廷委員会ニ、被告人ホンダ・ハ
ジメ（ＨＯＮＤＡ　Ｈａｊｉｍｅ）ヲ左ノ理由ニ因リ起訴ス

起訴理由

元日本帝国陸軍軍属タリシ被告人ホンダ・ハジメハ、米国並ニ其連合諸国及諸属領ノ日本国
ト交戦期間中、本起訴理由書ニ附属スル罪状項目書中ニ揚ゲタル時及場所ニ於テ、戦争法規並
ニ戦争慣習ニ違反セリ

前置きにつづき、起訴理由は、つぎのように六項目にわたっていた。

一、被告人ホンダ・ハジメハ昭和二十年一月頃、福岡地区、福岡第一俘虜収容所ニ於テ、米軍俘虜ウイリアム・アイヴーソン（Ｗｉｌｌａｍ・ＩＶＡＲＳＯＮ）及ロイ・ヒース（Ｒｏｙ・ＨＥＡＴＨ）ニ対シ、打擲《ちょうちゃく》及其他ノ虐待ヲ加ヘ、斯クテウイリアム・アイヴーソンの死亡ニ寄与セルコトニヨリ、該俘虜共ヲ故意且不法ニ虐待セリ

二、被告人ホンダ・ハジメハ昭和十九年十二月又ハ昭和二十年一月頃、福岡地区、福岡第一俘虜収容所ニ於テ、シー・ジェイ・チャーン（Ｃ・Ｊ・ＣＨＲＲＮＥ）、ジェイムス・アッカーマン（Ｊｅｍｅｓ・ＡＣＫＥＲＭＡＮ）外姓名不詳ナル米軍俘虜共及姓名不詳ナル蘭軍俘虜一名ニ対シ、打擲及其他ノ虐待ヲ加ヘ、斯クテ前記蘭軍俘虜ノ死亡ニ寄与セルコトニヨリ、該俘虜共ヲ故意且不法ニ虐待セリ

三、被告人ホンダ・ハジメハ昭和十九年八月十日前後、福岡地区、福岡第一俘虜収容所ニ於テ、米軍俘虜ジョージ・ダブリュー・ダウリング（Ｇｅｏｒｇｅ・Ｗ・ＤＯＷＬＩＮＧ）ニ対シ、銃及鉄拳ヲ以テ打擲ヲ加ヘ、之ヲシテ失神セシメタル外、之ニ対シ其他ノ虐待ヲ加ヘタルコトニヨリ、該俘虜ヲ故意且不法ニ虐待セリ

四、被告人ホンダ・ハジメハ昭和十九年八月二十日前後、福岡地区、福岡第一俘虜収容所ニ於テ、米軍俘虜ゴーマー・ヘンリー・コンデット（Ｇｏｍｅｒ・Ｈｅｎｒｙ・ＣＯＮＤＩＴ）外米軍並ニ連合軍俘虜多数ニ対シ、打擲及其他ノ虐待ヲ加ヘタルコトニヨリ、該俘虜共ヲ故意且不法ニ虐待セリ

五、被告人ホンダ・ハジメハ昭和十八年九月頃、福岡地区、福岡第一俘虜収容所ニ於テ、英軍俘虜ジエイムス・レオナード・モンク（James・Leonard・MONK）ニ対シ、打擲其他ノ虐待ヲ加ヘタルコトニヨリ、該俘虜ヲ故意且不法ニ虐待セリ

六、被告人ホンダ・ハジメハ昭和十八年五月一日ヨリ昭和二十年六月三十日ニ至ル間、福岡地区、福岡第一俘虜収容所ニ於テ、米軍並ニ連合軍俘虜多数ニ対シ、打擲及其他ノ虐待ヲ加ヘタルコトニヨリ、該俘虜共ヲ故意且不法ニ虐待セリ

連合軍最高司令部法務部長
アルヴア・シー・カーペンター
ALVA・C・CARPENTER

訴因を時系列で整理すると、次のようになる。

一、昭和一八年（一九四三）五月一日から二〇年（一九四五）六月三〇日までの間、米軍や連合軍捕虜多数を虐待した。

一、一八年九月ごろ、イギリス人捕虜、ジェイムス・レオナード・モンクを打擲するなどして虐待した。

一、一九年八月一〇日ごろ、アメリカ人捕虜、ジョージ・ダブリュー・ダウリングを銃や拳で殴り失神させた。

一、同八月二〇日ごろ、アメリカ人捕虜、ゴーマー・ヘンリー・コンデットを打擲するなどして虐待した。

一、一九年一二月または二〇年一月ごろ、シー・ジェイ・チャーン、ジェイムス・アッカーマンほかオランダ人ら数名を虐待し、氏名不詳のオランダ人捕虜を死亡にいたらしめた。

一、二〇年一月ごろ、アメリカ人捕虜ウイリアム・アイヴーソン、ロイ・ヒースを虐待し、アイヴーソンを死亡にいたらしめた。

つまり、本田はアメリカ人アイヴーソンと氏名不詳のオランダ人二人を打擲したりして死亡にあずかったほか、他の捕虜にも虐待を加えたことで起訴されたことになる。虐待したとされる場所は、いずれも本田が熊本から福岡に移住していた福岡俘虜収容所第一分所内である。

この起訴状が作成されるにあたっては、検事局の取り調べで本田は起訴事実を否認したであろう。虐待したことはあったとしても、死なせるまで暴虐はしていないし、できるわけはない。利き腕の右手は使用できないのである。敬礼さえ満足にできないほど、右腕は自由な力が奪われていたのだ。右手を用いずに「銃、鉄拳」でどうして打擲できよう。左手で打擲しても相手に痛打は浴びせられないのは、実験してみればすぐにわかることだと反駁したと察しはつく。

それに、起訴状にはあやふやなところが何カ所かあった。

「昭和一八年五月一日から同二〇年六月三〇日にいたる間、福岡地区の福岡第一俘虜収容所において米軍ならびに連合軍俘虜多数に対し、打擲その他の虐待を加えた」云々は明らかにちがっていた。本田が福岡捕虜収容所に勤務し始めたのは一九年五月二九日であり、最初の勤務地は熊本の第一分所である。起訴状の虐待した月日、場所は明確な誤りである。

一八年九月ごろ、イギリス人捕虜、ジェイムス・レオナード・モンクを「福岡の第一収容所で虐待した」という待した」となっているのも事実に反する。一八年九月はまだ熊本の健軍飛行場建設に従事していたのだ。福岡で虐待できるはずがない。

　期日についても、もう一カ所おかしな点がある。起訴状では二〇年六月三〇日まで福岡にいたことになっているが、本田は同年二月末に退職届を出し、三月一日付で辞職が認められ、熊本に帰郷している。六月三〇日には、福岡にはいなかったのだ。起訴の根幹となっている「一八年五月一日から二〇年六月三〇日」という罪状認定期間そのものが事実に反している。

　この誤りだけでも、起訴状の不審な点が証明できると、彼は日本の弁護人に訴えていた。

　そのほかに、まだ疑問点があった。

　二〇年一月ごろ、アイヴーソンを虐待して死なせたことになっているが、「アイヴーソンは脚気で死亡した」との噂が当初から収容所内で広がっていたことだ。むろん彼も知っていたに違いない。このことは診療記録を調べればすぐ証明されるはずで、記録が証拠隠滅のために焼却されてしまったのかどうかは定かでないにしても、当時の医師らに聞けばわかることだった。

　そうした事柄についても、弁護人に申し立てていた。

　捕虜を殴ったのはまちがいない。しかし、それは規律維持と違反者の矯正のためであり、日本では通常、捕虜収容所内の業務の範疇として容認されていたことだった。打擲とははげしく叩くことだが、右腕が思うようにならない自分は、銃や拳で殴打することはできず、アイヴーソンやオランダ人をそんなにひどく扱ってはいない……。

　したがって本田は、裁判の進行には、比較的楽観視していただろう。漠然とした容疑で重罪になるなどとは考えていなかったが、ただ、第一分所関係の他の監視員が裁判にかけられなかった点はおかしいと感じていたようだ。少なくとも、本田よりは打擲した監視員は多かったのに、彼だけが「死に寄与した」とされるのは、納得がいかなかった。

裁判所正面の前で時間待ちをしていたタネと勝次は、立哨兵にうながされて、所内に足を踏み入れ、通訳に光のない廊下を案内され一室に入った。ガラスの引き戸のわきに毛筆で「戦争犯罪人弁護部」という板が掲げられているところをみると、弁護人の待合室らしい。

板張りの床の室内は、小学校の講堂のように殺風景で、長い机と腰掛がいくつか並べられているだけだ。奥まったところに数人のアメリカ兵が座って談笑しており、タネたちを目に止めると廊下に出て行き、しばらくしてファイルを手にした中年の日本人女性があらわれた。

タネと勝次は、椅子から立ち上がってあいさつを述べた。応対したのがアメリカ人でなくてよかったと、タネは顔をほころばせた。

「私は第八軍司令部戦争犯罪人弁護部の事務をしている萩原と申します。遠いところをご苦労さまでした。お疲れになったことでしょう」

女性は、そういってねぎらってくれたが、その次の言葉が出てこないらしく、やや時間が経過した。タネには、女性が言いよどんでいるふうにみえた。

「裁判は何時からでしょうか」

タネは腕時計をのぞいて尋ねた。軍事委員会からの手紙では開廷時間は午前とだけあったので、早く来たのだ。職員は、タネをじっと見つめていたが、急に表情をひきつらせ、

「申しわけありません」

と、長机に両手をついた。

「裁判はなかとですか」

彼女の詫びることばと顔色にびっくりして、タネは思わず聞き返した。

「申しわけありません」

女性は、同じことを繰り返した。あきらかに動揺している。

「どうしたとですか」

「実は、裁判はきのう終わったのです。一五日開廷とお知らせしたのですが、委員の一人がどうしても一五日は出席できなくなりまして、突然変更されたのです。お宅へご通知しようと思ったのですが、すでに出発されていると考え、お知らせはいたしませんでした。本当に申しわけないことですが、私たちにはどうしようもできませんでした」

裁判官の委員は三人以上で構成され、表決は三分の二以上の多数決で決められることになっている。本田の裁判の裁判官は三人なので一名でも欠けると表決ができなくなるので、やむをえず一日早まったのだと萩原と名乗る弁護部の職員は説明した。

タネは、張りつめた力がいっぺんにしぼんでいくのを感じた。せっかく熊本からはるばるやってきたのに、夫に会えないと聞いて体の芯《しん》が抜けたように内臓までが縮まってくるのを自覚した。手続きのことなどはどうでもいいのだが、タネは本田の証人となっており、証人の意向を聞かず、証人不在のまま勝手に裁判をしてしまうのがアメリカ流なのだろうか。あまりに被告側の立場を軽んじている気がして、これで公正な裁判ができるのだろうかと、厚めの下唇を噛み、何度も練習してきた夫についての弁護証言ができずじまいになった悔しさも込み上がらせた。

「そうですの。きのうでしたと」

タネは、小さくつぶやいて、勝次と顔を見合わせた。義父の顔にも翳《かげ》りが増し、疲労がにじんでいるのがわかる。

「裁判は、またあすあるのですか」

今夜は横浜で宿泊しなければならないと思うと、宿泊料が気になった。

「それで……、まことに申しあげにくいのですが……」

萩原は細身の体を縮ませてまた口ごもり、やや間を置いて、意を決したように言った。

「昨日判決となりました」

タネたちには、それが何を意味するのかよくわからなかった。裁判ははじまったばかりと思っていたのに、もう判決が下されたとは信じられない。電報にも判決の文字はなかった。タネは、黙って、彼女にけげんそうな目を向けて言った。

「判決ですすと」

声がかすれた。胸の中に、大きな石がころがり込んできたような強い圧力が加わってくるのを意識し、心臓がきしみを立てはじめた。裁判が終わってしまっても、無罪の表決が出ればそれでいい。

「おめでとうございます。無罪でした」との声が職員の口から出てくるのを待った。

女性は、下を向いたままで、言葉を探しあぐねているようであった。ためらっているというのは、無罪ではないということだ、とタネはただちにさとった。どのくらいの刑なのか、五年も一〇年も刑務所にいることになったのだろうか。早く結果を聞きたいが、数秒前までは楽しみにしていた裁判の結末を、今は聞くのが恐ろしくなって、職員のパットのふくらんだ肩を見つめた。

「どんな判決ですか。結果はどのようでしたと。お願いします、教えてください」

沈黙していた勝次が叫んだ。タネは、今度は厳しい目を彼女に真っ直ぐに向けた。

「刑期は長いのでしょうか」

タネにうながされた職員は、催促に答えるかわりに、両手で顔を覆った。ちぢれている髪の毛が震えている。

「絞首刑でしたっ！」

声をふりしぼったようだ。が、聞きとれない。タネは、「えっ、えっ」と言って、もう一度返答を迫った。

「残念です。絞首刑でした」

萩原は、今度は面を上げ、はっきりとそう告げて、すぐに頭を下げて泣き出した。

「絞首刑ですと！」

「そ、そげん馬鹿なこつ！」

まったく予期していなかった結果に、タネと勝次は、土地訛りで叫び、ほとんど同時に立ち上がった。耳を疑っている。上から机にうつ伏せの女をにらみつけた。裁判を傍聴していないのに、死刑だなんて誰がまともに受け取れるか。この職員は嘘をついている、嘘なのだ、私たちを田舎者と思ってだましているのだ！

タネは、女性を見下ろしているうち、背筋がそそけ立ち、青白い恐怖が血管を駆けめぐっているのをはっきりと頭にのぼらせた。

「き、起訴状あるでしょ！見せてください」

タネは、ようやく声を絞り出した。これは、幻想なのだ、うなだれている女性は私たちをからっている、演技をしているのだ、起訴状を見るまでは誰が信じるものかと思った。

萩原は、用意していたらしく、ファイルから日本語の起訴状の写しをつまみ出して、そっと机の上に乗せた。初めて知る本田についての罪状である。タネは、奪うようにして取り上げ、一気にタイプ印刷活字をたどった。

「打擲によりアイヴーソンの死亡に寄与した」――目がここまできたとき、タネは「こげんこつ！」と絶句し、起訴状を放り出して、こん倒した。深海に誘い込まれるような気持ちにとらわれ、腰が砕けて床上に倒れた。重たそうな長イスが、横倒しとなってガラガラと音を立てて壁に響き渡った。ほかに何か言おうとしたが、意識がかすれて自失した。

物音を聞きつけて部屋の外から米兵が飛んできて、担架を運び込み、床に横たわっているタネを乗せようとしたとき、彼女はわれに返った。「ノー、ノー、さわらないで！」とわめいてアメリカ兵の手を払いのけ、そのまま床に身を伏せた。夫が死刑など、そんなことがあるものか。ささくれ立った板張りの床を見つめ、身じろぎもせずに胸の内をかきむしった。

腰を強く打ちつけたとみえて、下半身が痛かった。勝次の手につかまり、ようやく立ち上がると、即座に絞首刑のことが呼び覚まされて、また暗がりに引きずり込まれそうになる。

「裁判長に会わせて！」

タネは、泣き叫んだ。じかに裁判官に会って質したい。実際に裁判は開かれたのか、死刑の判決が下されたのか、夫が捕虜を虐待死させた証拠はあるのか、裁判はなぜ一日で終わってしまったのか、聞きたいことは山ほどある。裁判官に確認するまでは、この場を絶対に離れまいと思った。

「裁判長はどこ！裁判長に会わせて。どこなの！」

机をこぶしで叩く。身をよじる。わめく。

軍属の夫が死刑になるなんて、そんな無体な話はない。英語がわからずとも、どうして死刑なんかにしたのか裁判長に文句を言いたかった。自分の証言を聞いてもらいたかったのに、一方的に、たったの一日で判決を下すなんてあまりにひどすぎる。この裁判は無効だとなじってやりたかった。駆けつけたアメリカ兵たちは呆然として見ているだけだ。ドアの向こうからまだ人がやってくる。それでもかまわず、タネは「裁判長、裁判長！」と叫び続けた。

勝次はおろおろし、「タネ、もうよか。戻ろう」と声をかけ、ガラス戸のほうへ手を引っ張ったが、彼女は子どものように抵抗した。

「もうよかばい。さあ行こう」

勝次は、嫁の肩に手をやり、女性職員が「気を鎮ませてね、元気を出してくださいね」と戸口のほうにタネの体を押しやった。タネは、なお足を踏ん張り、とり囲んだアメリカ兵や日本の男性職員に引きずられる形で、ガラス戸に少し歩み寄らされたが、足がもたついて歩けない。

職員らに半ば強引に腕をとられて、暗い廊下をたどって外へ出される。日の光をあびると、とたんにやり場のない悲しみと怒りが再び攻めてきた。「信じられるか、だれが信じるものか！」と、また叫んで地団駄を踏んだ。

手にしていた風呂敷包みを地面に思い切り叩きつけた。そうするしか怒りのやり場は見つかりそうになかった。小豆の入った風呂敷は、バシッと鈍い音を立てて土の上に固まり、同時にざざっと風呂敷から小豆がこぼれ落ちて地面に広がった。勝次があわててそれをかき集めた。

「さっき、あの萩原という女から聞いたけん、始が収容されている巣鴨プリズンへ行かんとね」

勝次が紙切れを涙に濡れているタネの顔にかざした。鉄道の乗換駅と道順らしいものが書いてある。勝次は「職員さんは刑務所に連絡しておいてくれると話していたので会えるじゃろう」と言い添え、タネは、やっと「うん」と、かすかにうなずいた。

判決を受けたばかりの夫に会うのはつらく、気持ちのゆれはしばらく隠せそうにないが、でも、会いたい、顔を見たい、話をしたい。慰めたい。それしかできない。

どのようにして巣鴨プリズンに行ったのかの記憶は薄れている。省線に乗っているときも、絞首刑の文字が頭の中でぐるぐると回転して悪寒さえして、満員の乗客に大声を放ち、怒りを聞いてほしい気がした。夫は軍属でした。国のために働き、国のために傷ついた傷痍軍人なのです。その報いが死刑とは残酷すぎます。そうでしょ、みなさんもそう思うでしょうと、一人ひとりに問いかけたかった。

夫は刑を宣告されたときどのような態度をとったのだろうとも、これからどのように生きていったらいいかとも思考をめぐらせる余裕はない。きょうの出来事は現実ではないのだと、それだけを念じ、自失状態となるのに耐えるのが精いっぱいだった。

第六章　まばたいた監房

　巣鴨プリズンへの道順を教わっても東京は皆目不案内で、どこをどう行ったらよいのか、心もとなさといったらない。とにかく刑務所までたどり着き、夫にひと言声をかけて、慰めてあげたい一心で電車に乗ったが、裁判所からプリズンに連絡があったとしても、死刑囚となった被告にすぐに会えるのかどうかが危ぶまれた。舅と嫁は、押し黙ったまま池袋駅で省線を降りた。

　池袋という地名は、終戦連絡中央事務所からきた拘束令状にあったので知っていたが、駅の改札口を出るとあまりの人出の多さに呆然としてしまい、足を進めるのを臆病にさせた。

　駅前は、杭に縄を張りめぐらせて囲いがつくられ、中に屋台がひしめいていて、周辺の焼け跡とは場違いなほどざわつき、焦げたご飯、焼き魚の匂いが立ちこめている。屋台には、おでん、煮魚、雑炊《ぞうすい》、すいとんと書いた紙きれが風に吹かれ、魚、サトイモの煮つけなどを盛った皿がベニヤ板に置かれ、柱に「焼酎《しょうちゅう》有りマス」の張り紙をひらめかせている店もある。道路わきにゴザを敷いた露店では、雑誌類、タバコ、雑貨が無造作にならんでいた。

昼食時をすぎているのに、男女が屋台に群がって丼の雑炊を音立ててかっこみ、屋台の店の子どもらしい男児たちが、棒きれを手に奇声を発して追いかけっこをしている。売り声、器の金属音、電車の警笛、嬌声が鼓膜《こまく》を打つ。ヤミ市の物資の豊富さと喧噪ぶりに二人は目を見張った。

「義父さん、お腹すいてなかとね」

タネは、勝次に声をかけていたわった。朝、握り飯を食べてからは何も口に入れておらず、香ばしい焼き物の匂いが鼻を通って空っぽの胃を目覚めさせる。勝次にそうは言ったが、値段はおそらく高い。手持ちの金は帰りの汽車賃のほか余分はあまりない。

「食べとうなか」

勝次は、先刻聞いた死刑判決の衝撃を引きずっているらしく、気だるそうに答えた。タネも、裁判所で泣きわめいた興奮がだいぶ薄らいできてはいたものの、死刑という呪わしい文字が、頭にこびりついて離れない。死刑、死刑、絞首刑——夫は死刑の宣告を受けてしまったと思うと、たちまち心臓がきしみ出し、そんなことはないのだ、きっと何かの行き違いなのだと打ち消して、ぽっかりと穴の開いている胸の中をなんとか埋めようとつとめているくらいだ。

死刑とは、人を殺した償いの罰である。夫は、捕虜を殺してはいない。夫には人を殴打できない。たとえ捕虜が死んだとしても、その死は夫の行為の結果ではない。右腕の自由が利かないのにどうして人を殴りつけ死なせられるか。結婚の申し込みさえ自分で言えなかった人が、息の絶えるまで打擲できるはずがない。裁判所で聞いた判決は、やはりでたらめなのであり、もう一度裁判はやり直されるはずだ。弁護士に相談して方策をとらないといけない。そんなことを漫然とめぐらせて、タネは人混みを避けるようにして歩いた。

「タバコいらんかね。舶来物《はくらい》だよ。安いぜ。旦那のみやげに買っていきなよ」

目の前に戦闘帽をかぶった男がいきなり立ちふさがり、セロハンにつつまれたタバコの箱を鼻の先につきつけた。午後の日射しがきつくなって、タバコの赤い包装が華やいでいる。

「いりません」

「そう言わないで。ひと箱でいいからさ、買いなよ。父ちゃん喜ぶぜ。安いんだからさあ、めったに手に入らないぜ。どーんといこうよ」

男はしつこく追ってくる。勝次の手をとり、駆け出した。

ヤミ市を通り抜け、ジープが往来している通りに出ると、前方に大きな建物が見えてきた。きっとあれが巣鴨プリズンだと、裁判所でもらった紙切れで目星をつけ、先ほどの男がいないかどうか、うしろをふり返りながら急いだ。

道の両側は真っ黒に焼けただれて、骸《むくろ》のように放置されている防空壕があちこちにある。駅からすぐ近くなのに、通りには人影はほとんどなく、ぽつんぽつんと建っている家はヤミ市のざわつきとくらべると別世界のように静かで、傾いだ小屋の周辺には、売るために埋まった鉄材でも拾い出しているのか、鉄棒で褐色の土を掘り返している人の姿がちらほらしているだけだ。

廃屋の続く前方に、クリーム色のビルが見えてきた。鳥が翼をひろげた格好の建物のてっぺんは、磨かれたようにてらてらしている。「あそこに夫がいるのだ」と思うと胸がつまった。

アーチ型の看板が目に入ってきた。白色に塗られた板に「SUGAMO PRISON」と赤の英字で書いてある。横文字のせいか、いかめしさはなく、どちらかといえば歓楽地の案内板を思わせ、タネはほっとした。だが、周囲に錆びた「く」の字型の鉄条網が二重三重に張りめぐらされるのを見、その向こうにつらなっているがっしりとした高いレンガ塀、四方に組まれている櫓《ろ》の形をした鉄柱の塔、その上に銃を手にしてゆっくりと哨戒しているアメリカ兵などをみとめると、体がしんとした。

入口がどこにあるのか見当がつかない。鉄条網に沿ってしばらく行く。小さな木製のゲートがあり、わきに粗末な門衛所、そこに鉄砲を肩にぶら下げたアメリカ兵が立番して、もう一人がベンチに腰かけていた。本田の名を告げるが、相手に通じない。しばらく待てという仕草をし、ベンチの男が建物の方角に消え、かなり時がすぎ、二世らしいアメリカ人の通訳をつれて帰ってきた。「コンニチハ」と言う二世のあいさつに、タネたちはやっとこわばった表情をほぐした。

軍服がはちきれそうな体格のよい通訳に案内されて、プリズン内に足を踏み入れる。通訳は歩きながら、「裁判所カラ連絡ガキテ待ッテイマシタ」と日本語で語った。日本語で話してくれるのは何よりありがたい。

左手に原っぱがひろがり、その向こう側に三階建ての建物が櫛の歯状に並んでいる。あれが監房なのだろうか、あそこのどこかに夫がいるのだろうか。窓はじっと閉ざされ、無人のように見える。タネと勝次は黙々と通訳のあとに従った。

コンクリートの道をしばらく歩いたあと、アメリカ国旗をひらめかせている大きな建物の前に着いた。玄関先に植え込まれた棕櫚《しゅろ》が風でざわついている。受付で通訳は衛視に英語で語りかけ、二人をふり返って、あとについてくるように手招きし、ひんやりとした階段をのぼって二階につれていった。

収容者との面会室は、その二階にあった。通訳が扉を開けて中に入るように言ったので、二人はおそるおそる身を入れた。室内は横長の狭い空間で、椅子がいくつか並べられ、前に金網が張られていて、立っているだけで圧迫感がある。通訳がかたわらで説明した。

「ココガ面会所デス。被告人トハ予約シナイト会エマセン。キョウノアナタタチハ特別ネ。面会ハ月一回、面会ハヒトリダケ、時間ハ三〇分。ＯＫ？」

「はい」

「デハ、ダレガ面会シマスカ。アナタ？ソレトモアナタ？」

通訳は、タネと勝次を交互に見やった。ふたりで面会できないなら仕方ない。どちらが面会するか決めなければならない。

「お義父さんが面会したらよかよ。私はまたやってくるけん」

「いや、お前が会ったらよか」

ゆずりあっているのをみて、通訳は「チョット待テ、話シテクル」と部屋を出て行った。予定のない急な訪問だったが、死刑判決を受けた被告の肉親だから便宜をはかってほしいと横浜裁判所から電話があったために、融通をきかしてくれようとしているのだとタネたちは話し合い、アメリカにも親切な人がいるのだと感心した。

「大丈夫やろうかね」

勝次が心細げにタネに問いかけた。小さな蛍光灯がついているだけで、窓はなく、室内は薄ぼんやりしている。長くいたら気が滅入りそうで、タネも落ち着かない。

「何が？」

「始はあらわれるじゃろうかの。気落ちして姿を見せんのじゃなかとね」

「大丈夫たい。まちがいなく来るとよ」

タネは、うなずいて義父に答えたが、自信はなかった。

まもなく、先ほどの通訳がやってきて、「ＯＫ、フタリトモ面会デキル許可ヲトリマシタ。デモ、会フノハヒトリズツネ」と言った。一時は、断念してこのまま帰ろうかとまで相談していたので、勝次とタネは何回も通訳に、「ご親切に」と礼を述べた。

「よかった。義父さん先に会って」

「うん」

舅が面会室に残り、タネは廊下に出て、三〇分ほど経ったとき、勝次が手ぬぐいを顔に押しあてて、部屋から出てきた。目が真っ赤だ。夫と会えたのは間違いなかった。交代してタネが扉を開けた。

いつのまに部屋に入っていたのか、ＭＰと黒文字で書かれた白い腕章を巻きつけ、白カブトをかぶった大男がいて、室の隅に立っている。イスに腰を下ろし、居ずまいを正して前を見つめた。目の高さは網、その下はコンクリートとなっていて、網の向こうはさらに暗い。気がつくと、金網越しに人影が見えた。顔を寄せて、神経を目に集中させた。夫が座っている。こちらを見ている。急に瞼が熱くなり、金網がにじんだ。

「タネ、よく来たなあ。父さんにいま会ったよ。お前元気か」

本田の声が薄暗がりから届いた。少し震えを帯びているが、懐かしいややくぐもりのある声だ。タネは夫を凝視した。

「うん、うん」

そう言うのがやっとで、あとは何も言えない。

網のすき間からわずかに見える夫の表情は、ぼっとかすんでいてはっきりとしないが、眼だけは薄暗い囲いの中でも光っているように感じられる。ガラス玉みたいだ、痩せたのだ、と思うとたまらず涙があふれた。

「大変だったろうな、ここまでは。ありがとうな」

本田はかすかに頭を下げた。家にいるときは、「ありがとう」などと言われたことはめったになく、いたわりのかけらさえ見せてくれなかったのに、塀の内に閉じ込められ、まして死刑を宣告されて、ますます弱気になったのかもしれないと、夫の心情を思いやると悲しくてたまらないが、意外に高ぶってはいない様子であるのには安心した。

「そんなこつなかと。それよりあんたこそ大変だったね。きのうだったんだね。今日裁判があると連絡ばあったもんで間に合わなかった。ごめんね」

やっと声をかけて、途中ではっとした。死刑と言うのだけは不吉で、それが口から出てきそうなのが話すのをためらわせた。

「いいとよ。弁護士さんと証人台に立ってくれたFさんにはお世話になったけん、お礼言うの頼むよ。母さんたちは元気か」

本田は弁護士と、証言してくれた福岡俘虜収容所勤務時代の元同僚や家族に気づかいをみせた。死刑判決を言い渡された昨夜は眠れなかったであろうに、弁護士や証言者を配慮するゆとりがあるのは不思議だった。人間は、生命の刻限をさとると、わが身を顧みなくなるのだろうか。死ぬとわかれば、自分の魂を他人や肉親に宿らせようと思ってしまうものなのか。なぜ、「オレは死ぬことが決まった。死にたくはない、助けてくれ、何も悪いことはしていないのだ。どうすればいいんだ」と言わないのだろう。そのように取り乱したほうが、むしろこちらも慰められるのに、追いつめられながらなお、他人や家族を案じる夫がかわいそうでならなかった。

「義母さんたちは恙《つつが》のうしている、心配せんでいいけんね。弁護士さんには会ってきます。Fさんにもお礼を言っておきます。あんたはあんたのことだけ考えればよかよ。これからどうなると？」

本田のうしろに立っている監視兵がもしかしたら日本語をわかっているのではないかと気にして、ささやくように金網の間に声を投げ入れた。死刑が決定し、その結果がどうなるかは、尋ねてはいけないことだった。彼の処置はＧＨＱの掌中にあり、答えられないのもわかっているが、聞かずにはいられなかった。

「どうなるかなあ。お迎えはあすかもしれないし一年先かもしれない。それはわからん。だが、お迎えは必ずやって来るけんね、お前も覚悟しておかないといかんよ」

本田も声をひそめて答えた。

顔つきはうかがえないが、話しぶりは普段のとおりで落ち着いている。できるだけいたわらなければいけないと思うが、こういう時どんなことを言ったらいいのかわからない。死刑判決はまだ信じていないし、信じたくない。本田が言った「お迎え」にどきりとし、聞こえないふりをした。

「とにかく家のことは心配するこつなかよ。気いしっかり持ってがんばってね」

それだけ言うのがやっとだった。

証人台に立って夫の日ごろの生活ぶりを横浜の法廷で話したかった。捕虜を死なせるような人ではないのを証言したかった。裁判は一日早まってしまい、判決が下されてしまった。どうして家族に連絡のないまま開いてしまったのかについては強烈な不満、憤りがある。夫にその点を詳しく語りたかったが、口から出ないのがもどかしい。

パチンという金属音が聞こえ、それが、時間がきて夫の両手にかけられた手錠の音であると気づいたとき、密閉状態の部屋にいる現実を意識して、背中に冷たい感情が走った。

「そな、元気でな。みんなによろしく言うてな。達者でいてくれよ」

本田は、街角で別れるようにあいさつをして、監視兵のあとにしたがった。面会中は気強くしていたのに、彼の姿が消えると涙が頬をつたわってきた。励ましの言葉を何一つかけられなかった悔恨も涙にまじっていた。

面会を終え、アメリカ兵にゲートまで案内され、タネたちは門の外へ出て、再びヤミ市のほうへ向かった。歩くのは億劫《おっくう》だったが、本田に話したとおり、せっかく東京へきたのだから、日本橋に住んでいるという弁護士宅をおとずれ、裁判の模様を聞くつもりである。これからどうしたらいいのかを相談したい。助かる手だてがあるのなら何でもする。再審の道は残っているはずであり、再審のためにどんな方法をとるのかも知りたい。

夕方にさしかかって、黒々とした鉄条網が肋骨《あばらぼね》のように見え、人通りはまったく途絶えていた。五〇歳をすぎた勝次の顎に白い髭が伸び、国民服の肩に老いが宿り、モンペ姿のタネは、草履をひきずっておろおろと歩いた。おろしたばかりの白い足袋は土がこびりついて薄汚れている。

「始さん元気でよかったね」

「ああ」

あとは、二人とも会話をせずに池袋の駅に向かった。前方にホームの明かりのまばたきがちらちらし、それがよけいにわびしかった。

東京駅で電車を降りたときには日が暮れていて、暗い道で家を見つけるのに手間取り、八時すぎにようやく弁護士の家を探しあてて玄関の戸を叩いた。周辺は焼けているのに、弁護士宅一帯は家々が残っており、きちんとした住まいが多かった。戸が開けられ、弁護士の妻が出てきた。

「熊本からまいりました本田始の父でございます。こちらは始の嫁でございます。裁判では先生にえろうお世話になりました。お礼をさせていただきたくお邪魔いたしました」

勝次につづいてタネは、ていねいに腰を折った。

やがて弁護士があらわれたので、勝次はもういちど自己紹介してお礼を述べ、きょう裁判所に駆けつけたが前日に判決となり間に合わなかったこと、プリズンで息子に会ってきたことなどを話し、

「これから裁判はどうなるのでしょうか」と問うた。和服姿の弁護士は、それに無言で応じた。部屋には通されず、玄関先の立ったままのそっけない応対で、ねぎらいもない。

尋ねたいことは数多くある。本田が外国人捕虜を死亡にいたらせたという証拠はどんなものか、検察側に対してどのように反論したのか、死刑が決まったときの本田の様子はどうだったのか、死刑判決は覆らないのか、再審の道は……しかし、弁護士は質問を拒んでいるふうに見え、早く立ち去れと言いたげに、座敷の上がり口で二人を見下ろしているだけだ。

勝次は話の継ぎ穂を失って、熊本から持参してきた小豆を差し出すと、弁護士はそれをやはり黙って受け取った。勝次とタネは、引き揚げようと目で語り合い、もう一度礼を言ったあと、勝次が弁護士に遠慮がちに尋ねた。

「ここらに宿泊所はございますでしょうか」

夜になっている。東京の地理は不案内なので、できれば近くに安い旅館があったら泊まっていきたいとの勝次の質問の意味がわかったとみえ、弁護士はようやく口を開いて、

「あるにはありますが、進駐軍がきて騒動を起こすのをおそれて若い女性は泊めてくれないでしょう」

と、答えた。外は電灯がなく真っ暗であり、住宅街では野宿する場所もない。これから東京駅に戻って待合室で仮眠するにしても、夜間はすでに満杯だろう。勝次は、いっそう体をぎこちなくさせて言った。

「申しあげにくいのですが、お宅の軒先で結構ですたい、一夜お貸し願えませんでしょうか」

弁護士は顔をしかめて、即座に言った。

「そんなことはできませんよ。東京駅に行きなさい」

にべもない。東京駅の地下道で寝ればいいというのだろう。何の助言、説明、激励もなく、もう済んだことなのだ、あなた方とは関係ないとの態度がうかがえて悲しかった。

義父と嫁は、闇の中に引き返した。東京は殺人や強盗事件が頻繁に発生し、進駐軍の乱暴事件もしょっちゅうあると聞いていたので、進駐軍に襲われたらどうしようとそれが不安で、勝次は着ていた国民服をタネに貸し与え、白足袋をぬがせて男性を装わせて、自分は風呂敷を肩から垂らして歩いた。

「アメリカ兵らに乱暴されたらたまらんけんの、頭に手ぬぐいで頬かむりしたらよか。モンペは風呂敷で隠して女と見られんようにせんといかん」

ジープの明かりが近づくと、身をかがめてやりすごし、タネは人にすれ違うたびに、モンペのポケットの財布を固く握りしめた。桜木町駅で茶を煎れて、横浜裁判所の道順を書いてくれた若い駅員のあたたかさが思われた。


タネがふたたび巣鴨プリズンをおとずれたのは、勝次と一緒に面会してから一カ月半ほど経った六月三〇日午後だ。今度は一人きりであり、面会に行くとあらかじめプリズンの事務所に通知しておいたのですぐに案内され、この前のように二階に上がった。この日はほかにも面会人がいて、廊下には三人ほどが入室を待ち、やっと順番がきて、彼女は室内に招じ入れられた。夫の姿はまだなかった。

義父の勝次と来たときよりは、心臓の音はそう高くはない。それでも、入口付近で白カブトの男が凝視していると思うと全身が硬直する。肩の肉が盛り上がり、薄カーキ色の軍服に体の線を刻み込んだ旧敵国人は、長い足を踏んばって、こちらを見ているので顔を上げられない。

タネは、膝に置いた風呂敷包みをきつくつかみ、頭をまっすぐにして木のイスにかしこまった。蛍光灯の淡い光が照らす畳一枚ほどに区切られた面会室は、ザルの目状の真鍮の二重金網の線だけがつややかな銀色の彩を帯びている。

ずいぶん長い時間が刻まれている気がするが、まだほんの少しの間なのだろう。腕時計をのぞきたかったが、近くに大きな男が立っているのを意識すると、手を動かすのもためらわれ、坐像のようにじっとして、金網越しのドアが開くのを待った。

この前は感じられなかったが、部屋の空気のよどみに異変をかぎとっている。胸の奥にまで直に侵入してくる刺激臭は、気にするといっそう狭い部屋を満たしてくるようだ。陸軍病院に勤務していたころ、病室内に立ち込めていたのとおなじ饐《す》えた臭い、ウジ虫が張りついた本田の傷口のガーゼが放っていたあの臭気。それが、アメリカ兵の体内から立ちのぼってくるものだとわかると、よけいに体が固まった。この前と同じ状態で列車の通路に座り通しだったので骨の節々が痛んでいるが、それよりも閉ざされた部屋で、アメリカ兵にじっと監視されて待ち続けているのがつらい。

カギを差し込む乾いた音がして、金網の向こう側のドアが開き、ＭＰに両脇を抱えられた本田始が、わずかに笑みを浮かべてやってきた。タネは、だらりと下げた両手に手錠がかけられているのを網の目のすき間からみとめ、夫の笑みは、はにかみなのだとさとった。

本田がタネの前に腰を降ろすと、つき添ってきた兵隊が、彼を挟んで立った。狭い面会室はさらに圧迫され、外国人の体臭がいっそう濃くなった。

「元気そうですね」

よそいきの言葉で、短く声をかけた。金網にさえぎられてまだらとなった顔は、衰弱してはいないように思われたが、この前会ったときより白っぽく見えた。

「ああ。お前も元気なようだね」

本田も短く応じた。

「手はよかと？」

「こいつはもう治らんよ、諦めとる。そんなことよりタネ、その金網さわるなよ。電気が流れているかもしれんけんな」

本田は、ちらっと自分の右腕に目をあてがったあと、小声で言った。まさかとは思うが、網に電流が通されていると聞いてぞくっとした。ぼやけてはいるが、夫の真剣な表情は確認され、心づかいをみせてくれたのが嬉しかった。

外国兵に見守られていては、お互いに話しづらい。会話はぽつんぽつんと切れてしまう。

「ちょくちょく来られなくてごめんね。遠いけんね」

遠いだけではない。東京までの費用がないのだ。これまで貯めた金をおろして旅費にあてているが、蓄えは底をついている。

本田が戦犯容疑で拘禁されたあと、タネは診療所勤務を辞めて派遣看護婦協会の派遣看護婦として働いている。なぜ診療所を退職して不定期の臨時働きの職に就いたのかは、彼にはまだ手紙で知らせていなかった。実は、いまも必死に職を探しているのだが、戦犯の妻を雇ってくれるところはないのだ。夫によけいな心配をさせたくない。

「もう来んでもよかよ。長旅はしんどかけんね。父さんにも会えたし」

子どもはおらず、話すことはあまりない。舅、姑や義弟妹の消息を語るのは、かえって彼を乱してしまうようではばかられた。言えば泣き言になってしまいそうなので、それを口にできないのがもどかしい。本田もわきまえているらしく、家のことについて聞くのは控えているようだった。

「生活に不自由はなかとね」

「なかよ。食事は結構うまいもんば食える。運動できんのがややきつかがね」

淡々とした会話のあと、また沈黙が会話を裂いてしまう。

監視兵の一人が、こちらに高い鼻を向けた。あまりしゃべらないので不審をいだいているのだわ、とタネは思った。ほかの面会人は、こういうとき、どのようにして時を使うのだろう。きっと家族のことを伝えるのに夢中になるにちがいない。

「元気を出してくださいよ。よか知らせがあるかもしれんしね」

「ああ」

本田は、力なく答えた。

死刑の場合、判決があってから一カ月のうちに刑が執行されるらしいというのが、世間ではもっぱらの噂である。しかし、とうに一カ月はすぎている。ひょっとしたら彼が出した異議申し立てがみとめられた可能性がある。つれなかったあの弁護士がうまく立ち回ってくれたのかもしれない。あるいは、ＧＨＱが方針を転換して、死刑が中止になったことだってありうる。タネは、自分が願っている気持ちを「よか知らせ」と表現して励ましたつもりだが、本田の反応は鈍かった。

「減刑はあるかもしれんが、もう六人ば殺《や》られとるしね。独房におっても、所内の動きで刑が執行されたのはようわかるのよ。それに、たとえ減刑になったとしても、終身刑やろうから、外にはきっと出られんけん。それならいっそ死刑になったほうがよかとも思っとる。骨になってお前のところへ帰れるけんね」

ふいに声が乱れた。

「そんな……、そんなこつ言わないで。元気を出しなさいな。しっかりせんといかんでないの」

夫を深く愛しているわけではなく、むしろ家族からかばってもくれない彼に腹立たしい思いを抱いた時期もあった。しかし、小心の夫がすでに観念してしまっているようであるのはやるせない。もう一緒に生活ができないだろうことは、うすうす感じている。去年の二月までに、六人のＢＣ級戦犯が絞首刑に処せられたのは、新聞の片隅に載っていた記事で読んで知っている。いまは、刑が延期されるのを祈るだけなのだ。ただ、ここ当分は死刑執行の記事は新聞には出ていないので、戦後二年が経ち、方針が変更されたことが考えられなくはない。それだけが望みであり、とにかく生きていてくれさえすればそれでいいとタネは願っている。

面会の三〇分間は、ここで終わった。

タネのうしろのアメリカ兵と、本田の隣の黒人兵が、同時に腕時計をのぞき、手の平を上にして、立ての会図をした。本田は、また両腕を支えられて、病人のように立ち上がった。

義父と来た初回の面会のときは気づかなかったが、彼の薄褐色の長袖シャツの中央に、Pという黒いエナメル文字があり、左肩にもそのローマ字が張りついている。何のマークなのだろう?それが、囚人を意味する英語Prisnerの頭文字だとは、彼女にはわからなかった。アメリカ兵のお下げなのか、シャツとズボンは案外こざっぱりしていたが、ズボンにはベルトがついてはおらず、だぶたぶだった。

「あすも面会できます。今夜はぐっすり休んでね」

と、タネは立ち上がった本田に声をかけた。面会は一カ月に一回が原則だが、たまたまこの日は六月三〇日の月末なので、もう一日東京にいれば七月分の面会ができるのだ。その手続きはとってあるので、あすまた夫に会える、あしたはもっと元気づけたいと考えながら、タネも椅子から離れた。

外へ出ると、暗がりから出たせいか立ちくらみが起きそうになって、しばらく目を閉じたままでいた。やって来たときは雨をはらんでいた空が重苦しかったが、初夏の陽光がまともにふりかかっている。

鹿児島線で熊本を前日発ち、東京駅に着いたのは午前八時ごろだった。車内は通路もびっしり埋まって足も投げ出せず、身動きひとつできなかった。尿意をもよおしたらどうしよう、とそればかりを考えた。指定された面会時間は午後だったので、東京駅で仮眠をとっただけだ。面会を終え、緊張が解けてほっとしたためか、寝不足の疲労がいっぺんに吹き出てきたようだった。

刑務所の正面ゲートへ通じる唯一の外界との接触路となっている舗装道をたどり、今日はどこで泊まろうと思案したが、余分な金はなく、不案内の東京で女一人宿泊するのは物騒だ。駅の待合室で眠ろうと、そのまま東京駅に行き、構内につくられた板囲いの無料の簡易宿泊所に入った。ふかしたサツマイモを買って食べ、風呂敷包みをしっかりと両手に抱きかかえて、腰かけたまま夜を送り、翌朝、また巣鴨プリズンに向かった。七月一日の面会時間は午前だった。

「おはよう」

久しぶりに、夫と朝のあいさつをかわした。

「オレ、きのうは眠れなかった。お前眠れたと」

本田の声は明るかった。夫が眠れなかったと言ったのは、「お前に会えたからだ」ということだとわかって、タネは心が躍った。

会話は、昨日の続きとなった。

「たとえ減刑ばなっても、ずっとここに閉じ込められて、お前のところへはきっと帰れんばい。オレは引き止めはせんから、再婚して幸せになってくれ」

本田は、妻の将来のことにふれた。それは、本田がすでに重罪を受け入れているようで、どうしてそんな心境になったのか、起訴状にあった罪を実際に犯したのだろうかとタネは困惑した。

「そげんこつ……あんた何ば悪いことしていないのだけん、ね、そうですと」

このまま別れることになってしまうのかと思うと、これまで味あわなかったいとおしさがつのり、再婚は絶対しない、あんたの帰りを待つと、力をこめて言った。本田が福岡市内の捕虜収容所勤務となり、ようやく送ることができた夫婦きりの静かだった生活が思い起こされた。

「私は西原タネではなく、ずっと本田タネよ。再婚などともう口にしないで」

モンペからハンカチをとり出して、タネは目頭をぬぐった。

それからは、いろいろな話をした。陸軍病院時代のことも懐かしく語り合った。本田は、プリズン内の出来事や裁判についてもふれ、不満そうな口ぶりがわずかながらにうかがえた。

「東京までは汽車賃かかるだろう。きのうも言ったが、これからは無理せんでよかよ」

「お金が貯まったらまたまいります。楽しみだけん」

往復の旅費だけで二八〇円かかるので、派遣看護婦の身で汽車賃を貯めるのは容易ではない。しかし工面がつき次第、すぐにも面会しようと思っている。この日が最後の別れとなるとは、彼女は気づいていなかった。

「タネ、後でおもしろいことするけん、オレの房ば外からよく見てくれんね。窓をな」

本田は、やや身を乗り出して声を落とした。タネは首をかしげた。

「窓?何ばね、房はどこと」

タネは、秘密めいた話が聞かれはしまいかと、わきにいるMPをようやくまともにうかがって尋ねた。丸顔の意外に若い兵は無表情で、まなざしをこちらに注いでいなかったので、もう一度本田に向き直った。

「いいか。建物は五つある。この建物を出たら向かって一番右から五つ目、つまり左端の棟の三階だ。見てくれよな」

夫の細い目がいたずらっぽくなったのが、網からのぞけた。

この日は、制限時間はあっという間にきてしまったと感じられた。夫が昨日よりだいぶ元気になっていた様子なので、プリズン訪問の甲斐があったと思った。

「お前に会えてよかった。体に気いつけるんだぜ。手紙頼むよ、こっちからも出すけんね。じゃあさよなら。窓ば見てな、五棟目の三階、三階の一番右端だよ」

夫は、繰り返し言ってMPに手をとられた。

「あんたも気いしっかり持ってね。よかことあるけん、そのうちここを出られるけんね。また来る。きっと来ますよ」

夫の背に、自分でもびっくりするほど大きな声を飛ばした。

彼が出て行ったドアは開け放されており、ドアの向こうはまっすぐに廊下がのびていて、ライトに照らされてチカチカしていた。MPに両腕をつかまれてゆっくりと歩いていく夫のうつむき加減の肩が、まだらの影絵のように見えた。

外に出て、ところどころに土盛りされているだだ広い中庭の後方に、静かにならんで建っている建物を見た。「やはりあれが囚人棟だったのだ」と、立ち止まってふり仰いだ。縦に並んだ全棟が見渡せる。棟と棟の間には高い杉の木が何本か佇立している。

監房棟は、夫が話していたとおり五つあり、タネの立っているところから五番目の棟が夫のいる房棟らしかった。その棟の三階の右端を凝視した。三階の窓は、一番奥まったところにあるが、はっきりとのぞむことができ、日射しをはねのけて、中に人が収容されているのが信じられないほどに森閑としている。

あの窓がどうかしたのかしら、夫は何を話そうとしていたのだろう。近づいてきたゲート正門の衛兵の動作を気にしながらゆっくりと歩を進めて、またふり返った。何の変化もないようなので勢いよく歩み初めたとき、三階右端の窓がちらっと動き、反射したのをみとめた。あれだ。あそこに夫がいるのだ。

回転している。小窓らしい。一度、二度、三度と、窓は機械仕掛けのように回転をやめず、反射しているのは、太陽を吸い込んだ光線が届いているのだと気づいた。光は、夫がまばたきをしているように思えた。

タネは、たまらず顔を覆った。

どのようにして窓を動かしているのかはわからないが、きっと一生懸命に居場所を知らせてくれているのだ。こんな子どもじみたことをしている様子も夫の生きている証であり、自分への精いっぱいの愛情表現なのだと思うと、顔を覆ったまま道路わきにしゃがみ込んだ。

面会に行ってからというもの、タネは、何度も巣鴨プリズンのことを頭に描いた。

彼女の知っている構内は、門衛所、管理事務所と、その二階にある面会室、整地半ばらしい中庭、庭沿いの舗装道、中庭の向こうの監房棟、それに小窓が動いた夫の居場所の五号棟の三階片隅の一角である。どちらの方角か定かではないが、褐色のカマボコ型の建物が並列していたのも瞼に浮かべる。

刑務所には、アメリカ人が歩哨する高い監視塔があちこちにあったので、窓を動かしたりして見つからなかったのだろうか、罰を受けたのではないだろうかと心配になった。独房はどんなところなのだろう、寒くはないのか、暑さはこたえないかと、夫の日々の過ごし方に思いをやった。

タネは一度、夢の中で捕虜収容所に勤務していた時の本田と会ったことがある。夢の中の本田は、彼とは思えないほど大きく、堂々とした体つきで、しっかりと銃を握っていた。

「貴様！捕虜のくせにまだ逆らうのか！」

大声でどなっている。普段とまるで異なって目を吊り上げ、怒りの形相で、銃身の逆の木製取っ手を水平にして、いきなり捕虜の頭めがけて突いた。捕虜は、ぐらりと身体を傾《かし》がせて立ち直ろうとしたがこん倒した。捕虜のこめかみに血がほとばしっている。捕虜がよろよろと立ち上がったとき、本田の拳が今度は顔面を激しくとらえた――右手だ！右手を使っている！

「あんた、やめて！」

タネは叫び、そして目が覚めた。その夢を見たとき、タネは、裁判の判決が正しいように思われて、震えが止まらなかった。

本田が入所してから楽しみなこともあった。文通だった。月に何回かは手紙を書くのが許可されており、夫からエンピツ文字の便りが届けられてくる。カタカナまじりの文だ。

面会のとき、「検閲され、検閲官はひらがなが読めないので、カタカナでないといけないのよ。字数も一五〇字以内に制限されておる」と本田は話していた。カタカナのうえに削っていない鉛筆を使っているらしく、毎度太い文字なので読みづらかったが、手紙からは彼のささやきが聞こえてくるようで、心待ちにしている。

独房ニハイツテ考エルノハ反省ダケデアル。自分ノ都合ノミ考エテアナタヲ強引ニ結婚ト言ウ人生最大ノ局面ヲ誤ラセテシマツタ。ホントウニ申シ訳ナク思ツテイル。

オレニトツテモ、一身上ノ悩ミヲ病院の軍曹ニ打チ明ケタコトデ、ヒト肌ヌゴウトイウコトデマカセルコトニシタ。オレガアナタニ好意ヲ持ツテイタノハ真実デシタ。結婚スルノハ、アナタシカイナイト思ツテイマシタ。

面会を終えた七月には、このような手紙がきた。この手紙は時々読み返し、他人行儀な言い回しにほほえんだ。読むと、陸軍病院時代が蘇ってくる。

本田は、「熊本の陸軍病院健軍分院に入院していたとき、傷口を丁寧に治療してくれたお前に、想いを寄せるようになっていた。何とか告白したかったが、なかなかできない。お前のそばにいると何も言えなくなり、逆に不愛想になってしまうんだ。ウジ虫をピンセットでつまみ出してくれたときの息づかいを意識すると、羞恥で脂汗《あぶらあせ》がどっと吹き出した」などと結婚後に話していたが、それならはそうとはっきり言ってくれればよかったのだ。タネは、縁談を断る口実に結婚を持ちかけてきたと思い、最初はよい気分ではなかった。軍曹に命令させたりせずに、きっぱりと求婚してくれたら、どんなに嬉しかったことだろう。

それも、今では遠い出来事のような気がしている。もう過去のことなのだ。返事には、「お忘れなさい」と書こう、とタネは思った。

面会では、「たとえ減刑になっても一生プリズンから出られないだろうから、再婚して幸せになってほしい」と語っていたが、義父や義母たちにどんなにつらくされようと本田の妻でありたい。たとえ本田がずっと塀の中にいても、本田始の妻であり続けたいと、タネは考えている。その気持ちは、毎回返事にはしたためてある。明確に愛しているとの意識を抱いたことはなかったのに、今は夫が恋しくてたまらなかった。

タネには、一つの期待があった。あくまでも彼女個人の判断だが、これまでの三回の面会で本田の態度がかなり平静であったこと、そのことは、本田自身生きられる希望を持っているせいと考えられるので、減刑の可能性があるのかもしれないということだった。夫は諦観を口にしていたが、一方で話の端々で望みをつないでいるのではないかと受け取れた。きっと生きられる、無実は証明される、その日は必ずやって来る。だからひたすら待つのが現在の自分自身の生き甲斐となっているのをタネは確認していた。

五月の最初の面会のときと六月末に会った際は、本田からは刑務所内部の話などまったく出なかった。しかし、七月一日におとずれたときは、「フロアを歩く運動時間が増えてきた」と言っていた。「図書室の本の借り受けが許され、『すがも新聞』という名で服役囚の手でつくられる週刊新聞がこの六月に発行された」とも漏らしていた。

「このところ食事の盛りがよくなった」とか、「死刑囚同士の部屋の相互訪問が時間を限って許されてきた」とかといった獄内の事情を語っていた。そうした話を総合すると、プリズンの囚人に対する措置がかなり緩和されているとみて差しつかえなく、夫が元気そうだったのは、きっと心に張りがあるからだとタネは判じている。

町でも死刑廃止の噂が流れていた。このところ戦犯の死刑についての記事が掲載されていないから で、終戦から二年近くになり、そろそろアメリカは死刑をやめるのを検討しているのではないかというのである。ぜひそうあってほしい、と懇望せずにいられない。その望みが彼女の気持ちを支えている。

昨年の二一年四月に、由利敬が国内戦犯第一号として刑死して以来、今年の二月までに田村勝則、福原勲、平手嘉一、満渕正明、池上宇一の計六人が絞首刑台にのぼっている。戦後北海道の米軍倉庫から物資を盗んだのをアメリカ兵に見つかり、その兵を刺殺したといわれる民間人の少年田村勝則と、千葉県で墜落して瀕死の重傷を負ったB29のアメリカ飛行兵を楽に死なせるために部下に介錯させたという満渕正明・元大尉を除くと、いずれも元捕虜収容所の所長である。死刑が執行されたのは、二一年は四月（由利）、五月（田村）、八月（福原、平手）、九月（満渕）と、同年だけで五人が矢つぎ早に亡くなっている。しかし、元佐世保俘虜収容所長だった池上元中尉の刑が執行された二二年二月一四日からは、死刑はおこなわれていない。

死刑はなくなる。夫の無実をGHQはわかってくれる。そのことを信じようとタネは祈った。

第七章
妻への詫び状

タネの元には、獄中から手紙がしょっちゅう届いた。手紙は、字数が限られているため簡単な文面ばかりで、芯の太いエンピツで書かれているのは、先の尖ったエンピツは禁止されていたためだと彼女は後になって知った。絶望してエンピツの先で喉を突いたり、ガラス片で手首を切ったりして自殺を企てる受刑者が相次いだので、プリズンの管理者は、短く、芯が丸まったエンピツだけをあてがったのだ。

五月一五日裁判ト言ワレテイマス。ドノヨウナ結果ニナルノカ心配サレルガ、運ヲ天ニマカセルホカアリマセン。判決ガ出タラ、コチラカラノ手紙ハ書イテモ出シテクレナイラシイトノコト、外部カラ来ルノハ届キマスノデ、是非是非出シテ下サイ。今ハ手紙ノミガ生キル力トナリマスカラ。（二一年四月二〇日付）

これは裁判が開かれるのを書き送った書簡で、このときまでには当然起訴状にある「死にいたらしめた」ことで裁判にかけられるのを本田はわきまえていただろう。したがって判決の結果を心配しているが、高ぶる気持ちを抑えようと心がけていた点も読み取れる。死刑判決が下された被告には、手紙の投函は認められないことが書いてあり、「今は手紙のみが生きる力」との個所は、この時点ですでに厳罰を予感していたとも受け取れる。

公判日の確定で動揺が隠せなかったのか、本田は以後、連日のように書き送ってきた。制限されている文字数では断片的なことしか書けないので、途中でぽつんと切れたりしているものもあるが、そのほとんどが過去に執着している内容、それもタネに関するものばかりだ。このことは、本田が家と妻とのはざまにゆれて、彼も苦しんでいたのをさとらせると同時に、心を落ち着かせるには過去にこだわるしかないことを語っていると思えた。

アナタハ（私との結婚を）仕方ナク？承知シテクレタ。苦労スルコトハ目ニ見エテ明ラカデアル。推シ進メタコトガイササカ悔イラレタ。（養子縁組がご破算になるので）助カッタ思イト、申シ訳ナイ思イガ交錯シタガ、ウレシカッタ。家ニ入ッタアナタニ、思ッタ通リノ姑ノ嫁イビリガ始マッタ。「スマン」ト言ウト、イツモアナタハ、「（始さんは）天皇陛下ノ赤子ダモノ」トツブヤイテ、ウツムイテ涙ヲカクシテイタ。（二二年四月二一日付）

強引にタネを結婚相手に選び、「助かった」との思いと「申し訳ない」思いが交錯したというのは、タネが本田の依頼で軍曹から結婚を承諾させられた結果、好まぬ養子縁組から解放された本田の偽らざる気持ちと、不承不承に結婚したタネにすまないとの心情をあらわしている。閉ざされた所内で書く手紙は赤裸々な胸の内を伝えているに違いないから、率直な告白とタネは受け止めた。狭い家に舅、姑、小姑がおり、妻が気苦労するのは誰よりも本田自身が承知していたはずで、実際に母親がタネにつらくあたるのを知って気にかけてくれていたのがわかると、気持ちが癒された。姑の嫁いびりが、「思った通り」だったと予想してはいたものの、親がお膳立てした縁組を無視したという弱みがあったので、両親には頭が上がらなかったのだ。それだけによけいに苦しんでいたと思われるが、家を飛び出してでも妻を守りたいとの気概は、長男が跡を継ぐ当時のしきたりからすれば最初から放擲《ほうてき》してしまっていたし、彼にはその度量もなかった。「すまん」と、両親のいないところで妻に詫びるしかなかったのだろう。

滅々とした日をすごしていた本田が救われた思いがしたのは、タネと同じように福岡に異動になったときだったのは、この翌日付の手紙に書かれている。彼は、福岡を懐旧し、素直に二人だけの生活の喜びを記していた。

結婚後、（福岡で）初メテ二人キリノ生活ガ始マリ、アナタニハ笑顔モ出テ、イキイキトシタ姿トナツタ。タツタ一年二カ月ノ短イ期間ダツタガ、二人トモ最高ノ幸セナ日々ヲ過ゴシタ。

（二二年四月二二日付）

「最高の幸せな日々」だったのは、何でも妻と語ることができ、気兼ねもなかったのだから、彼の実感だったはずである。捕虜監視の職務は苛酷であり、ハモニカ長屋式の借家住まいで空襲におびえながらも、家庭内はあたたかく、新婚気分とはこういうものかとの充実した日々が確かめられていた。ところが、本田夫婦の幸福な時代は、本田の右腕が悪化したためわずか一年二カ月で終わり、熊本市に戻ることになってしまった。そのときのことも手紙にしたためてある。

福岡カラ引キ揚ゲル時ニ、帰リタクナイト言ウアナタニ、（家の人のタネにたいする態度が）

アマリノトキハ長男ノ座ヲ捨テル覚悟ダト、納得サセテオキナガラ、何モ出来ヌ自分ガ情ケナカツタ。（同年五月一三日付）

この日付は、彼が死刑判決を受ける直前である。無実は信じていても、ひょっとしたらとの不安は、裁判が近づけば誰しもが内包する感慨とみてよく、「運を天にまかせるほかない」と覚悟のほどをみせていた彼が、判決日寸前になって、福岡から引き揚げる際、抵抗するタネに「長男の座を捨てる」とまで語って熊本行きを説得した思い出を綴っているところからすると、本田もこのときのことが印象深かったらしい。確実に別居を考えていたと思われるが、それにもかかわらず、帰郷した後両親に逆らえない元の自分に戻ってしまったのを悔やんでいる。「何もできぬ自分が情けなかった」というのは、妻を庇護できなかった自覚と反省であると、タネには読めた。

判決前後にタネに届けられた便箋の文面はこうした悔恨に満ちていて、妻への詫び状ともとれる。書簡は、翌日にその続きが書かれていて断続的だが、これらをつなぎ合わせると、タネの戦中戦後の軌跡を浮かび上がらせる。

村営ノ診療所ガ開設サレ、アナタハ村長様ノオ声ガカリデ、看護婦トシテ働クコトニナツタ。アナタハ喜ンダ。月給ノ八十円ノウチ七十五円ヲ家ニ入レテクレタ。大変家計ガウルオツタ。（同年五月一〇日付）

熊本の本田家に帰ってから、タネの生活には動きがあった。右の手紙に記されているように、彼女は働きに出たのだ。

話をもちかけてきたのは村長だった。

「村に新しく診療所を開設したのだが、看護婦ばおらんで困っておる。あんたが戻ってきたというのを聞いて頼みにきたとよ」

と、村長は言った。

小さな村なので、タネが陸軍病院の分院で看護婦をしていたのを村長は知っていたのだろう。月給は八〇円とまあまあの条件であり、彼女はさっそく二〇年四月一日から村立の診療所に通い始める。

農家を改造した施設で、医師は六〇をすぎた男性一人、看護婦はタネのほかにはおらず、おおぜいの医師や看護職員が働いていた陸軍病院とはあまりに異なる医療環境に少々戸惑いを感じた。それでも、医師はおだやかな人で患者に丁寧に応対し、タネにもやさしかったので、診療所にいると気が休まった。本田家から歩いて一〇分ほどの距離なので便利でもあった。

戦争は、末期的状況を呈し、国民がどんなに汗をかき、気力をふりしぼっても持ちこたえられそうにない。人びとは病気より空から落ちてくる爆弾を心配しているので、患者といってもほとんどが女性か子どもで、それも数は多くなかった。空襲警報が発令され、夜になると灯火管制によって黒い布を電灯のまわりに覆い、防空壕に逃げる穴ぐら暮らし同然に生きていかなければならない状態では、よほどのことでない限り、病には堪えられる。医薬品がなかったので、病気になれば諦めもつく。

熊本市内はほぼ壊滅し、郊外にあるタネの実家は全焼して、母は彼女の兄の家に身を寄せている。

給料を割いて母に少しは送りたかったが、八〇円のサラリーのうち七五円を本田家に入れることにしたので、月々五円しか自由になる金はなく、できるだけ倹約につとめるほかなかった。手紙の「家計が潤った」というのはこのことをさしている。

戦争が終わり、結婚してから三年目の昭和二〇年暮れの朝、タネは、激しい吐き気をもよおした。食事がとれず、その日は診療所を休んで一日床に臥したが、病気でないのは自覚し、傍目《はため》からもそのように見えた。

「タネは子を宿したかもしれん」

義父母はそうささやき合った。祝賀すべき兆候は、一家の空気を冬空のようにからりとさせるはずだ、とタネは心をはずませた。

暮れが押しつまったころ、ミカンの配給が村の商店組合からあり、本田の店には大カゴに入ったミカンが届けられた。それが組合加盟の商店の商品用とはタネは気づかなかった。

久しぶりのミカンであり、酸気を望む妊婦にとっては、見ているだけでも食欲がそそられる。黄色の粒が喉を通る誘惑に勝てず、一、二個もらってお腹の子に与えようと、タネは店のカゴから小カゴに数個入れて座敷に戻り、皮を剥き、ひと房口に入れた。ここ半月の悪阻《つわり》の陰鬱な気分を吹き飛ばす甘酸っぱい汁が乾いた胃を浸して晴れやかになり、元気が出てきたように感じたが、ふた房目のスジを取っていたときスキに見られてしまい、まもなく閉じた唐紙を超えて、スキが息子を叱りつける声が聞こえてきた。

「ミカンがうちの大事な売り物ということくらいは、お前もよう知っとるやろ。嫁に食わすために配給されたのではなか！」

夫をなじっている。怒声が、耳を貫いた。

ミカンの房を飲み下して、タネは息を殺した。「私がほしくて食べているのではなか、胎児がほしがっているのですたい。義母さんの初孫がほしがっているのよ」と小声でささやいて、ふとんをかぶっていたところに、本田が荒々しく足音を立てて部屋にやってきて、ミカンの小カゴを何も言わずに店に持ち去って行った。

このときの模様も、獄中書簡で回顧されている。

（ミカンをめぐる母と本田の）ケンカノ内容ヲ聞イタアナタハ、オレノ姿ヲウラメシソウニ見テイタ。（オレが）ミカンヲ店ノ大籠ニ投ゲ込ンデ、空ニナツタ小籠ヲ元ニ戻ソウトシタ時、アナタハ布団ヲ被リ、嗚咽シテイタ。オレハタマラナカツタ。シカシ、ドウスルコトモ出来ズ、立チ尽クスダケダツタ。（同年五月一二日付）

二二年五月一〇日、つまり死刑判決四日前に書いた手紙は、以下のようになっている。

一二月（二〇年）、アナタハ病気ニナツタ。診療所ハ休ミヲトツタ。「サイダーガ飲ミタイ」ト（本田に）財布ヲ渡シタ。家ニハサイダーハ置イテオラズ、隣ノ町迄行カナクテハナラナカツタ。出カケヨウトシテイルト、母ハ、「見苦シカ」、「ヤメンカ」ト言ツタ。「ナジレクライニ甘エトル」トイツタ。オレニハ、初メテ聞ク言葉ダツタ。「ナジレ」、分カラナイ。全ク無知ノ自分デアツタ。

本田は、方言で悪阻《つわり》のことを「なじれ」と母が言ったのがわからなかったと告白している。あるいは、彼はこのときはまだタネが子を宿したのは知らなかったのかもしれない。ここにある出来事は、タネがはげしい嘔吐に見舞われ、診療所を休んだ夕方のことだった。

「ねえあんた、サイダーば飲みたい。店にあるかどうか見てきて。なかったら悪いけど買うてきて」

タネは本田に頼んで、財布を渡した。朝から何も食べていない。家にサイダーなど置いていないのはわかっているが、泡の立つサイダーは、一日分の食事より体力を回復させる気がして夫に甘えた。「よかよ」と夫が枕元から消えると、店のほうからスキの叫びが飛んできた。

「そげんこつ見苦しか。だめじゃ、やめとき」

タネは、スキの罵声で、店内での夫と義母の会話を察することができた。店にはサイダーがないので、夫は隣町まで買いに行こうとしたが、スキは、「うちは酒を売る店なのだ。酒屋にサイダーがないことがわかればみっともない。他の店に買いに行くのはやめとけ」と反対したのだ。

本田は、黙ってタネのところに引き返してきた。自分の孫ができるのにと思うと、義母の「みっともない」との言葉がタネの胸にずしんと響き、福岡では「熊本に帰ったらオレがお前を守る」と胸を張っていた夫が、すごすごと引き下がったのが情けなかった。

タネは、診療所でもしばしば吐き気に襲われ、見かねた医師は、「しばらくベッドで休んでいなさい」と声をかけてくれたほどだった。依然として食事が満足にとれない状態だったので体力の衰えを感じ、丈夫な子どもが産まれないのではないかとおそれていたある日、いつも容態を気づかってくれている診療所の家主の妻が、大豆をしぼった豆乳と手づくりの蒸しパンを持ってきてくれた。

「食べられるのだったら少しでも体内に入れたらいい。芽生えた命に血液の補給ばせんといけないけんね」

近所に住む家主の家内は、まだ湯気の立っている蒸しパンを口に入れるよう勧めた。小麦粉を特製の容器で蒸したパンづくりは、このところ都会の家庭では盛んとなっていて、出来上がるパンは長方形で黒ずみ見た目は悪いが、サツマイモ、ジャガイモなどの代用食よりはずっと腹持ちがよく、食事に適していると人気があった。地方では蒸し器が入手できないためめったにない。

無理をしてふっくらとした蒸しパンを口に入れてみると、ほのかに小麦粉の香りがして、戦争前以来食べたことのなかったパンの味が胃を満足させた。豆乳はミルクに似ていた。

「おや、食べられるね。いっぱいつくったけん、家に持って帰るとよかよ」

家主の妻は、何個か紙袋に包んでくれた。

「おばさんありがと。とてもおいしか」

「何ばお腹に入れんと赤ちゃんがかわいそうやけんね。戦争で食料ばなくなってしまったんで、これから産まれる赤ちゃんは気の毒たい。うちは、ときどきパンをつくるから、これからもお裾分けすると」

他人のやさしさが心にしみて、タネは涙ぐんだ。

帰宅して夕食の支度をし、食事時に蒸しパンをちぎって豆乳を飲んでいると、スキがタネの顔を見ずに、誰に言うでなくつぶやいた。

「うちらに面あてしているとね」

悪態が自分に向けられていると知って、タネは抗弁した。

「お義母さん、そんなことありません」

スキは、タネに顔を向けて、きっぱりといった。

「そげん高価なもん、誰にもらったと。うちの食事には箸をつけんとね」

「診療所の近くの奥さんにいただいたんです。これだと食べることができるので、もらってきたとです」

「よそ様のものは口にして、わが家のもんはそっぽ向いておる。おかしな嫁よ」

それからは、せっかくつくってもらった蒸しパンを家には持って帰れなくなった。ときどき紙袋に入れてもらうパンは、帰り道、「ごめんなさい」と頭を下げて川に流した。

タネはこのとき、しばらく母のユキと暮らそう、せめて正月だけでも母親と送ろうと決めた。ユキは彼女の兄夫婦と同居しているが、正月くらいなら叔父夫婦は姪の居候を承知してくれるだろう。義父母と夫に申し出た。本田の人びとは、黙って顔を見合わせるだけだった。


二一年が明け、叔父の家で正月の祝いをして、一月四日、初仕事で診療所に顔を出した。

診療所は、本田の家とはわずかだが、叔父の家からは歩いて一時間はかかる。子どもを宿した身で毎日往復するのに耐えられるかどうか危ぶんだが、とにかく当分この道を往復してみよう。運動にもなるし、本田家と距離を置くにはいい機会なのだと考えながら霜柱の道を踏んだ。

元旦に天皇の「人間宣言」が発表され、「みずから『神』ではないと仰せられた」とラジオのニュースで聞いて、タネとユキはびっくりした。終戦以来、思想警察の全廃、政治犯の釈放、治安維持法の廃止、財閥解体、農地解放、政治と宗教の分離など立て続けにＧＨＱによる改革がおこなわれて、全国には「ミンシュシュギ」（民主主義）、「ミンシュカ」（民主化）という字句が氾濫している。タネにはその意味するところは深くは理解できなかったが、戦争や軍隊がなくなり、鉛を飲み込んでいたような重苦しい国家への従属心が薄らいできているのは結構なことだと思っている。でも、天皇も改革とやらでなくなってしまえば、夫たちは何のために戦ってきたのだろうと悔しい思いがした。

改革はいいが、それにしては、暮らし向きはひどくなりすぎている。品物は極度に不足して、食料品をはじめほとんどの品物は、ほんの少量の配給だけで、大家族では代用食を探し求めるのも難しくなっている。ヤミ市に行けばいろんなものが手に入るが、ヤミ物価はどんどん上がって、コメ一〇キロが前の年よりも一三円以上高くなって一九円五〇銭、戦時中の一九年は一升（一・八リットル）五円だった日本酒の三級は五〇〇円、みそ一キロが三五銭から一円八〇銭に急騰している。月給八〇円のうち七五円を本田の家に入れていても、品物を買えばすぐになくなるので、無駄をはぶいて食いつないでいくしかない。これからはもう一人家族が増えるので、子どものためにも仕事に精を出して、わずかでもお金を貯めないといけない。

そんなことをめぐらせながら、白い息を吐いて道を急いだ。

四日はたまたま土曜日で、診療所は午前中で終わりであった。閉院時間がきて、カルテを整理しているところへ、ユキが息切ってやってきて、タネを驚かせた。

「母さん、何ばあったと。具合でも悪いとね」

タネは、窓口から患者待合室に行って、母の顔色をうかがった。

「そうではなかよ。大変なことになったんよ。本田の母さんから、お前ば離縁すると言うてきたね」

ユキはあたりをはばかって言った。

「離縁?そげんおかしなこつはなか。そんな話は聞いておらんけんね」

思いもよらない知らせを、タネは言下に否定した。本田や義父母からは何も聞いてはいない。正月に叔父の家で送るのは許可を得ている。子どもが産まれようとしているのに、離縁などありえようはずがない。

「お前、何も知らんとね。今朝、本田家から使いの人がきて、スキさんの言づけば言うて、離縁を伝えにきたとよ。家風に合わぬので家から出て行ってほしい、お前の荷物ば早く引きとれ、とね。お前、本田のご両親といさかいでもしたと」

ユキは、目を赤くしている。どうやら間違いないらしいが、まだ半信半疑であり、夫は承知しているのだろうか、とタネは真っ先に思った。スキの一存だとは推察できるが、本田がそれに同意したとすれば深刻な事態となるのはあきらかだ。

「いさかいなどせん!」

タネは叫んだ。

あまりに一方的だ。さんざんつらくあたった末に追い出すなんてあんまりだ。夫の不甲斐なさにあきれ、いきなり目頭が熱くなってきて、母娘はともに瞼をぬぐった。本田家に行って問い質そうとしたが、帰れば夫の立場を悪くすると考え直して、とりあえず黙って叔父の家に引き揚げることにした。正月らしく田畑の向こうに色とりどりの幟がはためき、重たい気持ちを引きずっている母娘には、戦禍のない久しぶりののどかな新春の景色がかえってうらめしかった。

スキが今になって離縁を言ってきた理由はわかっている。望んでもいない子どもが産まれるのが気に食わないのだ。本田の養子縁組が破談になったことをいまだに根に持ち、嫁が憎くてたまらないのだ。余分な人間は、商店の家計をますます圧迫すると思って、叔父の家にいるのをいい機《しお》として関係を断ちたいのだ。それならそれでいい。箸の上げ下ろしにまで神経を使わなければならない気づまりな家にいるよりは、いっそ離縁されたほうがましだ。好きで一緒になったわけではなし、意気地なしの夫には愛情が薄らいでもいる。こちらから縁切りを申し出たいくらいであり、これでさばさばする。

離縁話をユキのもとに持ってきたスキの使いの者は、本田が養子に行くはずだったタバコ耕作農家の縁者だったことを、あとで夫のプリズンからの手紙で知った。本田の手紙には、「母がオレに離縁するよう迫った。オレがいやだというと、それなら私が決めると母は言って、強引に使者を立てたのだ。お前の叔父の家に行った使いは、オレが養子になることが決められた家の姉婿になる人だった。それがわかって、オレは、母は養子縁組をなおも断念していないとさとった。何も知らないお前がかわいそうでならなかった」とあった。

離婚は本田の意思ではなかったのだが、離縁を申し渡されたのはむしろ幸いとして、タネは、本田家と絶縁し、一人で生きようと決心した。

しかし、離縁されるとなると、困ったことがおきる。産まれてくる子だ。離婚すれば子どもは認知されまいし、となれば父なし子となり、世間体を考えると、それはかわいそうであり、タネ自身堪えられない。いまの時勢では、子どもを抱えて女手で生計を立てるのが困難なことも気持ちを暗くさせる。どうしようかと数日間悩んで独断で決めた。

タネは、診療所の医師にわけを話し、看護婦の資格をとってからしばらく勤めたことのある産婦人科に出向いて胎児を処置した。はじめての出産で本田家から歓迎されると信じ、子どもができれば、自分に接する義父母の態度がきっと改まると、つらさを我慢してきた。親の身勝手で宿った生命を葬るのに罪悪を感じた。男か女か楽しみにしていたのに……、だが、もうどうしようもない。手術を終えたタネは、ベッドの中で産まれる前に生命を終えた子に手を合わせた。

仲人の妻があたふたと寄宿先の叔父の家にやってきたのは、しばらく診療所を休み、体の回復を整えていたころであった。

「離婚など知らなかったのよ。このとおり謝るけん、許してほしか。でもね、タネさん、姑さんはあんたが帰ってくるのを待っているのよ。姑さんは離婚などちっとも考えておらん。悪いようにせんから、私の頼みを聞いてくれんね。もう一度本田に戻ってくれんね」

仲人の妻は、畳の上に両手をついた。

「申し訳なかですが、私は帰りません」

タネは、自分でもびっくりするほど明瞭に拒絶した。嫁いだ先から不都合と言われた身である。金輪際、本田の家の敷居はまたぐまい、本田の顔も見まい。子どもはもういないのだ。

「腹立つのはようわかる。あまりに一方的だけんね。その点は、私のほうから本田のご両親によくよく話しておくたい。ただ始さんが気の毒でなあ」

「本田は、私には何も言うてくれなかったとですよ。義母さんと相談づくなのはわかっておるけん。あの人、私とおりたくなかとです」

タネは眉間にしわを寄せた。氷室のような家庭はこりごりであり、本田の煮え切らなさにも腹が立ち、愛想がつきたが、彼の本心だけは確認したい気持ちがないではない。

「そうではなかよ。私は、始さんからよく聞いておる。始さんは離婚には絶対反対と。スキさんに口説かれて弱っていたところへ、スキさんがさっさと使いの人ばあんたのところへ向かわせたとよ」

「そんなら、あの人がここへきてわけば話してもよかではないですか」

「そう、始さんもそう言うて反省しとる。オレがもっと強く母さんば説得すればこじれなかったと萎《しお》れとる。明日始さんともどもここへ来るけん、それまでに考え直してくれんかの。私の顔も立ててほしいんや。亡くなった夫もそう望んでおると思うけんね」

正座をくずさずに、また頭を垂れた。彼女は先年、夫に先立たれている。結婚式のとき、仲人夫妻が祝福してくれたのが頭をよぎった。タネのわきで、ユキがはらはらして娘の顔色をうかがっている。

「明日といわれても、こちらは勤めばあるので困ります。それに本田がきても答えはきっと同じですけん」

タネは、さらに拒否反応を示した。子どもはいなくなってしまって、もうとり返しはつかない。

私はこれから自分の道を歩むのだ、との決意を開陳するように、ユキが何かしゃべろうとしているのを閉ざす形で言った。

タネが会うのを拒んだにもかかわらず、数日後の日曜日、本田が仲人の妻に伴われてタネのもとを訪れ、かしこまって、「悪かった」とタネに詫びた。「帰ってきてほしい。やり直したい。もう悲しい思いをさせないから、頼む」と繰り返した。

「母さんがやっていることば黙って見ていたオレが悪かったのだ。オレはお前と別れる気はなかと母さんには言っておったのだ。復縁したいことも母さんに伝えておる。な、帰ってくれ」

頭を下げて身をかがめ、声を落として懇願した。

タネは、久しぶりに見た夫が、ひとまわり小さくなっているのに気づいた。気に病んでいたのだろう。福岡を引き揚げるときに続いて、彼が妻に懇請するのは二度目であり、その姿に憐れを催した。彼女は、離縁されたと聞いて子どもを始末してしまったのを、涙をためて夫に告げ、結局私たちは縁がなかったのだと言った。本田もこぶしでさっと目をぬぐい、子どものことはオレにも責任があるから、あまり気に病むな、これからは心機一転商売に打ち込むから協力してくれと、仲人やユキの前をはばからず、ときに声をつまらせて語った。夫の様子を見ていて、タネの目はさらにうるんだ。

彼女は固い心を溶かさなければならなかった。叔父の家に居続けというわけにはいかず、八〇円の給料では母娘二人では暮らせない。腹立ちまぎれで突っ張ってきたが、ここはもう一度本田の悔悟に賭けようと思い直した。

終戦連絡中央事務所から本田始に出頭の召喚状がきたのは、そんな折であった。復縁の形をとって、タネが本田家に戻り、騒動がようやく鎮まった一カ月後のことだ。

このときの模様も、本田の手紙にはある。

（警察から召喚状がきたとき）両親ハシキリニ逃亡をススメタ。オレハ、親ノ言ウ通リニスルカシナイカ迷ツタ。オレハ、親ノ言ウコトヲ聞キ、伯母ノ家ニ行キ事情ヲ話シタ。伯母ハオレヲ責メタ。一泊シテ帰ツタ。帰ツテミルト、家ノ中ノ雰囲気ハ前ニモ増シテ悪ク、イタタマレナイ気持チトナツテ、アナタニ八ツ当リスルコトニナツテシマツタ。（二二年七月三〇日付）

タネは、配達されてくる手紙の内容に乱れた形跡がないのは、夫らしくないと思った。この手紙は、死刑判決後二カ月半経ってからのものだ。判決前の筆致とほとんど変化がない。死刑執行を今日か明日かと待つ身なのに、淡々と過去を振り返っている。自分が考えていたより夫は豪胆な人であるかもしれないと認識を新たにしたほどだ。同時に、本田が、母親スキの妻に対する仕打ちを十分わきまえていたのを知ることができて、苦労が消えて心が休まり、死刑執行の切迫感を遠のかせていた。

日記めいた手紙は、捕虜収容所や裁判のことにはほとんどふれられておらず、タネとすごした暮らしの懺悔《ざんげ》で占められている。妻へのいたわりと自責の念で満ちている。もはや出所が絶望となって、悟《さと》りに似た境地に至り、タネと送った生活の回想だけが、あすをも知れなくなった命を奮い立たせるものとなっているのだろうと慮《おもんぱか》った。しかし一方で、できるならタネと出直したいとの意思のあらわれであり、本田は決して生きる道をなげうってはいないのだと思えた。タネは、私も最後まで諦めてはならないと、気持ちを強固にするようにつとめなければならなかった。

第八章　厳しくなった世間の目

昭和二三年（一九四八）は、さまざまな出来事があった年である。新聞が読者の投票で選んだ一〇大ニュースはつぎのようだった。

1位：一二名の銀行員が毒殺された帝銀事件おきる（一月二六日）
2位：東京裁判（A級戦犯裁判）で二五被告に有罪、東条英機・元首相はじめ七被告には死刑判決下る（一一月一二日、七被告の死刑執行は一二月二三日）
3位：古橋広之進が水泳で世界最高記録を達成（八月九日）
4位：政官界を巻き込んだ大型汚職、昭和電工事件発覚（六月二三日）
5位：死者三七六九人を出した福井大地震発生（六月二八日）
6位：昭和電工事件による政変、芦田均内閣総辞職（一〇月七日）
7位：公務員の争議行為を禁止した公務員法改正公布（一一月三〇日）
8位：日米協力による礼文島の金環日食観測に成功（五月九日）

9位：左派と右派の対立により片山哲社会党内閣総辞職（二月一〇日）
10位：教育委員会が発足、教育委員の初選挙実施（一〇月五日）

帝銀事件は、東京都豊島区の帝国銀行支店に、厚生省（当時）の役人と名乗った男が、青酸化合物入りの薬を赤痢予防薬と偽って一六人の行員に飲ませ、一二名を殺害して現金一六万円余などを奪った衝撃的な事件だったが、国民がもっとも身近な関心を寄せたのは福井大地震だった。死者、負傷者二万五千人以上という惨事で、全壊家屋は約三万六千戸、福井市がほぼ全滅したといわれた昭和期の大災害である。戦時中、この種の厄災は、国民の戦意喪失と軍事機密漏出を建前としてほとんど報道されないか、報道されても小さく扱われていたから、戦後になって大々的に報じられた大地震は全国注視の的となった。

この時期、経済はどん底状態にあった。終戦後、海外の未帰還者が続々帰国し、大量の引揚者で国の経済事情の窮迫にさらに拍車がかかったのだ。海外で戦っていた日本兵や疎開者たちの帰還作業は、二〇年秋ごろから本格的に始められ、二〇年度は約二百万人、二一年度が約三百二十万人、二二年度約五〇万人と二三年三月までにざっと五百七十万人が本国に帰ってきたのだから、食糧事情が一段と悪化したのは当然だった。

ところが帰還者の受け入れ体制は間に合わず、帰国しても働く職場がない失業者は、工場の離職者を含めると千三百万人以上となり、そうした人たちが飢えた腹を抱えていた。二三年春、政府は経済実相報告書を発表、それによれば給与生活者の一カ月の赤字は三〇〇円から四〇〇円、労働者は一〇〇円から三〇〇円となっていた。赤字を埋めるものは何一つないうえに、物価はどんどん上昇した。

物価の上昇は、通貨の貸し出しを増やす政策に政府が踏み切ったためで、銀行の貸出量は二二年から増加、同二月、東京の銀行の通貨増発率は五・九%に達し、日銀券発行残高は、終戦時の二〇年八月の三〇二億円に比べると、翌二一年二月時点で倍の六〇〇億円に膨れあがり、以後はさらに増大した。二三年になってようやく経済復興計画の第一次試案がまとめられたものの、経済は悪性化したインフレで、破綻寸前となっていた。

とどまるところを知らずすさまじい勢いで上がりつづける物価で、庶民の暮らしは絶望的となった。追い打ちをかけるように、終戦直後は米が大凶作となっていたので、国民一人につき一日二合一勺（二九七グラム）の配給しかない。一食茶わん一杯に満たない主食、栄養を補給する惣菜がほとんどないために、国民の体力は衰え、餓死する人はひきもきらず、食べるための犯罪が多発、治安も極度に悪化してきていた。

多くの人は、わずかに焼け残ったり、防空壕にしまい込んだりしていた衣類や調度品を二束三文で売って食料に替えてその日を送った。口に糊するような切り売り生計は〈たけのこ生活〉といわれ、自給自足できない都市部ではその日暮らしの人があふれ、焼け跡の土を掘り返して菜園にする人の姿があちこちで見られた。菜園をつくれない人たちは、サツマイモ、トウモロコシを粉にして、サツマイモの粉はふかしだんご、トウモロコシの粉は平たくして焼いて主食代わりとし、サツマイモの蔓、ニンジンの葉までウサギのように食べつくした。衣類などをもって列車で近郊の農家へ出かけて食糧と物々交換する男女を運ぶ買い出し列車は超満員となり、圧死事件がたびたび起きた。

飢えに苦しんでいる国民は、「戦争のせいだ」と太平洋戦争に怨嗟《えんさ》の声を張り上げ、巣鴨プリズン収容者への風当たりはさらに強まっている。戦争犯罪人指定者ばかりではなく、その家族にも厳しい目が注がれるようになってきていた。

タネの周辺も例外ではなかった。村人たちのタネを見る目は、経済悪化とともにしだいによそよそしく、やがて険悪になっていったのだ。

「よかお天気ですね」と声をかけても、無視されることがよくあり、近所の主婦たちはひそひそ話をしていて、タネが通りかかると急に話をやめ、タネは巣鴨プリズンにいる本田の噂話と邪推して、逃げるようにその場を逃れることもあった。戦犯の家である本田商店の買い物客の足は、以前にも増して少なくなった。

かつて出征兵士を小旗で送ってくれ、「兵隊さん」とあがめていた人たちは、元兵士を「獄につながれて当たり前」と言い合うようになっている。陰では「人殺し」とまで言っているらしい。死刑判決を受けた服役囚やすでに刑死した人びとについても容赦はなく、戦争犯罪人を早く一掃するのが日本再生につながるとさえ考えているようだった。

こうした悪口が盛んとなったのは、新聞の影響によるところが大きい、とタネは思った。

新聞は、「民主主義」をうたい文句にし、「平和」の文字を紙面に氾濫させて、「今こそ国民は平和を信奉しなければならない。戦争犯罪人は平和と対極的な存在であり、葬り去らねばならない」とまくし立てている。戦時中は、「一億国民はすべて武装せよ。銃後も武装せよ。一人残らず突撃に参加しなければならぬ」と戦意を鼓舞していた新聞は、占領軍が進駐してくると手の平を返して、かつて自らが叫んでいた戦争賛歌の罪業を、今度は国民のために戦うのを余儀なくされた人たちになすりつけるように、プリズン収容者を攻撃しはじめている。自由と平和を大義名分として、戦争責任追及の先頭に立って、プリズン収容者を糾弾している。

自由と平和を希求し、戦争を排斥するのはうなずけるが、自由を縛り、平和を破壊していたのは、戦った兵隊ではない。彼らは赤紙といわれた赤色の召集令状で、いやおうなしに戦場へと駆り立てられたのであり、彼らこそ自由を奪われた犠牲者、平和構築のための生き柱だったのだ。戦争の果てに安寧が得られたとすれば、彼らは安寧の礎となったのだ。

平和がおとずれたのは大歓迎だが、爆弾がなくなったかわりに世の中は急にすさみ出している。政治家の手は汚職の垢にまみれ、先年二一年発生の一〇人の買出し女性を襲っては暴行して殺した小平義雄事件や同年の歌舞伎俳優一家五人殺害、今年の帝銀事件のような空恐ろしい凶悪事件が相次いで起きている。捨て子が町に放置され、戦災孤児、浮浪者によるスリの横行、詐欺、かっぱらいは日常茶飯事だ。だが、悪鬼夜行のような社会となったことも、自由をはき違えた勝手な行動が横行して規律が失せてきたのも、すべて戦争犯罪人の罪に押しつける風潮は、タネには納得がいかなかった。

戦争中は、新聞が絶叫していたように、人びとは戦わざる者は国民にあらずの気概に燃えていた。「非国民」という言葉を浴びせられるのはもっとも屈辱的なことだったが、現状では戦犯が、同等の響きとなって胸をいたぶる。戦争犯罪人は、民主主義の世の中では非国民となっているのだ。憎むべきは相手国を問わず戦うこと自体であり、戦うのを強いられた人たち、銃剣をとるように仕向けられた元兵隊たちではない。そういう環境をつくり出した世界であり、戦争犯罪という罪があるならば、日本ばかりか、戦争で人を殺傷してきたアメリカ、イギリスはじめ連合国の責任もまぬがれないはずである。

日本は、戦時中アメリカやイギリスを「鬼畜」と呼んできた。それが、今はどうだ。だれもがアメリカ、イギリスを崇拝し、平和と自由が得られたのはかつての敵国のおかげだと考えている。そればかりか、「鬼畜」と叫んでいた旧敵国人に春をひさいで生活している女性もいる。時代は変わるものであり、時代によって人の考え方が変化するのは仕方ないとしても、あまりに急激な変転に、タネは困惑していた。

そうした世間の人からの精神的な圧迫に加えて、身内からの自分にムチ打つような憎悪にもおびえなければならなかった。家の人の態度は他人よりもっとあからさまで、本田が収監された以後は常に責められ、判決が下ってからは、「お前が嫁に来たから始は死刑になるのだ」と言われているように感じていた。

本田が収監され、そろそろ春がすぎようとしていた二一年四月二一日、結婚していた本田の一番上の妹が夫と四歳の子どもを引きつれて本田家に里帰りしてきた。熱が下がらず家事ができないので、面倒をみてほしいと義妹は説明した。かなり苦しそうで、タネが体温を計ると四〇度あり、尋常でない病気と診断できたので、勤めている診療所の医師にきてもらって診察を受けさせたところ発疹チフスとわかり、本田家はあわてた。客商売の商店で、感染病患者が出たとなれば商いに差しさわりがある。

義妹の夫は、「妻は悪い病気ではない。ただのカゼだ。あの医者は誤診している」と言い張って自分で隣村の医師に往診を頼んだが、診断結果はやはり同じで、義妹はすぐに病院の隔離病棟に入院した。それから一、二日経って、こんどはタネが熱に見舞われた。体から炎が吹き出てくるのではないかと思うくらい熱く、手足の関節が痛み、めまいがはげしくなり、座っていてもぐらぐらする。感染したのは明らかだった。

「商売に影響します。里に帰らしてください」

タネは、義母にそう申し出た。当時、発疹チフスは若い人だけに感染し、年寄りにはうつらないといわれていたが、本田の家には義父母のほか、義妹の夫やその子どもらがいる。感染するのが心配であり、高熱で家族の食事をまかなうのがつらかった。しかしスキは、「こんな状態のとき、お前は家を出て行くのかね」と、とり合わない。フラフラになって家事をつとめたが、四月末、とうとう倒れ、床に伏した。それでも義母は里帰りを許してくれなかったので、彼女は無断で着替えをまとめて風呂敷に入れ、約一里（四キロ）離れた母のいる叔父の家に、二時間半ほどかけて歩いて行った。

夢遊病者のようなおぼつかない足どりでようやくたどりついたものの、入院したくても費用がなく、熱にうなされながら寝ているよりほかはない。

叔母は後妻で、本田が養子縁組することが決まっていた相手の農家の縁者だった。「よろしくお願いします」と頭を下げるタネに、叔母は本田の家からタネの病状を聞いていたらしく、強い口調で言った。

「あんたは伝染病にかかっておるそうだね。うつされてはたまらんけん、縁側で寝なっせ」

叔母が廊下に敷いた荷造り用の筵に母のユキは思わず目をそらし、何か言いかけたが口をつぐんだ。家を失った居候状態では遠慮があるのだとタネは母の胸中を察し、養子縁組の問題がここまで尾を引いているしがらみを知った思いがした。

一週間になっても、熱は三九度以下には下がらず、ときどきめまいが襲う。呻《うめ》きを抑えて床に伏していたとき、二人の男が来訪してタネの枕元に座った。税務署と書いた白い腕章が二人の左腕に巻きついているのを、タネは夢うつつの中で見た。男たちはタネに顔を近づけて、

「GHQの命令で税務署からやってきたけん、話を聞かせてもらうよ」

と来意を告げた。

税務署?GHQの命令?わからない。熱にうなされて夢うつつとなっているのだと思った。

「公職追放で資産没収調査にきた。しゃべれるね」

男の一人が耳元で大きな声で言った。公職追放――うなされているのではないとさとった。今、社会ではこの話でもちきりになっている。きっとプリズンに収容された夫と関係があるのだと、タネは考えてわずかにうなずいた。でも、資産没収とはどういう意味なのだろう。

公職追放は、GHQの「好ましくない人物の公職からの除去に関する覚書」にもとづくもので、軍国主義者、右翼などの国家主義者、旧大政翼賛会幹部を皮切りに、AからGまでのランクが設けられ、該当者は資産を没収されたうえ公職には就けないとの新しい法律である。昭和二一年一月四

日発せられたこの法律によって、戦犯（A）三千四百名、職業軍人（B）十三万千八百名、国家主義者（C）三千名、翼賛会関係（D）三万四千四百名……在郷軍人会（G）四万一千名など計約二十二万人が追放対象者となった。その後も追放される人は増え、レッドパージ（共産主義者追放）へと拡大して昭和二六年（一九五一）まで続けられる。

一月の公職追放令が発表されると、国民からは「追放者をもっと拡大せよ」との声があがり、大量の投書が日本政府に寄せられた。吉田茂首相は、マッカーサー元帥に「貴官が追放拡大について多くの大衆の要望を受け取っているであろうことは疑いなく、私自身、相当量の投書を手にしている」との書簡を書き送り、第二次追放へ向けて準備を始めていた。追放者追加は、正式には二一年一一月八日発表されたが、すでに追放範囲を三親等まで拡げること、追放された人の配偶者も公共性機関への勤務を禁止することが内々決定し、既定の事実のようになっていた。

タネは、そのへんの事情まではよくわきまえていなかった。

「あんたの主人の資産を押えるため、きのう本田さんの家ば行ってきた」

年かさのあぐらを組んだ男が、ぞんざいな口調で説明した。

「額面三六〇〇円の預金通帳とタンス一棹ば封印したので使ってはならんよ。今日はあんたの資産を調べるけんね」

びっくりしたタネは、悪寒のする体を忘れて身を起こしかけたが、大儀なのですぐにまた「ごめんなさい」と断わって横になった。戦争犯罪人の妻の資産が没収されるなどは思いもおよばない。もっとも、自分には資産などあるはずがなく、夫の貯金通帳にある三六〇〇円が夫婦としての全財産だ。叔父の家のひと間を借りているものの、個人の家財道具はなく、入院したくてもできないくらいないのだ。がらんとした状態の部屋を見れば、わかりそうなものだった。

「私の資産なんてございません。ごらんのとおりです」

タネは、弱々しく返答した。

「あんた、貴金属類は持ってなかとね」

「ありません」

タネは、ずり落ちそうな氷嚢を手で押さえ、額にあてがって答えた。そのとき、左手にはめていた腕時計が税務署員の目に止まったらしい。もうひとりの男が、

「腕時計があるじゃなかとね。はずしてくれんね」

と命令した。

この時計は、陸軍病院に就職した際買ったものだ。看護婦にとっては必需品であり、これを取られたら、いま勤めている診療所にも通えなくなる。タネは思わず声をふり絞った。

「私はいま発疹チフスにかかっているのです。ひょっとしたらじき死ぬでしょう。この腕時計には病原菌がいっぱいついているけん、それでよかなら、どうぞお持ちくださって結構です」

タネが時計を腕からはずそうとすると、男たちは逃げるようにして立ち去った。

それから五日ほど経ってようやく熱が引っ込み、食べ物が口にできるようになった。義妹の入院している病院と叔父の家は五分とかからない距離なのに、本田の家からは見舞いにおとずれてはくれなかったが、診療所の老医師が八〇円の給料を持参してやってきてくれ、無一文の心細さがやわ

らいだのはありがたかった。

体が回復して本田の家に戻ったタネは、嫁に来たとき持参したタンスの引き出しに茶色の紙が張られてあるのを見て唖然とした。紙は引き出しの段ごとの左右に一枚ずつ貼付され、赤の税務署印が押されていた。小引き出しの中にある夫の預金通帳、実印まで封印されている。物資が足りなくて餓死する人が多いときに、本人に無断でなけなしの所有物を没収するとは、血も涙もないあまりに非情な仕打ちと思った。

小学生のころ、隣の家の商店が借金苦で夜逃げした騒動を、タネは思い浮かべた。あの時、おおぜいの人がやってきて家財道具を争って運び出していたが、税務署の没収行為も似たようなものだと憤りを催した。これでわずかな蓄えもなくなってしまい、本田と話し合っていた店の再建もできなくなったと思うと暗澹とせざるをえなくなる。

だが、悲嘆に暮れてばかりいられない。国民みんなが苦しいのだから、これからが一歩なのだと思えばいい。夫が解放され帰郷するときまで、わずかでも貯金にいそしむために気をとり直さないといけない、と封印のタンスをながめて自分を叱咤した。苦労にこちらから近づけば、苦労はたじたじとなって遠のいてくれるはずだ。もう失うもの、怖いものは何もない。苦労よ、どんと来いと開き直りの気持ちになると、妙にさばさばした。

しばらくして義妹が退院して、本田家には明るさが蘇ってきた。

「さあ、今日はごちそうをつくろうかね」

スキは、義妹に言ってめずらしくみずから台所に立ち、親類の見舞い客が持ってきた野菜類を料理して食卓に並べ、義妹、義弟の四人、長女の夫、子どもらが料理を囲んだ。義妹の快気祝いである。

「おめでとう。ひどい目に遭ったね」

「症状が軽くてよかったばい」

家族は口々に長女の退院を祝し、彼女から感染したタネには声をかけず、彼女がうつされたことなど忘れているようだった。食事が終わると、「タネ、後片づけは頼むけんね」と、スキは言った。

ようやく診療所に通勤し始めた六月一日、「中央公職適否審査委員会」と印刷されたいかめしいタネ宛ての角封筒が届いた。中を開くと公職追放令で、一読して愕然となり、せっかく盛り返そうと努力している覇気がいっぺんに吹き飛んでしまった気がした。本田が公共性のある職場から締め出されていること、近く妻のあなたも公立と名のつく職場には就けなくなるのであらかじめ承知しておいてほしいと明記されてあったのだ。今勤めている診療所は村立である。公職追放令に従えば、診療所を辞めなければならない。そうすれば職がなくなり、給料がもらえなくなる。どうしたらよいか目の前が真っ暗になった。

戦争犯罪人に指定された本人はともかくも、その家族の職業まで奪うとは、死ねと言っているのも同然である。これが社会の戦争に対する報復の意思表示なのだろうが、戦争を決断したのは国であり、その決断の罪科を戦場に追いやった人の家族にまで転嫁するのは明らかにいきすぎだ。しかし、法律は守らなければならず、タネは、診療所の医師にわけを話し、自分に追放令が来ないうちに退職して職探しをしたいと六月末に申し出た。老医師は、引き止めることができず、「残念きわまる」と何度も言った。

「タネさんに罪はなかろうに。こげん措置はあまりに理不尽じゃ。だが、言うことを聞かんとタネさんに災難がふりかかるけんね、あんた苦労するのう。体を大切にしてよか職場を見つけなさい。いくつになったと」

「ちょうど三〇歳になりました。このご時世で女性の働き口を見つけるのはむずかしいと思いますが、何とかがんばりますけん、先生もどうかお大事に」

「タネさんがよう働いてくれたので、診療所は成り立っていたものよ。ばってん、あんたがいなくなれば、ここもどうなるか知れたものではなか。あんたはよか看護婦だった。惜しかね」

タネは、ハンカチを目に押し当てて医師と別れを告げた。

働く場所はなるべく近場がいいので、雇ってくれそうな農家に声をかけたが拒否された。狭い村内では、戦犯の妻、公職追放者の妻というのは知れ渡っていて、たとえ相手が働き手を必要としていたとしても、とうてい無理だとわかった。

大量の引揚者が職を得られず巷をさまよっている状況下で三〇歳の女性に簡単に職を提供するところはありそうにないが、朝家を出て、職を求めて熊本市内を歩きまわり、食事の支度をするために夕方帰宅する毎日が続いた。少額とはいえ預金は封印されているし、定期的な給与もなくなったので必死だった。昼間は食事を抜いて職探しをするので、細い体がさらにやせ衰えた。

たまたま市内の大工が近所の家を改造することになって、手伝いを欲しているとの話を、ユキが持ってきた。さっそくカンナくず集めや材木運びをして日割で現金を手に入れることができたが、一週間後に建築していた家屋が完成してしまい、建て直す家はそのほかにまったくなかったので、すぐに失職した。

道路工事の人手が足りないことを聞いてかけつけ、臨時雇いとして働いたこともある。石や土を運んで道を舗装する職で、男たちにまじって、毎日手を汚し、血まめをつくった。力仕事をした経験はなく、骨が砕けそうで、一日の仕事が終わると背中に痛みが走り、四日目でとうとう動けなくなった。

次は食堂の皿洗いの水仕事をした。一日数時間の勤務、今でいうパートだ。わずかな時間給だが仕事が終えるとお金をもらえ、女の職場なのでここでなら長続きできると思った。ところが、この仕事もしばらくしているうちに体に変調がみられてきた。立ちっぱなしなので腰痛がひどくなったうえに、品質のよくない洗剤を常時使っているせいか、指の脂気がなくなって表皮がめくれ、指先に痛みまで自覚するようになったのだ。それでも腰を曲げながらしばらく辛抱して勤めたが、やはり戦犯の妻という立場が女性の間で知られるようになり、居づらくなった。

そのようにして、金をわずかずつこしらえてきている。毎日職を求め、汗を流しているとはプリズンにいる夫に知らせたくない。よけいな心配はさせたくなかった。しかし、定職がないのでは、日々の暮らしのめどが立たず、もし夫が投獄されたままだったらと考えると、ずっしりとした不安にさいなまされる。毎日、新聞広告をながめた。

本田が判決を受ける前の二二年春、「外科正看護婦募集」の三行広告が目に止まった。公立ではなく民間の外科病院であり、外科の看護婦は自分にうってつけなので、すぐに履歴書を書いて病院を訪問し院長と面談した。にこやかに応対した院長は、「外科の看護婦はあまりいないのでありがたか」と採用をほのめかしたが、履歴書の文字をじっと追っているうち表情をこわばらせ、「採用はむずかしか」と、一転して不採用を告げた。

「どうしてですと」

タネはわけを聞きたかった。看護婦としての経験は豊富と思っている。特に外科になじんできている。昨年一一月に戦犯の三親等にまで公職追放令が下されたが、民間病院なので問題ないはずだった。ひょっとしたら、採用候補はほかにもいて、年齢的に難があるのかと残念がった。

「あなた自身については申し分はなかだが……、履歴書の最後のところがひっかかっておるんよ。うるさいけんね。看護婦経験が豊富だし、せっかくの技能をこの病院で生かしてもらいたいんだが、やはり無理たい」

院長は、眼鏡の中からじろりとタネを見つめた。胸がちぎれた。

履歴書の備考欄に、「夫は戦争犯罪容疑で拘留中」と書いておいたのだ。いずれわかることだし、それならばはじめから正直に記入しておいたほうがいいと、わざわざ記したのだが、やはり戦犯関係者は社会から受け入れられないのだとの思いを新たにした。院長が話した「うるさい」とは、世間のことを指しているのは言われるまでもなかった。

金を手に入れないと本田家の家計も困るし、巣鴨へ面会にも行けなくなる。住み込みでもいいから働こうと考えた。家政婦会にも履歴書を持って行った。

「看護婦の資格があるのに家政婦をしなくてもよかではないですか。看護婦会というところがありますので、ご紹介しましょうか」

家政婦会の事務をとる女性が履歴書を見て、そう勧めてくれた。看護婦の仕事ができるなら願ってもないことだ。「ぜひ」と頼み込み、翌日市内の看護婦会へ出かけた。

戦犯の妻ということで、また断わられるであろうと覚悟はしている。履歴書に夫のことを記すかどうかずいぶん迷ったが、やはり偽りはいけないし、夫のことを聞かれれば話さないとならないと、備考欄を書き直していなかった。拒否されたらもう一度家政婦会に頼もうと思いながら訪問した。意外だったのは、同会の会長は、「家政婦会からお聞きしました。さあどうぞ」と、彼女の来訪を待っていた様子だったことだ。

「うちには正看護婦が四名います。看護婦会といっても、派遣看護ですたい。あなたの看護婦経験は内科ですか、それとも外科ですと」

「陸軍病院時代は、内科、外科を手がけましたが、主に外科系統でした。内科の患者さんはあまり自信がなかとです」

そう言ってはっとした。派遣看護なら内科が多いはずであり、不採用にされてしまうと後悔したが、またも意外な答えが返ってきた。

「それはよかった。いまの看護婦はみな内科系なのです。外科系の派遣要請もかなりあるので困っとったとです。これからは応じることができますたい」

それが採用を意味しているとわかって、タネは顔を輝かせた。だが、まだ心配な点がある。会長は備考欄を見ていないのだろうか？

「それで、私は結婚しており、夫は……」

言いかけたところ、会長はさえぎるようにして、

「先ほども申しましたように、派遣ですからいろいろな場所へ行くことになります。看護婦が足りない病院で手術があると、患者さんが回復するまで看護をするのですたい。遠い病院は一日で行けないので、泊まり込みとなりますけん、それでもよかですか」

と、念を押した。「戦争犯罪人のことは先刻承知です。しかし、医療とは関係ありません。派遣看護婦会は、よい施療をするために優秀な看護婦を必要としているのです。過去、経歴、境遇は関係ありません」と言いたげなのは、顔つきでわかった。

「結構です」

タネは即答して、深々と頭を下げ、懸命に働かなければいけないと、自分に言い聞かせた。

彼女は家に帰って義父母に就職が決まったことを報告した。「近くの診療所を辞めよってもったいない。派遣で家を留守にすると家事の手がなくなる」と、公職追放をよく知らないスキは不平を鳴らしたが、給与が入るので押しとどめる理由はないはずだった。タネにとって、不安定ながら看護婦の働きを得た喜びは大きく、看護婦会から派遣先の場所のメモを事務員が持参してくると、勇んで出かけて行った。

それから数カ月後に本田に死刑判決が下されたことは、新聞には掲載されなかった。タネはほっ

としたが、彼の判決結果はいつのまにか風聞となってひろまっているようだった。本田家の雰囲気を近所の人が敏感にさとり、不確定な噂が決定した事実となって村内に攪拌されたらしく、道で会う知り合いの目の中には、好奇と憐憫の入りまじった翳りがあるのがみとめられた。

戦争犯罪は、一般の犯罪と異なった特殊な背景があり、犯意のない犯罪という一種の免罪符めいた意味も内包している。が、死刑判決を受けたことが知れたとなると、目的意識を持った凶悪犯罪による死刑判決を髣髴《ほうふつ》とさせ、「人殺し」を連想させるのではないかと彼女ははらはらした。しかし、ほかの収容者の家族たちも白眼視されているに違いなく、刑死した人たちの遺族はもっとつらい思いをしているだろうから耐えることはでき、夫を信じることで世間の誹謗から逃れる自負はあった。

第九章
新聞で知った処刑

戦争犯罪人に指定された政治家、思想家、元軍人たちの収容施設である巣鴨プリズンは、戦犯刑務所として全国に名が知られていた。ここで生活を送った経験のある人は、プリズンが閉鎖される昭和三三年（一九五八）までに延べ四千名といわれている。

昭和一二年（一九三七）に東京拘置所として完工されたこの施設は、二〇年九月にGHQに接収されてから巣鴨プリズンと通称された。敷地十二万六千平方メートル、二千五百名が収容できる冷暖房つきの近代的監獄で、獄房棟はじめ各社屋は服役囚や所内の人びとの間では色名で呼ばれていた。面会室や教誨講堂のある管理棟は「グリーン」、その左にある女性囚収容棟は「ブルー」、管理棟右手には「イエロー」といわれる病棟があり、五棟の主監房と中庭隅にある刑場が「レッド」、中庭を挟んで管理棟と真向かいのカマボコ型の職員宿舎が建ち並んでいるところは、「ブラウン」ゾーンと名がつけられていた。

男性ばかりの受刑者が収容されているレッド地区の三階建ての監房棟は、一階がAフロア、二階がBフロア、三階がCフロアといい、第五棟最上階のCフロアが死刑囚のいる独房居区となっている。収容者は名前ではなく、「何棟何フロアの何番（部屋番）」と記号で呼ばれていた。死刑囚の独房は5Cであり、東条英機・元首相がまだ未決囚だったときに入っていたときのナンバーは1B10だった。一棟二階一〇号室だったからだ。

福井地震の続報が報じられていた二三年七月一日午後、プリズンにふさわしくない彩りの名がついた構内も激震に見舞われた。管理棟にいる将校たちが、独房をコツコツとノックしてまわりはじめ、フロアは急にあわただしくなった。将校が独房を訪れるのは重大時以外にはないので、獄舎の空気は張りつめた。

A級戦犯七名の絞首刑（同年一二月二三日執行）の露払いをするかのように、この日、BC級死刑囚に死刑執行の日時が伝えられたのだ。それも一人ではなく一挙に八人の同時執行告知、巣鴨プリズン開設後、複数それも日にちを置かない大量死刑は初めてであった。このような同時執行が可能になったのは、プリズン内に一基しかなかった絞首刑台が実は秘密裏に増設されていたからだった。

プリズンは収容しきれないほど満杯状態となっていて、死刑判決者も多くなっていたので一基では足りず、大人数を一度に措置する方法として増やされたのだ。施工された死刑台は五基で、新台は、二一年一二月から順次できあがっていった。従来の台は平面と同じ高さのところに立ち、足元の鉄製の蓋が開くと体が地下に落下する地下式絞首刑台だったが、新設されたのは幅の狭い階段をのぼって絞首刑台まで行く西洋によくある上架式だった。執行者たちは、受刑者を見上げる形で刑の終わるのを待つことになり、死刑囚は階段上部の鉄製板上に立ち、鉄板が開くと首にロープを巻きつけたまま地下に向かって落ちていく。五台あれば五人一度に刑をとりおこなえ、このように急いでつくられたのは、まだ判決が下されていないA級戦犯の判決（同年一一月）に備えてのことである。その前に何人かの同時刑が試験的になされるのではないかと、刑台増設を知っている者たちの間ではささやかれていた。

独房者一人ひとりへの将校の伝言は、「本日夜、ブルー棟会議室に衛兵監視のもとに出頭すべし」であった。

女囚専用のブルー棟にはこの当時、捕虜を実験台にしたとされた九州大学医学部生体解剖事件に連座の元同大学病院看護婦長、筒井静子一人が収容されていた。その一階に五坪（十六・五平方メートル）ほどの小会議室がある。執行日時を言い渡される際は、死刑囚はまず会議室に呼び込まれ、収容所の所長から伝達されるのが慣例となっているので、ブルー棟会議室への出頭要請は、死刑執行宣告を意味している。

呼び出しを受けた八名の中に、本田始の名がまじっていた。本田の出頭時刻は午後八時、八名の中では一番目の順位であった。

夜八時前、会議室には、いつもの宣告儀式時にならって、所長のシュマール大佐が中央に座り、そのまわりに彼の副官ら将校五名、検察法務官、収容所牧師のブリンデンスタイン少佐、通訳、それに花山信勝という日本人教誨師の一〇人前後がコの字型に席をとって、最初に来室してくる本田を待った。花山信勝が出席していたのは、執行宣告には日本人の教誨師も立ち会うことになっていたからである。

花山信勝は二一年二月に政府から巣鴨プリズン専任の初代教誨師に任命され、週に数回徳性教育を主眼とした講話をするために刑務所にやってきている。同年四月、東京帝国大学（二二年一〇月東京大学と改称）文学部助教授から教授となり、大学では学生を教え、専門である仏教の研究に取り組んでいた。石川県金沢市にある浄土真宗本願寺派宗林寺の住職でもあるが、教誨師となってからはほとんど帰省することはなく、二四年二月辞職するまでの三年間、プリズン収容者の教導にあたった。巣鴨で刑死した六〇名のうち、東条英機ら七名のA級戦犯はじめ、BC級の三四名（一名は戦犯ではなく、別の罪状で死刑となった少年）の最期を看取った人でもある。

その花山は、本田たちが会議室で死刑執行の確定をシュマール大佐から告げられたときの模様を、自著『平和の発見』で次のように記している。

一日の夜八時ごろ、私は拘置所長のシュマール大佐らと一しょに、死刑囚の出頭を待っていた。それは刑執行の宣告のためだった。私の前には、大きなテーブルが用意され、宣告を受けるものは、中央の所長の椅子に向かい合って立つよう仕組まれていた。

一行の先頭は本田始元軍属だった。彼は二階の独房から、米兵の下士官二人につきそわれて入ってきた。素足のまま、所長の前に立った。服装はPと大きく印のおされた既決囚専用のものだった。

本田君は軽く頭を下げた。二世の通訳が日本語で罪状項目を読みあげて、「三日午前一時半、刑を執行す」と宣告した。驚いた様子もなく、差し出された二通の文書に署名した。

この記述にはやや解説を要する。「二階の独房」という個所と「二通の文書」の下りである。死刑囚の独房は、六棟ある監房棟のうち第五棟三階（5C）にあるが、花山の記述では「二階の独房」となっている。ということは、このときまでに八人は、女性監房のブルー棟二階に移されていたということを意味している。これは、死刑囚房がいっぱいとなったので、判決を受けてから日にちが経過していた本田たちが移管されたと解釈される。『平和の発見』は、上の文章に続けて、「昨年（二二年）二月池上宇一元中尉の執行があって以来、しばらく執行がなかったので、一同（八名）が別棟の独房からここ（ブルー棟のこと）へ移されるときは、彼ら自身も、同棟の独房内のものも、減刑されるものと思って、あるものは『おめでとう』といってくれたものもあったと、彼らはいっていた」とある。「別棟の独房」が五棟三階の通常の死刑囚独房であり、「同棟の独房」がブルー棟の独房である。

「死刑棟」、「レッドゾーン」とプリズン内でいわれた五棟三階からブルー棟である女性棟への移動は、一年半以上も死刑が執行されていない時期だった。そのため、ひょっとしたら減刑になるかもしれないとの期待を死刑囚に抱かせていた。男ばかりの監房と違い、静かな環境下にある女性監房棟には、東条英機らA級の人たちも一時期入っていた。五棟から移動してきたBC級の人たちに「おめでとう」と声をかけたというのは、まだ死刑の判決が下されていなかったA級の一人だったかもしれない。

死刑囚房のある五棟からブルー棟へ行くには、バックコリダーと呼ばれている監房棟をつなぐ渡り廊下を通る。突き当たったところに、白いエナメルで「15」と書かれた倉庫のような扉があり、ここからがブルー棟となる。廊下両側の窓は密閉されているが、どこからか風が吹き抜けてきて心地よい。八人は、MPにはさまれる形で、バックコリダーを歩いて5Cから女性棟へ行った。減刑の望みが出てきたと予感させるものがあっただけに、渡り廊下を歩くときの彼らの足どりは決して重たいものではなかった。しかし、その望みは、この日の呼び出しでガラスのようにはかなく砕かれた。

「二通の文書」とは、死刑同意書である。死刑宣告日時が告げられたあと、被告は二枚の英字の書類にサインをさせられる。将校がペンを握らせ、通訳がサインする個所を指で示し、そこに名前を書くのだ。自署するというのは死刑を受け入れることである。これで宣告の儀式は完了し、あとは執行を待つだけとなる。「素足のまま会議室に呼び出された」と花山が書いているが、これは履物が認められなかったためで、管理者側の峻烈な態度を示している。

花山は、八人が一人ずつ執行日を言い渡される情景を記しているが、淡々とした短い描写の中にも、被告たちのさまざまな心情を思い浮かべることができる。

本田が死刑判決を受けたのは二二年五月一四日だった。通常は判決後あまり日数をおかずに刑が執行されていたが、一年が経過しても何の音沙汰もないばかりか、同年二月の池上宇一の処刑以来、執行はピタリと止まったままだ。減刑の噂が飛び、ブルー棟への移管によってますます生きたいとの願望が強まっていた時期だったろう。

ところが、にわかに執行宣告である。淡いながら期待があっただけに、それが塗りつぶされてしまった心の落差と、突然襲った衝撃の大きさに立つことさえ覚つかなかったのではないかと推察されるが、花山師の見た本田は、「驚いた様子」はなかったという。

気弱だったといわれる彼が、たじろがずに宣告を聞いていた姿がうかがわれ、それは奇異とさえ感じられる。二枚の死刑同意書にサインするのは自死と同等の行為であるにもかかわらず、自署するときにも素直に応じているようで、抵抗した形跡は認められない。

この点については忖度するほかないが、本田は捕虜を死なせた覚えはないと考え、たった一日の裁判で死刑と認定されたことへの強烈な憤懣と慨嘆を抱えていたとしても、この時点ではすでに諦観の境地に達していたのであろう。多くの服役囚がそうであったように、強大なGHQの呪縛にかかり、「運命」に身をゆだねるのだと考えることで自らを慰撫できていたとみるほかない。

あるいは、彼の気負いめいたものをかぎとることもできる。彼は軍属となっていても、由緒ある陸軍一三連隊に所属し、中国大陸の戦渦をくぐり抜けてきている。砲火を浴びてきた下級軍人には、士官学校を出、きらびやかな肩章をつけた高級軍人何するものぞ、といった彼らなりの矜持があった。それが土壇場になっても潔さ、平然さを保たせる力となっていたと受け取れもするのだ。

旧軍人たちは、死刑判決を聞いても取り乱さなかったといわれる。日本軍人の一つの精神誇示だったといえようが、実際のところは怯懦《きょうだ》との相克にずいぶんと悩む人が多かったらしい。

死刑判決当日の朝までは雑居房にいて、死刑が決まるとただちに身柄は5Cの独房に移管される。五、六人が収容されている雑居房は一二畳ほどの広さがあるが、独房は、うなぎの寝床みたいに細長く、畳二畳と一畳分の板の間があるだけだ。廊下に近い二畳は寝る場所、窓寄りの板の間には腰かけ式水洗便器とそのすぐ前の小机、小さな洗面所、雑物入れの棚しかない。手紙を書くときは、便器の木製のフタを閉じてイスの代用にして小机に向かう。ふとんは、起きていれば、畳の隅に折りたたんでおくので、歩ける場所はほとんどない。

食事の時間には廊下の端に給食所がつくられ、雑居房の収容者は、そこでKP（食事当番担当の戦犯）から配給を受けて、プレートに食物を乗せて獄房に持ち帰り、畳の上で車座になってとる。独房では、ジェイラー（監視兵）がドアまで運んできて、一人で食べる。収容者たちと会話を交わすことができた雑居房とはちがって、話す相手はおらず、冷たい壁に面と向かっての食事である。上下に開閉する窓には鉄格子がはめられ、視野に入るのは焼け跡に点々と残っている民家の屋根と、構内のヒマラヤ杉のてっぺんだけだ。考えることは、四六時中死のことと過去であり、生かされているよりはいっそのこと早く安らかになりたいと願うのも不思議ではない。

裁判所で判決を言い渡された際には元軍人であるという意識を堅持していた彼らも、独房で一人になった時にはっきりと死との直面を知らされ、絶望と慷慨、覚悟と生きたいとの執念の交錯に悩まされる。しーんとした夜間、毛布にくるまっていると、山手線の警笛がかすかに聞こえたりする。階下の雑居房のさざめきがふと漏れてきたりもして、こうした世俗的な物音に気持ちがかき乱される。死刑というまぬがれられない命の期限を前にして、平静さを持続するのは容易ではない。どうせ死ぬなら元軍人らしく自分で命を絶とうと、そのことで頭が満たされる。今日以降の先はないのだ。思考は止まった状態で、ひたすら過ぎ去った出来事にすがり、回想に没頭することで決められた運命から逃れようとする。

昭和二一年二月二三日マニラで処刑された元陸軍憲兵大佐、大田清一（鹿児島県出身）は、戦時中、フィリピン憲兵隊長、名古屋憲兵隊長、四国憲兵隊司令官などを歴任した陸軍幹部である。彼は拘束されていた大森の戦犯収容所、一時入所していた巣鴨プリズン内で獄中日記を綴っている。その日記には、獄内にいる心境が書き残されている。

私も愈々《いよいよ》最悪の場合の覚悟を決めよう。今更どうにもなるものか、クヨクヨせず笑つて絞首台に立たむ。（二〇年一二月一七日）

此の夜隣にいる中将が酷《ひど》くウナされて悲鳴をあげていた。絞首された夢でも見たのだろうか。（同二一日）

八時三十分より公判、午前も午後も米、比人の拷問、虐待を受けりと証する証人が来てしゃべる。日本人は私と通訳きりだ。頭が割れそうだ。一々反駁の資料もない。此の上は生きてタジタジの公判廷での陳述をしてしかも死刑となるよりもいつそ死のうかと本気になつて考へた。（同一二月二七日）

どうせ駄目な命なら自決しやうか、待て待て神様より預かつた命だ、最期まで大事にしておこう。（同一二月二八日）

吾死すと聞かば妻子の悲と驚は如何、どうせ一度は死すべき身だ、しつかり覚悟を決めて泰然と死んで行こう。（二一年一月一日）

今日は人生最大最後の（刑の）宣告日だ。私の予想は九七％死、二％無期、一％は（重労働二〇年、清一よ未練を起こすな、いざ荷物の整理でもしようか。（同年一月四日）

午前九時より判決。予定の如く絞首刑だつた。どうせ彼等の計画的な芝居だ。貴き犠牲と諦めよう。もうとうに覚悟はできているはずだ。（同一月五日）

諦念と未練のはざまで苦しむ心境が随所に出ている。まだ雑居房にいるころの記述であり、日記を書くことができなくなった独房に入ったのちの境地も、この日記によって推し量ることができる。高級軍人の大佐でさえ懊悩していたのである。

深夜も廊下を哨戒するジェイラーの重たそうな半靴の音が脳を突き刺して寝つかれず、毛布をかぶり、妻子を瞼に浮かべ、家族との暮らしのよき思い出をたぐるとよけいに苦しくなって、たまらず枕を濡らしてしまった——との元収容者の証言もある。本田も、そうした一人だったのではなかったか。

——こうして七月一日夜、本田始を先頭として、八名に死刑執行の日時が次々と宣告された。本田に続く七名の告知の順番は、元東京憲兵隊、本川貞中尉（四二）、元福岡俘虜収容所第一七分所、牟田松吉軍属（四一）、元同分所、武田定軍属（三四）、元大阪俘虜収容所、高木芳市軍属（三五）、元福岡俘虜収容所長、菅沢亥重陸軍大佐（五七）、元同収容所第六分所長、末松一幹大尉（四七）、元同分所、穂積正克軍曹（三一）。

執行時間は、本田、本川、牟田の第一組三名が三日午前一時三〇分、二組の武田、高木、菅沢が同日午前二時、三組目の末松、穂積の二名は同二時三〇分であった。

梅雨どきであり、七月一日は曇天だった。ヒマラヤ杉は気だるそうに針葉を空に向け、ときおり太陽の日射しがどんよりとした雲間にあらわれて、重たい熱気を散らばしていたという。

タネは、夫の死刑日が間近に迫っていたとは知るよしもなかった。二二年六月三〇日と七月一日の二日間に夫と面会をしたのちは派遣看護婦となって日々を過ごしていた。

派遣看護婦は、ホームヘルパーと訪問看護を兼ねたような仕事だ。病院で手伝うことが多かったが、手術後で身体の自由がきかなくなった療養中の老人の家で、排便、排尿などの身のまわりの世話をしたり、医師から見放された患者の家庭で介護をしたりする。勤務は一日だけや一週間以上のときもあり、最初の派遣看護をしたのは胃潰瘍手術をした警察官で、一〇日間つき添った。夜遅く突然に電報で派遣協会から要請がくるのはまれではないため不定期であり、患者の選り好みもできない。それでも彼女にとっては道路工事、皿洗いなどよりはずっと楽で、看護婦の経験が生かされる仕事の喜びが、労働のきつさを上回った。

プリズンの許可が得られたのか、死刑が判決されてからも、夫からは毎月のように便りが届いた。しかし、文字はまだ制限されているらしく、途中でプツンと文面が切れてしまって、その続きは翌月書かれてくるが、たとえ数行でも読むのが待たれた。

離縁マデサレタノニ、思イヤリノ気持ガナク、サゾツライ思イダツタダロウト、ココへ来テツレヅレニ考エルトキ、ソノコトガイチバンノ悔イデアル。ユルシテクレ、コノ馬鹿男ヲ。ワビテモワビテモ、ワビタリルコトデハナイガ。

以前とおなじタネを念頭においた日記ふうの内容が圧倒的で、毎度詫びばかりである。

今ハタダ手紙ダケガタノシミデ、父カラハ三カ月ニ一回クライノワリデ、アノナツカシイ字デ書キ送ツテクル。弟、妹カラハ葉書一枚モラエナイ。今デハアナタカラノ手紙ダケガ心ノ支エナノデス。

たまには、弱気な調子の筆致で、プリズン内の様子をそれとなく知らせてくることもあった。

穂積（正克）サントハトキドキ顔ヲアワセル。フタリトモ、熊本弁デハナシアツテナグサメラレテイル。ソシテ熊本ガ恋シクナツテ、ツギツギトイロンナコトガ思イ出サレ、胸ガジーントシテクル。眠レナイコトモアル。短カカツタ結婚生活ダツタガ、福岡時代ガイチバン幸福ダツタ。至ラナイオレニ幸セヲ与エテクレタアナタニカンシヤシテイル。

穂積とは、福岡俘虜収容所第六分所の元監視員穂積正克のことで、彼も本田と同じ日に処刑された。「ときどき顔を合わせる」とは、定期的に許されている独房の相互訪問で会話を交わしたのを言いあらわしている。

タネは、いつかは死刑という呪わしい日が来るかもしれないとおびえていても、県内を忙しく飛び回ることで沈んだ気分を幾分まぎらわせることができた。しかし、仕事がないときは夫の心情に思いをはせ、いたたまれなくなる。女の自分には行動を起こすことができないので歯がゆくてならない。信じている夫の無実を訴えるのは弁護士しかいないが、熱意の片鱗も見つけられなかった弁護士は頼りにならず、唯一の手段は、ＧＨＱ最高司令官マッカーサー宛てに手紙を差し出すことくらいである。タネは思いあぐんだすえに、マッカーサーに嘆願書を書くことを決めた。それは二二年夏に投函された。

死刑囚の家族からマッカーサーの元に減刑を乞う訴えが数多く寄せられているのを聞いたからだ。

実際にとり上げられるとは考えられなかったが、万が一マッカーサーの目に止まったらと藁《わら》にもすがる気持ちだった。

夫への手紙以外に文章を書いたことなどなく、英語はわからないので一時は断念しかかったが、印刷所が英訳してくれるというので日本語でしたためた。線香の明かりのようなはかない願望であり、夫の手紙には「嘆願書などいらない」とあったものの、か細い明かりでも求めずにはいられない。しかし、日本の君臨者となったマッカーサーに手紙を書くと意識すると、胸と手が震えた。

嘆願書で、「夫は冤罪なのだ」と訴えたかった。「きっとだれかのワナにはめられてしまったのだ。ワナでなくても一日だけの裁判で死刑となるのは、あまりにひどいではないか。どんな証拠があったのか、審理はつくしたのかと、じかに裁判長に聞きたい。不可解な点を正すのが民主主義国アメリカの流儀ではないのか」と言いたかった。でも、過激な嘆願はかえって逆効果になると判断して、ひたすらお願いをするにとどめた。マッカーサーが手紙を読んでくれ、真情を理解してくれるのを信じ、祈るしかなかった。

二三年六月末になって、タネの肉親が不幸に見舞われた。結婚していた妹タシの幼い長男が病死したのだ。タネは母のユキといっしょに、熊本駅から列車を乗り継いで、県内の球磨郡多良木町にあるタシの嫁ぎ先に出かけた。

その日は、タシの子の初七日にあたる七月二日で、本田が死刑執行日を告げられた翌日、つまり死刑執行の前日だった。

さいわい腰かけることができて、汽車の中で、タネは母親と不幸つづきを嘆き合った。父親市平の転落をきっかけとした肺壊疽による死と戦火に見舞われての家の全焼、本田の投獄と死刑判決、そしてユキの孫、タネには甥のタシの子の病死。

「何ごとも運命たい。姑さんの判決もどうすることもできん」

ユキは自分を慰めるように、車内で娘に語りかけた。

「本田が死刑と決まったのは運命などではなかよ。戦争が悪いのよ。みんな戦争のためたい」

ユキにそう抗してタネは、はっとした。夫は戦地に出兵している。どうすることもできなかったとはいえ、夫は間違いなく戦争に荷担したのだ。自分が発した言葉は、戦犯やその家族たちに浴びせられている世間の人の誹謗と同じではないか。夫は国の意向に従って戦い、命令により捕虜を監視してきた。自らの意思ではないにしても、戦闘行為をしたこと、捕虜監視をしてきたのは厳粛な事実であり、すべてを戦争に帰してしまうのは、夫の生き方を否定することになってしまう。彼の罪を認めてしまい、夫を信じていないことにつながってしまうのだ。

タネは、口を閉ざした。甥のことを話しているうちに、夫の死刑判決という重い現実が頭にのぼってきて、いっそう気が滅入った。一年近く経過してもマッカーサーへ出した嘆願書がどうなったのかはまったくわからない。不安と期待が入りまじり、それだけによけいに心の負担を大きくさせている。母と娘は、わずかに開けた窓からまぎれ込んでくる汽車の煤煙のススを手で払いのけながら、押し黙って窓外の山あいの緑をながめた。

初七日が終わり、タシ夫婦の引きとめるまま、タネとユキは同家に二日間宿泊した。幼子の悲しい死ではあったが、久しぶりに母娘三人水入らずの話ができ、あす五日はそろそろ帰ろうと話しながら枕を並べて床に就いたその深夜のことである。

家の戸がいきなり開いて、男が入ってきた。息づかいが荒く、駆けてきたようである。暗闇から声をかけられた。

「タネ、オレたい。来たばい。ずいぶん探した。やっと会えた」

低い声、まぎれもなく夫だ。戻ってきた。罪が晴れてとうとう帰ってきたのだ。タネは、戸口に立っている本田の懐へころがり込んだ。だが、月の光に照らされている本田の表情は、険しくなっている。

「オレをかくまってほしか」

と、彼は言った。シャツにPのマークがついている。プリズンを脱走してきたのだと気づき、タネは全身の血が音を立てほとばしって流れ出したように感じた。座敷に入れようとしたが、すぐに思いとどまった。ここは妹の家、迷惑がかかる。

「逃げるとよか。私も逃げる」

タネは、座敷から懐中電灯を探し出し、夫の手をとって、裏手から山のほうへと走り出した。山にのぼればなんとかなるととっさに考えた。

夜露で足がすべり、ころび、衣服は泥まみれとなった。どのくらい時間がかかったのかはわからない。山の頂きに出ると、月明かりで前方に高い峰が見え、こちらから向こうの頂まで長い吊り橋がかけられている。あの峰までたどり着けば、追っ手をくらませられる。タネは「渡りましょう」

と夫に言った。

「渡ろう」

本田もそう答えて、勢いよく歩みはじめ、タネは懐中電灯を夫の足元に照らしてあとからつきしたがった。下は真っ暗で何も見えないが、吊り橋に渡してある木の足場のすき間からは、ものすごい風が吹き上がってくる。深い谷底から吹き上げてくると思うと足が進まない。

「何ばしとる。早く来んね」
五、六メートルほど先にいた本田がふり返って声をかけたそのときだ。プツンという乾いた音が二度した。同時に、叫びが聞こえた。
「タネ、バックだ、バック!うしろへ下がれ、こっちへ来るな!」

しかし、絶叫は、ゆっくりと谷間に吸い込まれていった。「バック、バックしろ」とのこだまが、暗い山の壁をつたわって彼女の耳をゆるがせた。ロープが切れ、夫が落ちたのだと、タネは瞬時にさとった。

「あんた!あんたぁ!」

タネは谷底へ向かって声を枯らした。落ちてしまった、落ちてしまった、死んでしまった。せっかく逃げてきたのに、無実を晴らすためにやって来たのに、ぜったい無実なのに……死んでしまった。

「タネ、タネ、どうした」

ユキが娘の呻きを聞き、びっくりしてタネを揺りおこした。彼女は、ここで夢から醒める。体から汗が吹き出していた。

「母さん、えらいことたい」

タネは、起き上がって着替えをはじめた。

「始さんが死んだ。たった今死んだ。夢ば見たとよ。間違いなか、これからすぐ本田の家に帰る」

彼女は手短に夢の出来事を話す間にも身支度を整え、荷物をまとめた。ユキは、血相をかえているタネを押しとどめた。

「帰るって、何ば言うとか。いまは夜中よね、汽車はなかろうに。夢やろう、何事もなかよ。心配せずとお休み」

ユキは慰めてくれたが、タネはあまりに生々しい夢を見た後では眠ることなど到底できなかった。どうしても本田家へ行って事実を確認しなければ動悸はおさまりそうになく、空が白み出す前に、ひとりで徒歩七分ほどの最寄りの多良木駅へ向かった。まだ五時前で、改札口には人はいない。ベンチに腰を下ろし、ようやく少し冷静さを取り戻してしばらく考え込んだ。妙な夢を見たのは、ここ当分夫に会いに行くことができない申し訳なさのあらわれであって、現実ではなかろう。まだ旅費は蓄えられていないが、汽車賃分を貯めたらすぐに出かけよう、いや、借金してでも行こう、夫も会いたがっているからあんな夢を見たのだと思ったりした。

午前五時二〇分の一番列車に乗る。とにかく本田の家に帰って、胸騒ぎを鎮めたい。何か異変がおきたならば電報が届いているはずで、届いていなければ安心していいのだ。

列車は空いていた。座席でまた夢のことを考えた。

夫の歩いていた所で吊り橋のロープが切れてしまったのはまったく不吉であり、ロープは首にまとわりつく刑場の綱を連想させた。だからこそ、絞首刑になったのだとあわてふためいて列車に飛び乗ったのだが、結局夢は夢、母の言うように取り越し苦労なのだろう。しかし、いつかは大きな騒動の日がやってくるのではないかと思うとぞっとした。どうかそうなりませんように、と念じないではいられない。

タネの前の席にいる初老の男が、新聞を二つ折りにして読んでいる。一日遅れで配達されてきた七月四日付の朝刊らしい。タネのほうに二面の記事が向けられている。この頃の新聞は紙が足りないために夕ブロイド版四ページで、二ページ目の二面に、社会面の記事が掲載されていた。なにげなくそこに目がふれて、思わず彼女は腰を浮かした。

「戦犯八名を絞首刑」

紙面の下のほうの一段見出しが目に飛び込んできたのだ。

戦犯、八名、絞首刑。

強烈な勢いで、胸騒ぎがぶり返してきた。目を凝らす。活字がちいさくて記事が読めない。顔を近づける。それでも判読すらできない。夫の記事ではありませんように、どうか本田の名前が載っていませんように、夢が正夢でありませんように——手を合わせたい気持ちになった。

男性が新聞を読み終えて膝に置いたのをもどかしげに借り受け、さっと目を入れた。「あっ」と思わず声を漏らし、次に息をのんだ。本田始の名前があった。夫の名が、一番目に記されていた。

記事はこのように書いてあった。

総司令部発表＝戦犯八名が三日未明、絞首刑を執行されたと第八軍司令部から発表された。

本田始、本川貞、牟田松吉、武田定、高木芳市、菅沢亥重、末松一幹、穂積正克。

これらの戦犯は、第八軍委員会により、捕虜を殺害し、または虐待で死亡せしめたものと認定され、同軍司令官アイケルバーガー中将により審理され、マッカーサー元帥により確認されたものである。

わずか一三行、字数にして一八七文字の記事は、同じ面に記載されている「戦災引揚者の衣料品荒し」、「株街の暴力団を検挙」などの記事より目立たない。タネは、新聞をひろげたまま、横浜裁判所内で職員から死刑判決を告げられたときと、発疹チフスに罹患したときのようなめまいを催した。本田始という活字がぐるぐると頭の中で回り、意識が遠ざかる。ここで失神してはだめだとわが身を励まし、夢なのだ、これはまだ夢なのだと、必死にこらえた。

本当なのかと、思考はその一点で回転している。この一年半死刑執行はなく、GHQは死刑を廃止したのかもしれないと、世間では噂されていた。それが一度に八名処刑――そんな残酷なことがあるのだろうか。夫の手紙にあった熊本県出身の穂積正克の名前もあり、新聞が嘘を報道するとは思えないが、あまりに夢の予感が一致しすぎていて、にわかには信じられない。

朝日が射し込んできて、男が窓を開け、新聞が風を受けて音を立てた。日の光、風、音、やっぱり現実なのだ、もう夢ではない。放心状態で新聞を男に返した。大声でわめきたい。泣きたい。夫が枕元に知らせにきてくれたのだと思うと、胸が張り裂けそうだ。前の席の男が不審そうな態度をしているのもかまわず、タネは窓枠に顔を伏せ、唇にハンカチを硬く押しあてた。

熊本駅に着くと、本田の家にまっしぐらに駆け出した。駆けながら「死んだのね。あんた、死んでしまったとね」と声に出した。終わってしまった。商売を軌道に乗せる計画、別棟を建てて暮らそうとの望みは、引き潮にさらわれるように、彼方に流されてしまった。戦犯の妻から処刑戦犯の妻へと、前途は暗闇に閉ざされてしまった。現実感が悲しみに追い打ちをかけた。

本田の家には、まだ死亡の電報はとどいておらず、新聞もひろげられていなかった。タネの知らせで全員が新聞をとり囲むと、深い沈黙とため息が部屋を支配した。沈黙はやがて嗚咽《おえつ》になり、そしてタネへの憤りに変わった。

「始は誰に殺されたと！」

スキは、たまりかねて、とうとう言い放ってしまった。

始が絞首刑になったのは軍隊でも連合国のせいでもなく、息子はお前と結婚したから死んだのだ、と言っているのがタネにはわかった。タネと一緒にならなければ、始は農家の婿となり、軍属とはならずに畑仕事をしていた。お前と結婚したから捕虜収容所勤務となって、罪をかぶってしまったのだ。息子を死刑台にのぼらせたのは戦争、GHQではない、タネ、お前なのだ、となじっているのだ。タネは背を丸めてうつむき、手ぬぐいを顔に押しあてて泣きじゃくった。

東京へ二回目の面会に出かけるとき、タネは「お義母さんも行きましょう」とスキを誘ったが、スキは「お前と行くのはいやだね」と、あからさまに拒絶した。だからスキは、本田が警察官に連行されて家をあとにした二一年の春以来、息子とは会っていない。それを後悔していようが、その後悔さえも嫁にぶつけている様子さえうかがえた。

「嘆願書の書き方が悪かったのやろう」

勝次が涙をぬぐって、ひとりごとのようにつぶやいた。嘆願書をもっとうまく書けば始は減刑されたかもしれない、との響きが込められている。タネは唇を噛んだ。

必死の思いで出した手紙が、絶大な日本の統治者、マッカーサーに読んでもらえたかどうかは不明である。膨大な量が送られてきているにちがいないから、きっと黙殺されたのだ。だが、無我夢中ながら精魂こめて書いた。「本田タネ」という名前のあとの印は、指を刃物で傷つけ、したたる血で押印した。内容が真実であることを示すのと、誠意をみせたいためだった。村をまわって連署してくれるように頼んだが、年寄りはみな首を振り、青年団のわずか二十数名の署名が集まっただけだった。

精いっぱい努力したつもりである。努力が足りなかったと言われればそれまでだが、食べるのがやっとの状態で、女の身で、ほかに何ができただろうかと考えるとせつなかった。

死んでしまったのだ。「これからはお前をかばってやる」と語っていた夫は、もうこの世にはいないのだ。今となっては、獄中からの本田の詫び状が、自分を堪えさせる力となるだけだった。

タネは、義父母たちの言葉に耳をふさぎ、声を押し殺して、いつまでもしゃくり上げていた。

第十章　郵送されてきた法名

相当な量の雨が連日降っている。

気分はさらに重くなるが、タネはずっと大雨が降ればよいと願った。外へ出なくていい、嘆きの顔を村人に見せなくて済むし、新聞で本田の処刑を知っただろう人たちの目から逃れられる。じっととじこもっていたい。

それにこのような場合、どうすればよいのかの算段がつかない。新聞にははっきりと夫の刑が執行されたと出ているが、終戦連絡中央事務局やＧＨＱからは何の知らせも受けていないのだ。死刑となったのだろうかとの疑心があり、事務局に問い合わせすることや本田の知人への連絡を躊躇させているので、喉に小骨がつかえたような状態となっている。派遣看護婦の仕事は事情を話して当分はずしてもらい、数日間は、半ば放心状態でぼんやりと日をやり過ごした。

八人が同時死刑になったのは、いかにも突飛すぎる。誤報ではないかと、翌日から毎日、隅から隅まで新聞記事に目を通したが、訂正記事はなかった。日本の敗戦を知らずにグアム島に足かけ五年も潜伏し、五月一〇日米軍に投降した鈴木新平と垣内久雄という日本の元兵隊が横浜港に送還されてきた記事が七月五日掲載された。トカゲやガマを食べて命をつないで、奇跡の帰還を遂げたという。夫には奇跡はないのかと考える。七月七日に国有鉄道運賃値上げが公布され、旅客運賃は二・五五倍になったと報じられた。一瞬、巣鴨プリズンへ面会に行く旅費のことが心配になったが、旅費を貯める必要はなくなったのだと思うと胸がふさがれた。

獄舎から来た手紙を整理すると、夫が何とか生きる望みをつないでいたことが余計わかってきて、無念さが込みあがってくる。

証人ノ件デスガ、ＦサントＷ班長ニオ願イシテ下サイ。ナルベク早クネ。（二二年四月二〇日付）

本日着ノ手紙デ、Ｆサンガ承知シテ下サツタソウデ有リ難イ。Ｗ班長ハ病気トノコト、ヤムヲ得ナイ。証人ハ二名ト決メラレテイルノデ、ソノウチ何カ言ツテクルダロウ。（二二年四月三〇日付）

本田の死刑が報じられた年あたりから、「死刑者は、実際は処刑したと見せかけてどこかへ移送されている」との話がまことしやかに流されていた。グアム島から生還した兵隊のような例を思うと処刑者の生存もあながち風聞ではない気がして、それを信用したかった。だが、この先ずっと処刑が事実かどうか中途半端な気持ちを引きずっていくのはやりきれない思いがした。

長雨が上がった日、タネは意を決し、勝次とスキに相談した。

「始さんが亡くなったとの通知はお役所から来ていませんが、新聞にあるとおりならやはり仮葬式でもしてあげないと始さんも浮かばれんと思います。どうすればよかですかね」

「仮葬式といってもお骨もありゃせんしの」

と義父は言った。確かにそうだ。死んだという報は新聞記事だけで確証はなく、一片の遺骨、遺品すらなく、仏の証がなければ親戚を呼ぶこともできない。三人は思案したが、スキが「仮葬式を内輪ですればええ。お寺に頼んで法名をつけてもらえばよか」と言ったので、そうすることにした。これでひとまず区切りをつけようとしたが、噂どおりもしも本田がどこかに移されて生きていたなら、彼に申し訳ないことになり迷いも生じた。

仮葬式の準備をはじめて、住職に読経を頼むために近くの寺に出かけることにしていた前日、タネは自分宛の郵便物を受け取った。茶色のハトロン紙の大ぶりな封筒である。裏をひっくり返してみたが、差出人の名前は記されていなかった。

封を切ると、中から短冊と紙にくるんだものがあった。短冊には「光寿無量院釈勝始」と墨でしたためられてある。紙包みを開く。少量の爪と髪の毛が出てきた。一瞬、誰かの嫌がらせと思った。戦犯を糾弾している人が面白半分に短冊を書きつけ、自分の爪と髪を切って送り、これが本田の法名であり遺品なのだと偽っているのだと危ぶんだ。封書に差出人の書いていないのは、その疑いを抱かせるに十分なものがある。

タネは、もう一度短冊の文字をたどった。書きなれた筆致であり、ほのかにお香の漂いがかぎとれる。彼女は一字一字を咀嚼するように追っているうち、これはまぎれもなく夫の法名だと確信した。短冊にある「勝」という文字が、判断を確固としたものにさせた。

巣鴨からの本田の便りには、たびたび「教誨師の僧侶、花山信勝先生」と記されていたのを思い出したのだ。「勝」はきっと信勝の勝であり、花山信勝先生が先生の名前の一字をとって、夫につけてくれた法名に間違いないと思った。花山先生は大学の教授をしている碩学《せきがく》だと本田から聞いており、その偉い先生がわざわざ法名を書いてくださり、そのうえに院というもったいない称号を授けてくださったのだと自分を得心させて、タネは短冊を押しいただき、頭を下げた。

教誨師は死刑囚と直に面談し、教導にあたっていると聞いている。短冊に書いてあるのが本田の法名とすれば、紙包みの中の毛髪と爪片はまぎれもなく本田の体の一部、夫の形見である。心臓の鼓動が早まった。やはり夫は確実に死んだのだ。「死刑囚は生きている」というのは、デマなのだ。

タネは、静かに紙包みをひろげたまま手のひらに乗せた。深く切ったらしい爪はやや黒ずみ、数本の短い髪は、鈍い光沢を放っているようであった。爪と毛髪をつまんで暗然とし、瞑目した。

「いっそのこと早くお迎えが来ればいい。そうすればお前のところに帰れるけん」と、プリズンで面会した際に夫が言っていたことが頭を満たした。夫婦だった期間はわずか六年、そのうち二年余は夫は収監されていたから、ともに生活したのは四年に満たない。頼りにならなかった夫ながら、三一歳の若さで命を絶たれた彼が髪の毛と爪だけになって帰ってきたと思うと、かわいそうでたまらなくなって泣いた。

差出人の名が書かれていない理由と光寿無量院釈の意味には、そのときは深くは考えが及ばなかった。それは、のちに彼女が実際に花山教誨師に尋ねて氷解する。花山師は、本田たちが処刑されたことを遺族に知らせたくても刑務所の規則でできなかったため、法名と、処刑前に師の手で切った遺髪などを添えてプリズンに内緒で投函したというのだ。しかし、発覚して没収されるのをおそれて、あえて名前を記さずに送ったのだという。そのとき、花山は、次のようにタネに説明した。

元福岡俘虜収容所第一七分所長の由利敬中尉が二一年四月二六日、戦犯として日本で初の絞首刑に処せられたとき、花山教誨師は亡骸《なきがら》がどのように処理されるのかに心をわずらわせていたのでプリズン所長に尋ねたが、所長さえつかんでいない様子だった。そこで軍事裁判を指揮する第八軍司令官のアイケルバーガー中将に書簡を送って質した。「亡くなれば被告と原告、敵と味方、元大将、兵卒の区別はなく、土に帰る一個の骸であり、仏である。遺族のために遺骨を引き渡してしかるべきである」。そのような趣旨であった。

アイケルバーガーからの返事は、彼の期待を裏切らせるものだった。「残念なことだが、軍の規定によって、遺骨は遺族には渡せない。遺体を焼却した場所、埋葬個所も公にはできない。これは軍の機密事項である」としたためられてあった。占領軍首脳の発言とあっては承服せざるをえず、教誨師は、法名（浄土真宗は戒名とはいわず法名という）をつけ、由利の爪と遺髪を入れて、由利のただひとりの肉親である母ツルに送った。

遺体処理場ですら極秘とされているのだから、身体の一部を遺族に渡すなどは法外のはずだが、それでもかまわない、これがプリズン教誨師の死者に報いるつとめである、と花山は独断した。以来、これまで刑死した田村勝則、福原勲、平手嘉一、真渕正明、池上宇一にも、法名と遺髪類をこっそりと遺族へ送り届け、同時処刑された八名の遺族にも同様な措置をとった――というのである。法名は、すべて光寿無量院釈とし、その下に生前の名前を入れて八文字とした。本田始のように一文字の名の場合は、信勝の勝の字をとって八字にした。

「光は光明の知恵を意味し、寿は生命、釈は釈尊の教えを受けた者をあらわすのです。浄土真宗は群萌《ぐんもう》の宗教である、と浄土真宗の宗祖親鸞は説きました。たとえれば、研を競って咲き乱れる花々ではなく、顧みられることのない雑草に似ている、と親鸞は教えているのです。死去すれば階級、貧富の差はなく、みな平等です。法名をつける際は、群萌という親鸞の教示にしたがって階級の差をはぶき、共通の光寿無量院釈としようと考えたのです」

花山師はタネにそう語った。

由利敬の法名は光寿無量院勝敬、東条英機に花山がつけた法名は、光寿無量院釈英機であった。タネが差出人不明の短冊文字を本田の法名と直感したのは当たっていたのだ。


とにかく唯一の形見とみられる爪、髪が届けられたので、法名を祭壇に飾った簡単な葬式がとりおこなわれ、以前は白い眼を向けていた村の人たちも参列してくれた。刑死という異常な死に方が村の人の心をゆさぶったに相違なかった。

翌日寺に行きお礼を述べて帰宅すると、束になっていた香典の開きは終わっていて、香典帳、香典はどこをさがしても見あたらない。喪主は自分であり、何人弔いにきてくれたのか、香典がどのくらい集ったのかを知らないでは、香典返しなどの喪主のつとめが果たせなくなる。

「香典帳を見せてください」

タネは、義父母と、結婚して本田家に住んでいる義弟の妻に言った。自分のいない留守中に始末したのはわかりきっている。

「もう義姉さんは何ばせんとよかよ。あとのことは私らでするけん」

義弟の嫁の返事に、スキたちはうなずいた。

「誤解せんでほしか、お香典がほしいのではなかよ。喪主としてお礼をしなければならんとでしょう。香典帳がなければどなたにお礼ばしていいかわからんとでしょうが」

彼女は、義妹を詰問したが、本田の人たちは耳を貸そうとはしない。

本田が死去したことを機会に縁を切りたいのだと思った。それならば、いっそのことこちらからこの家を出よう。夫が亡くなり、このまま居続けるのは不自然だし、ますます邪魔扱いされるばかりとなる。義父母は、義弟が嫁をもらってからは、あてつけがましく彼女をかわいがり、何かにつけて比較され、おさんどんみたいに使われるのにも心労がたまっていた。私が家を出るのを望んでいるのなら、葬式が終わったことだし、これをいい潮時としよう。これからはひとりで働きつづけて、ユキの面倒をみながら夫の冥福を祈ろうと決心した。

二度目の縁切りである。子どもが宿ったときには一方的に離縁されたが、今度は納得づくの別れとなるのだ。本田の家からは離れるものの、夫の菩提は自分だけでも弔わなければと思い、そうしないと夫が浮かばれない気がした。それを話すと、「お前がそれでよければ勝手におし」とスキは言った。タネは、大事に祀《まつ》っていた法名と遺品の髪の毛、爪を持って本田家に別れを告げ、ユキと一緒に暮らすことになった。家に背を向けることにはもうためらいも未練もなかった。

一つだけ困ったことがある。それは収入が得られない点だった。今の仕事は不定期の派遣看護婦で不安定であり、ユキと生活するのも心もとない。定職、それも経験を生かした病院看護婦になりたかった。三二歳になっているが、派遣看護婦を大過なくこなしている。医療機関に就職すれば自立できる自信はあった。

ユキはまだ兄の家に同居している。タネの義理の叔母にあたる人は、今後もつれない応対をするのは目に見えていたが、就職してきちんと家賃を払えば厄介扱いはしなくなるだろう。ますます住みづらくなった本田の家にいるよりはましだと思った。それには何としてでも定職に就かないとならない。

再び就職探しをはじめた。的を絞り病院だけをたずね歩いた。

しかし、三二歳という年齢は、そろそろ婦長になる年頃であり、どこも採用の返事は聞かれずじまいで焦りがつのる。思いあぐんで国立病院の門を叩き、履歴書持参で人事課長に直接面談を乞うた。国立病院となってはいるが、もともとは戦時中の陸軍病院や彼女が勤めていた健軍分院などを戦後になって統合してできた病院で、タネにはなじみがある。元健軍分院勤務者ということで、面談は許可された。

「ご承知のように戦争で看護婦は不足しているので、志望してくれるのはありがたかですが、ウチでは質より量の方針をとっておりますけんね。あなたは正看護婦の資格をお持ちのようだが、正看護婦を採用するなら准看護婦が三名採れますたい。予算の都合もありますけんね。陸軍病院分院におったようなので、ウチとも縁が深く、採用したいのは山々ばですが、しかしむずかしかねえ」

課長は、履歴書にしばらく目を落としてから、まわりくどく採用を断わった。

「お給料はどうでもよかです。准看護婦一名分のお給料でもよかですたい」

タネは、つき返された履歴書を握りしめて、頭を下げた。ここに断わられたらもう病院探しの当ても尽きる。

一方で、内心臆病さを培っていた。戦犯の妻であり、まだ公職追放の身なのだが、履歴書には夫のこと、家族の事柄にはふれず、隠してある。追放令を無視しているとなれば最初から不採用になるのは決まっているので、気は引けたがあえてふれずに、もし採用されて判明したらそのときはそのときだと腹をくくっていた。派遣看護婦勤務は辞めるつもりなので、背水の陣、遮二無二な思いにかられていた。

「准看護婦一人分の俸給とかと言ったかて、そげんこつ無理ばい。国立機関の給与は法律で決まっておるけんね。申し訳なかですが、あきらめてください」

課長は火をつけたばかりのタバコをもみ消して席を立った。もう取りつく島はなく、彼女は悄然として病院を出た。

七月の太陽が容赦なく照りつけ、汗をぬぐうのも忘れて構内を通り門まで来たとき、日傘をさした洋装の女性とすれちがった。どこかで見かけた人だが思い出せない。軽く会釈して立ち去ろうとすると、女のほうから「あら、おめずらしい」と声をかけられた。

面と向かって見ると、かつて健軍分院にいたときの同僚だったと思い当たり、小川光子という名がごく自然と浮かんできた。同僚といっても診療科が違っていたので一緒に看護に当たったことはなく、採用日が同日だったため序列簿が隣合わせとなっており、それでたまに話をする程度で親しい間柄ではなかった。あの頃、タネが患者の本田から見初められて結婚したのは病院でだいぶ話題となっていたので、光子は記憶していたらしかった。

「本当にお久しぶり。お元気そうで何よりね」

「あれから四年経つのに、小川さんもちっともお変わりなく。でも、病院に診てもらうためにいらしたの？お加減でもお悪いと？」

「違うとよ、相変わらずここの看護婦をしているたい。だいぶ薹《とう》が立ってしまったわ。あなたこそ通院と」

「いいえ、実は」

と、タネは人事課長と面談してきたことと、断られたいきさつをかいつまんで話した。

「そうだったの。国立病院なもんで、ここの人はみな杓子定規《しゃくしじょうぎ》で堅物ぞろいなのよ。病院は看護婦不足で本当は困っているの。よか、私が掛け合ってあげる。もう一度課長のところへまいりましょう」

光子はいきなり言って先に歩き出し、ためらっているタネの手を取って病院内につれ戻した。人事課の扉を押した光子は課長の席に歩み寄り、大きな声で言った。

「課長、この方とは陸軍病院健軍分院時代からの友人ですたい。たまたま門のところでお会いして、お話をうかがいました。三名の准看護婦を採用したいとのことですが、それならかえってよかですばい。この方は、一人で三名の准看分以上のお仕事は十分こなせますけん、お願いします。私が全責任を持ってご紹介します。何とぞ採用してください。きっと病院のためになります」

彼女は、最敬礼するように深く腰を折った。タネはびっくりした。それほど親しくしていなかった元同僚が真剣になって懇請してくれている姿に感動し、同時にうろたえた。

光子の剣幕に押されたらしく、「うーん、弱ったなあ」と課長はたじろぎ、「それならあんたちょっと残って」とタネを引き止め、光子には「考えてみる」と返答をして引き揚げさせ、しばらく黙っていたのち口を開いた。

「あの小川女史は古参で、ここでは一目おかれておるけんね。あなたが女史の元同僚とはね。まあ、小川さんがあそこまで太鼓判を押すなら間違いなかですたい、よか、あなたを採用しましょう。どうせなら早いほうがいい、四日後の八月三日から来ていただく、よかとですか」

タネは、目の前に閉ざされていた扉がパッと開いて虹が見えた感じがした。数分でも行き違いがあったら小川光子とは出会えなかったし、不採用を告げられた者が採用されるのはありえなかったろう。それに、光子が国立病院に勤務していなければ、やはり就職はかなわなかった。天の恵みはあるのだと光子との偶然の邂逅《かいこう》に感謝し、まるで生命が救われた気がし、彼女にはいくら礼を述べても言いつくせない思いがした。八月三日は本田が処刑されてからちょうど一カ月目にあたる。夫が見守ってくれていたのだと、夫にも心の中で手を合わせた。

こうして、タネの戦後の新たな一歩ははじまる。

病院の仕事にはすぐに慣れた。勤務替えはあったが、希望した外科勤務内の昼、夜勤の交代だけで、陸軍病院分院時代のような内科、結核、雑病棟などの配置換えがないのでひどく楽な気がした。

年齢が近い小川光子には、以後姉のように慕い、何でも打ち明けることができ、夫のことも話した。しかし、光子は「そうだったの。ずいぶん苦労したのね。兵隊さんは国のために戦い、ご家族もさぞ大変だったでしょうに。愛国心が強かった人ほど重い罪に問われるのよね」と言うだけで、詮索しようとしなかったのはありがたかった。光子は、公職追放令にも一切ふれなかった。

仕事は忙しかったものの、夫の処刑のことは片時も頭から離れていない。忘れたくても忘れられるものではなく、それどころか時間が経つにつれて、どうして死刑になったのか、どのように告発されたのかを知りたいとの思いがつのった。夫はきっと福岡俘虜収容所時代の同僚か上司に罪をかぶせられたのではとの疑惑は、だんだんと大きくなっている。

現実に死刑になったかどうかの点にも、依然引っかかっている。花山信勝教誨師らしい人から短冊と形見をもらったが、公的にはまだ死亡通知は受け取ってはおらず、戸籍上はまだ生きていることになっているのだ。県庁や法務局の出張所にたびたび足を運んで尋ねたが、地方機関で証明できるはずもなく、彼女の気持ちは宙に浮いたままだ。病院で明るく振る舞ってはいるものの、ある日突然、彼が本田の家に帰ってくるのではと、内心落ち着いてはいられなかった。

これまでにタネは、裁判で証人となってくれたFのほか数人の元捕虜収容所職員から、戦時中の収容所の概要を断片的ながら聞いていた。それは、だいたいが左のようなものだった。

捕虜収容所では、捕虜による盗難事件、規律違反は毎度のことで、そのたびに捕虜には懲罰が科せられた。盗難は、食料を倉庫から盗み出す事件が主であり、規律違反は、所内の服務規程を守らないものである。違反は、言語疎通がスムーズにいっていないところに起因する事例が多かった。

監視員は、こうした捕虜にまつわる出来事の処理のほかに、精神的な苦悩を強いられていた。それは、同胞人である日本人に心を砕かなければならなかったことだったという。

太平洋戦争に突入した昭和一六年時、陸軍大臣東条英機が通達した戦陣訓に、「生きて虜囚の恥を受けず、死して罪禍の汚名を残すことなかれ」の一条がある。つまり、軍人ならば捕虜となる前に死を選べという「縄目の恥」をにおわしたもので、外国で捕虜となったあと帰国した軍人は厳罰に処される掟まであったのは、国民にあまねく知れ渡っていた。「捕らえられる前に死ぬ」というのが日本流なのであり、日本人の感覚からすれば、外国人捕虜は生き恥をさらしていることになる。おまけに捕虜たちは、日本人を殺している敵の一員なのである。

国際的には昭和四年（一九二九）、捕虜の扱いを規定した条約（ジュネーブ条約）が締結され、虜囚は適正に管理しなければならないとの趣旨が規定されていた。しかしそんなことなど知らない国民は、外地で戦っている息子、父親、兄弟の労苦、面影を片時も忘れられず、肉親を失った遺族はなおさらだった。金髪で背の高い西洋人に憎しみをかき立て、捕虜は収容所で死んでも仕方ない、いっそ殺してしまえばいいとまで考えている。

外国軍人はそうではない。捕虜は不名誉ではなく、死力をつくして逃亡をはかるのも軍人ならばこそとみなされている。それに、「捕虜はその人格、名誉を尊重される権利がある」、「捕虜を確保した国は、捕虜を養う義務がある」との国際条約を知悉していたので、収容所内の彼らの態度は平然としたものだった。

許可されているとはいえ、戸外で悠然とタバコをふかし、囚われの身なのに仕事の合間にはスポーツに興じる西洋人の姿を目にするたびに、市民たちは、「捕虜の分際で」と怒り、頭に血をのぼらせる。自尊心を失わず、自己主張、権利要求さえためらわない彼らの物腰が、戦が劣勢となっている国民感情をますます逆なでしていた。

日本人はその日の食糧の確保に奔走しているのに、捕虜たちには食事の心配はない点も憎悪の一因となっていた。「日本人には手が届かないものを食べたり、診療してもらったりするのはもっての外、奴らは殺つぶしだ」という過激な人は多数いたという。

そんな国民感情を象徴する事件が、大阪府内で起きた。

労役がすんで、整列して収容所に帰る途中の捕虜めがけて、年老いた男が何かどなり散らしながら突進してきたのだ。手には光るものがあり、驚いた監視員が阻止しようとしたときは遅く、「息子の仇だ。思い知れ」と、年寄りは捕虜のひとりの背中に出刃包丁を突き刺し、捕虜は倒れた。

青森県では、市民たちによる集団暴行があった。

北海道に渡るため、捕虜が一団となって連絡船を待っていたところ、群衆が押しかけてきて襲ったのだ。監視員が制したが間に合わず、捕虜の何人かは殴る蹴るの暴行を受けた。

熊本県でも騒動が発生したという。収容所の元職員は語る。

「昭和一七年（一九四二）一一月でしたから、本田さんがまだ監視員として働いていなかった頃でしょう。イギリス人捕虜たちが、福岡俘虜収容所に外地から送られてきたんです。マラリアなどの病気にかかっている者がかなりいたため、熊本駅に着いた彼らは、駅からトラック二台に分乗して収容所まで移送された。それが問題となりました。日本人ですら車に乗れないご時世に、捕虜を歩かせずにトラックに乗せるとは利敵行為もはなはだしい、と指弾されたのですよ」

捕虜は、炭田の多い北海道や九州では炭鉱の採炭に従事させられたほか、労働力をともなう企業の工事現場にまわされたり、あるいは福岡俘虜収容所第一分所のように飛行場建設のために使役させられたりして、「無為に徒食させることのないように」という陸軍省の通達どおりに働かされた。どの場合でも、かなり労働量の多い作業であり、限られた捕虜数では仕事はこなせない。そこで、収容所がある地方では、地域の人たち、特に女性や学生たちが勤労奉仕として駆り出された。中には労働に耐えかねる捕虜もいたが、同情は禁物だった。

ある県では、彼らへの憐れみが問題となった例もある。

痩せた若い捕虜を見て、勤労奉仕の中年の女性が、「かわいそうに」とつぶやいたのが、「敵に同情する非国民」としてやり玉に上がった。「敵をかわいそうなどというのは、戦っている日本人を侮辱するものだ」というのである。女性の発言は議会でもとり上げられた。

「捕虜と共同作業をする勤労奉仕の日本人たちは、いつも厳しい目つきをしていました。きついまなざしは、捕虜の働きぶりを見守る監視員にも向けられ、厳格に仕事をさせない監視員は批判の対象とされたのです。監視員は捕虜の味方をしているのか、敵を甘やかせるのは売国奴だといった非難を浴びせられるのはたびたびであり、捕虜に昼の弁当など食わせていいのか、と監視員にどなる老人もいました」

暗かった時代はもう思い出したくないと言いたげに、その元職員は眉をくもらせた。

戦況が思わしくなくなるにつれ、収容所への風当たりはさらに強くなり、収容所職員や常時捕虜と接している監視員は、世間の旺盛な愛国意識に子犬のように卑屈となった。捕虜を懲らしめるべしとの度合いは大都市よりも中小都市のほうが、また中小都市より郡部のほうがまさった。捕虜を痛めつけることがお国のためになるとの気を国民全体が燃え上がらせていたため、監視員にとっては、捕虜への殴打、打擲こそがわが身を守る手段となったという。

戦争に勝つ、勝たねばならぬとの思いは国民の悲願だった。捕虜をムチ打たなければ、国民は捕虜収容所の勤労者を許さなかった。満足な配給を受けずに精神と肉体を疲弊させていた市民にとっては、国から食料があたえられている収容所の職員は羨望と嫉妬の対象だった。「捕虜と一緒にうまいものを食っている」と蔑《さげす》まれたりするので、収容所で働く者は近くの住民にも気を使わないといけなかった。

しかし、タネがどうしても合点がいかなくなったのは、市民の目を気にしながらも家にまで捕虜をつれてきて茶をごちそうした夫が、一方では二人も死に追いやったとされる起訴事実である。右手を使えない彼が打擲できるわけがないと思えるし、仮に二人の死が彼の行為の結果だったとしても何かの過失によるものであり、故意ではないと信じている。故意のようにみなされたのは、陰謀のような気がしてならなかった。

本田が虐待し、死亡にいたらしめたとされるアメリカ人アイヴーソンは、規律違反を犯したらしい。冬の日のことだったという。

アイヴーソンは、収容所内で仲間数人とタバコを吸っていた。バラックの収容所は火災にでもなったらひとたまりもないので戸外以外の火気は厳禁で、「NO　SMORKING」の張り紙がいたるところに掲示してある。本田は飛んで行った。

「ノースモーキング！」

片言の英語で注意した。しかし、アイヴーソンらはタバコの火を消そうとしない。本田はさらに声を荒げてどなった。

アイヴーソンらは、外につれ出され、ここで本田は竹の棒などで殴ったとされている。本田はこのあと彼らに医務室に行くように指示したが、アイヴーソンはどうしたのか診察を受けるのを拒み、数日後の二〇年二月八日に死亡したという。アイヴーソンの死は、診断および検視の結果では「脚気」となっていたらしい。

外国人の中に軍医がいる場合は、死亡診断書には捕虜の軍医もサインすることになっている。日本の診断に疑いがあるときは、外国人軍医はその旨を備考欄に明記、そのうえで自署するのである。第一分所の捕虜にはコステキという軍医がいて、規約どおり死亡診断書はコステキにまわされた。コステキは「脚気」の診断書を見てサインをし、「この死亡診断書には疑義がある」とは書かなかったようだ。

後日、コステキは法廷でアイヴーソンの死は虐待によるものであると証言し、「脚気」の死亡診断書に異議を唱えなかった理由について、「日本語で書かれていたためだ」と述べたという。英語でないので読めず、内容不明のままサインした、ととれる発言である。診断書が日本語だけだったのかどうかは不明であり、検察側は証拠となるこの診断書などは提出していない。

本田がアイヴーソンを死にいたらしめるほど打ちすえたのか、アイヴーソンがなぜ診断を拒絶したのか、彼は脚気にかかっていたのか、真実は、霧がかかったようにぼんやりしている。はっきりしているのは、アイヴーソンらが所内の規律を犯したこと、本田が虐待したとのコステキ軍医らの証言があること、死亡診断書が病死とされていたらしいこと、証拠物件のその診断書がないこと、さらに、本田の右腕が不自由であったことである。横浜裁判ではあいまいなままの形で裁判にかけられた被告人は多数いたといわれるが、それらを追跡するのは至難となっている。

タネは、本田の元同僚たちの情報をメモに書きとめながら、改めて一日早められた裁判で即日判決となった点の不明瞭さを自覚するのだった。

本田の遺書は、気のちいさい彼が書いたとは思えないほど取り乱れた形跡がない。死の寸前に書いたにしてはあまりにも静謐《せいしつ》で、恨みごとも述べられていない。最後の手紙は三通あり、一部分はカタカナ、他はひらがなだ。二通だけ原文のまま紹介しておこう。

妻タネ
元気に暮してくれ
そして幸福成る所にとついでくれ
俺は、御前に御願する事は、
それだけだ。元気が第一だ。
この便りが最後だ。
唯、御前に今一回あいたかつた。

それもみれんだ。
男らしく散つて行く事が、
今最後（期）の時に一つの自分にあたゑられたる
幸福の時だ。何にもみれんじやないけれど、
負けたる事が自分にあたゑられたる
死だ　死　唯死のみだ。
昭和二十三年七月二日　書く

これは、便箋に一三行書かれている。字の乱れはほとんどない。まだ言い足りなかったのか、さらに、二通あり、一通が遺書である。長文なのは文字数制限がなかったせいかもしれない。

妻タネヘ
御前ニハ何一ツヨイ事ハイテヤツテイナイ。誠スマナイ。最後マデアヤマル。自分始ガ御願スル（のは）
一、元気ニ暮シテクレ。ハヤマルナ、ハヤマツテハダメダ。ヨイカワカルカ。クレグレモ御願スル。
一、日本ノ女性ト言ワレル様ニ成ツテクレ。
アナタハヨキ妻デアツタ事ヲ最後ニ成リ言ツテオキマス。

ここまではカタカナ文字である。ふだん書き馴れていたからかもしれないが、二ページ目からは突然ひらがなになっている。動揺はやはり隠し切れなかったのだろう。「早まるな」とは、「悲しみ

のあまり先を急ぐようなことをしてはならならぬ」というのである。これはそのあとにも繰り返される。執拗に念を押しているのは、彼の夕ネに寄せる心根を語っていて、深い愛情が感じられる。日本女性として気強く生きてほしいと願っているのは、「戦犯の妻」の誇りにも耐えよという意味と解釈される。自分は悪いことはしていない、だからお前も毅然として生きてほしいとのいたわりが、夕ネには読み取れた。

何も（かも）運命だ。御前とはあんまり（あまりにも）はかない事だつたね。一しよ（一緒）に成りて三年間、幸か不幸か子供がなかつた事が今に成り良かつたと思う。これより御前も元気に暮してくれ。

俺は最後まで御前を心から愛して居た。すきだつた事はちかつて（誓って）申上る。この上は唯のんきに暮してくれ。死んではだめだ。最後まで強く生きて行く事だ。これのみが俺が御前に御願するのだ。

茶色の封筒に納められた青罫の薄い便箋は四枚、力を込めて書いたのか、鉛筆の跡が次ページの便箋にも浮き出している。土壇場になっても何度も身を案じてくれているのがやるせなく、彼女は夫を抱きしめたかった。

母上に宜敷伝ゑてくれ。笑って〳〵死んで行きましたと伝ゑてくれ。御前の事は父上に話して有る。何も思わず唯働く事だ。幸福に成る事を祈る。

今は唯自分の命も時間のもんだい（問題）です。今夜か明日か?おそらくこの便りが着く時は、巣鴨であの天国に行つて居る事と思う。元気で暮してくれ。

外は小さい雨が降つて居る。七月だ。故郷は田植えだろう。忘れるな七月三日午前一時三十分だ。待（ち）に待った日が（プリズンに入って）一年二か月に来た。

いくぞ、いさぎよく、喜んでだんとう（断頭）台にのぼる。忘れるな七月三日午前一時半。

日本人らしく散つて行つたと言つてくれ。母上様（略）に宜敷〳〵くれぐれも体を大切にと。

元気に〳〵〳〵
大好（き）な〳〵〳〵

始拝

タネ殿

十二時十分

さよなら

外は雨、独房の窓を見やりながら、遺書をしたためている夫の姿を瞼の中に描いて、タネはこれを何回も読んだ。二度も「忘れるな」と日時を書いているのは、命日となる日を忘れないでほしいというよりは、オレは犠牲となって死んでゆくのだとの精いっぱいの抗議を吐露している気がして、唇を噛んだ。万感が込められている「さよなら」の文字に、タネは声を上げて激しく身悶えた。

もう一通は、「タネ　さよなら。今日只今より行きます。十二時だ。元気に暮してくれ。強く〳〵生きて行つてくれ。父上に何んでも御願して有るから。これが最後だ。行く　大空　天国の上に（略）。死ぬる身は幸なれど後にのこる身の如何ばかりかと、何にも運命よ。あきらめだ（略）」とある。すべてにタネの行く末を心配している文面に、タネは夫のタネに寄せる心をはっきりととらえていた。

遺書には、父勝次にタネの今後のことを頼んであるとあるが、母スキは出てこない。このことは、本田がスキのタネに対する日ごろの態度をはっきりと知っていたことをあらわしていて、妻への愛が母への思いを超えていたのがタネにはよくわかり、生前の夫の家庭内での煩悶《はんもん》がまたしのばれた。

あの人もきっとつらかったのだ。福岡では人が変わったように明るくなり、張り切っていた。起訴状にあるような夫の虐待がもし事実であったのなら、夫は家から離れて夫婦らしい生活をすごせた解放感のために一段と仕事に精を出し、行き過ぎた行為をしたのかもしれない。それならば、責は自分にもあり、罪を分かち合わなければいけないと思った。

だが、無実だったら？　そうであるならば、取り返しがつかないことになる。手紙には、心残りめいたことは書いていないが、裁判に不信感を抱いていたのはまぎれもない。「なぜ第一分所監視員の中でオレ一人が死刑にならなければならないのか」と面会の際にもらしたことがある。真実はわからないが、あの人の心中だけは身にしみるほど理解できる。悔しかったろう、わめき散らしたかったであろう。もはや今となってはどうしようもないが、無念を少しでも晴らせたらと自問する。

死刑などになるはずのない彼の行いを見てきている彼女は、本田は無実だったのだと自分だけでも確信するのが妻のつとめであると考えるようになった。夫は、おそろしい殺人者ではない。何かの手違いがあったのだ。いや、誰かが罪におとしいれるように仕向けたのだ。罪が過ちである日がくるのを強く期待し、それをこれからの生きるよりどころとしたい。しかし、その半面、真実を知るのに、逡巡した。

第十一章

満たされぬ遺族の心

A級戦犯の東条英機、土肥原賢二、武藤章、松井石根、板垣征四郎、広田弘毅、木村兵太郎の七名が同時処刑されたのは、本田始たち八名の刑が執行された五カ月後だった。二三年一二月二三日午前零時四五分、GHQ渉外局は緊急に記者会見して、「極東国際軍事裁判で死刑を宣告された七名のA級戦犯の絞首刑は、二三日午前零時一分に開始され、三五分後に完了した」と発表した。

新聞の片隅に報道されたBC級八名の死刑執行時とは違って、同日付の朝刊は、「東条ら七戦犯の絞首刑執行さる／今暁零時三十五分に終了」、「七名、黙々死に就く／対日理事会の代表も立ち合う」、「七つの棺のせて／ホロ・トラック京浜国道を行く」、「その夜の巣鴨／ポッツリと七つの窓」などといった見出しが並べられて、一面と社会面はこの記事でほぼ埋めつくされた。

タネは、新聞を見て、感慨を胸底に静かに沈ませた。

A級戦犯とは責任の重さは比較にならないものの、やはり夫の死も国民の罵倒に堪えた堪忍の死といってよいであろう。もともとは、A級の人たちが戦争や作戦の命令を下さなかったならば夫の死も存在しなかったのだろうが、死んでしまえばもうそれを言っても始まらないことである。あの世でA級、BC級がともに当時を語らって魂を鎮めますようにと、ひたすら祈念するだけだ。

社会面には、巣鴨プリズンの一角に煌々《こうこう》と明かりがともされている写真が載っており、写真には「七名の窓」と説明がつけられていた。夫たちが処刑されたときにもこうした電灯がつけられていたに相違ない。面会におとずれたとき夫が回転させた窓がこの中にきっとあるのだと思うと、新聞から目を離せなかった。

A級七被告の最期の模様について花山信勝教誨師が語っている記事と彼の顔写真も掲載されている。「ああ、このお方が夫に法名をつけ、遺髪と爪を送ってくださった花山先生なのだ」とタネは、初めて見るほっそりとした面立ちの教誨師の写真に頭を下げ、悠揚として刑を受けていったとの談話を読みながら、いつか花山師にお目にかかってお礼を述べなければいけないと思った。

翌々日の新聞は、「A級容疑者を釈放／岸信介氏ら十九名／主要戦犯の処理終る」の記事が釈放者の顔写真とともに一面に大書された。これで、ようやく戦犯裁判は終わったのだとタネは考え、仏壇におさめている「光寿無量院勝始」の短冊の前のロウソクに火をつけて線香を焚き、長いあいだ合掌して夫に報告した。

サンフランシスコのオペラ・ハウスで対日平和条約の批准書が調印されたのは昭和二六年九月八日（日本時間九日、条約の発効は二七年四月二八日）である。第二次世界大戦処理の終結と、連合国との国交回復、賠償、外国軍隊の駐留などを盛り込んだこの条約のほかに、日米安保条約も調印され、新聞は「和解と信頼と協力と――人類の善意に託された歴史の新しい一ページが開かれた。

平和への金字塔に日本の国旗が再び掲げられるときがきた」と礼賛した。対日平和条約にもとづき、日本では「戦争犯罪人の刑の執行及び赦免等に関する法律」が公布され、この法律によって同年一〇月二九日、二名の巣鴨収容者が出所した。

このころ巣鴨プリズンにはまだ千三百人ほどの有期刑者が収容されていたが、これら戦争犯罪人の釈放運動も活発になってきて、各種団体からは千五百万人の署名が集められたと各紙で報じられた。特に政治家たちによる助命嘆願活動が盛んで、足しげくプリズンを慰問し、収容者の間でつくられていた県人会につけいって票集めをしたりした。

しかし、当の収容者たちは、助命嘆願運動を快く思わないようだった。それは、助命嘆願にこと寄せて、軍隊経験のある収容者を再軍備の柱に据えようとの動きが出ていたからだ。国民のあいだでなお指弾されている戦犯をたくみに軍事に利用しようとする意図を彼らは鋭く感知していた。前年二五年八月一〇日、政府が警察予備隊令を施行して元軍人らを採用したのはそのあらわれである。その後二七年七月三一日には警察予備隊を変えて保安隊を創設、吉田茂首相は、「四年以内には再軍備が可能な状態となった」と言明して物議をかもした。

こうした状況を知るにつれ、タネは、夫が現在なお収監されていたら死はまぬがれたのにと嘆息せざるをえない。有無を言わさず拘束され、あたふたと裁判にかけられ死刑になってしまった終戦直後と、対日講和条約締結と戦争犯罪人の釈放運動、再軍備まで計画され、日本が独立国家の体裁を整えつつある現在とでは、アメリカの戦犯に対する罪の意識も変化し、今なら夫も助かったと思うと、やはり運、不運はあるのだと慨嘆した。再審さえ認められなかったうえに、本田に関する公的な情報はなお何一つ寄せられてこないのだ。時間差の悲喜を思わずにはいられなかった。

本田の火葬証明書がようやくタネのもとに送られてきたのは処刑されてから五年半経った昭和二八年（一九五三）一二月半ばであった。

証明書には、次のような事柄が記載されていた。

火葬証明書
死亡者の本籍　熊本県上益城郡広安村大字馬水六一八
死亡者の住所　熊本市神水《くわみず》一四
死亡者の氏名・性別　本田始　男
死亡の年月日　昭和二三年七月三日
死亡の場所　東京都豊島区西巣鴨一ノ三二七七ノ一
火葬の年月日　昭和二三年十月十三日
火葬の場所　神奈川県横浜市西区久保町火葬場
右、本市久保町火葬場に於て火葬した事を証明する。
昭和二十八年十二月十五日
横浜市長　平沼亮三　印

死亡した日は、新聞に出ていたとおり昭和二三年（一九四八）七月三日であり、死亡場所の豊島区西巣鴨の地番は巣鴨プリズンの所在地であると確認できた。火葬の場所が横浜の久保町火葬場となっているのは、A級の人たちもここで荼毘《だび》に付されたとのことで、この三点については納得した。

が、火葬にされたのが一〇月一三日というのは解しかねた。刑死から三カ月以上経って火葬されたというのはどうみてもおかしい。月日を偽っているか書き間違いのいずれかと判断され、そうなると証明書の信憑性も薄れる。しかし、公印の押された夫の死の証明書であり、信じるしかなかった。

証明書が届いた二八年の暮れは、ラジオドラマ「君の名は」の映画化撮影で、岸恵子扮する真知子が、マフラーを頭からかぶって首に巻きつけた格好が真知子巻きとして女性の間で流行し、ソ連からの第一次引揚船興安丸が帰国者八一一人を乗せて京都・舞鶴港に入港(一二月一日)した歓喜の余韻がまだ漂い、世の中には明るさがたぎっていた。熊本地方法務局から死亡報告書の謄本が発行されたのは、さらに遅れて昭和三二年(一九五七)になってからだった。

このとき、タネは夫の名を戸籍から抹消し、妻として夫と本田家になすべき義務を一応は果たせた思いがし、夫は確実にこの世には存在しないとの気持ちの整理もついた。逆に、夫は冤罪だったのではないかとの疑念が、ますます胸の内で増殖されてくることに、彼女は苦しんだ。

夫の死がはっきりした以上、本田家とは完全に縁がなくなり、結婚する前の西原姓に戻れるはずだった。それでも、このわだかまりが払拭されるまでは、本田始の戸籍から自分の名前をはずすのはやめて本田タネであり続けようと考えた。きっといつかは夫の無実を語ってくれる人がいる。その日を頼みとして生きていこうと思った。西原姓になれば、心の張りがなくなってしまう気がした。

公職追放令は二五年一一月、旧軍人兵士三千二百五十人を対象にしてまず解除され、その後教職員(二六年)、旧軍隊の将校(同)、軍隊幹部(二七年)に続き、二七年四月二九日、元戦犯十三人、旧陸、海軍軍人十一人、旧憲兵二十九人のほか服役中の巣鴨収容者も追放解除となり、公職追放令は廃止となった。

このときまでにタネの追放令も解かれ、晴れて堂々と病院勤務はできたが、戦犯遺族に向けた世間の目は相変わらず冷たく、タネが処刑戦犯の妻であることは徐々に病院内でひろまっていたので、ほっとしたのも束の間、追放令を隠してきたことへの心配を養わなくてはならなかった。

国内で戦犯として処刑された人のうち、戦争を指導したA級の人たちは、それなりの責任が問われても仕方ないといえる。しかし、やむなく戦地へ追いやられたBC級の人たちの遺族は、夫や肉親が死刑に処せられたことさえ悲惨であるのに、戦時中歓呼の声で送ってくれた世間からつまはじきにされ、礫《つぶて》を投げつけられているような仕打ちを受けるため東京在住の遺族は、身寄りを頼って地方へ引っ越し、ひっそりと身をしずめているらしかった。だが、逃れられる場所があればまだよいのだ。熊本で生まれ育ったタネはそうしたくてもできず、陰口の風圧のおびえを我慢するしかなかった。

戦争で亡くなった戦没者の遺族会はできていて、その最大のものは昭和二二年一一月に創設された日本遺族厚生連盟である。連盟は大同団結し、政府に要求をつきつけるなどして力を蓄え、二八年三月、財団法人日本遺族会となる。前年の二七年四月三〇日には戦傷病者戦没者遺族等援護法が公布されて戦没者には恩給、遺族には年金、給与金、弔慰金が支払われることになった。

ところが、戦争犯罪人は国内法上では一般の犯罪受刑者並みとみなされ、こうした恩典からは除外されていたので、戦犯遺族たちは戦没者遺族会にも加入できず、通常の犯罪者の遺族とおなじように差別され、迫害同様の処遇を受けていた。

タネの最大の理解者である小川光子は、昼の食堂で出会ったりすると、よくタネに尋ねた。

「なぜ本田さんたちがうしろ指を差されなければならんとね。処刑された人といっても、お国のために戦ったのにおかしかね」

「私らは犯罪人の遺族だけんね。名誉の戦死をした人たちと違って、元敵国のアメリカ人の手にかかって不名誉な死に方をした夫たちは問題にもされんとよ」

タネは、そう答えるしかない。戦争に勝っていれば忠実に任務を遂行した者は褒章を受けられ、負ければ逆に罪に問われるのはどうしてもおかしい。世の人たちも戦争中は捕虜をびしびし使えとけしかけていたくせに、終戦以後は監視員たちを非人道的だったと言いつのっているのは矛盾があると思うが、それを口にすることはできない。それでも、光子だけでも処刑戦犯遺族に心を寄せてくれているのはありがたかった。

二七年になって、戦争犯罪人に対する国の考え方に変化がみられた。

五月一日、内閣で法律問題を討議し、裁定を下す政府の顧問機関の責任者である法務総裁、木村篤太郎が戦犯についてこれまでとはちがった意見表明をしたのである。木村総裁が言明した見解は、「処刑された戦争犯罪人は、通常の犯罪で死刑となったのではなく、国内法では犯罪者として扱わない」というものであった。これは、戦犯を国内法の一般犯罪者とする従来の考え方を一八〇度変化させた新解釈であり、戦犯遺族にとっては大きな朗報であった。

タネは、この年七月三日、本田家の家族と計らって亡夫の七回忌法要を営み、祈りの中でそのことを本田に知らせた。

木村総裁の戦争犯罪人と一般犯罪人の区別発言は、九百人以上の処刑者の家族にとってさまざまな形で福音をもたらした。二八年八月、戦傷病者戦没者遺族等援護法が改正され、戦争犯罪人の遺族にも軍人恩給、弔慰金などが支給されるようになり、翌々年の三〇年七月には衆参両院本会議で戦犯赦免に関する決議案が可決され、戦争犯罪人を政府として釈放することが正式に決まったのだ。

こうした流れの中で、二九年（一九五四）六月に、タネは、はじめて本田の弔慰金支給の通知を受け取ることができた。援護法改正による措置であり、通知状には厚生大臣草葉隆円の名で、「金五万円を支給する」とあった。夫が命に代えて得たお金が届いたら、仏壇にあげたあと大事に貯金しようと彼女は考えた。国立病院からの給与、手当で生活は格段に楽になっていて、タネはユキと叔父の家を出て、母と熊本市内に住むようになっている。借家であり周囲の目は優しくはないが、これまで味わうことのなかったゆったりした時が刻まれていた。

戦争犯罪人の遺族だけで遺族会をつくろうとした機運が出てきたのは、やはりこのような社会背景があった時期だ。時代から見放され、離れ小島で生活しているような戦犯遺族たちに、政府がようやく目を向けてくれたことで、連絡組織結成の動きはにわかに現実味をおびて、処刑された人たちの家族が手を携える遺族会結成が決まったのは二九年だった。

戦争犯罪人の遺族会は白菊遺族会と名がつけられた。東条英機らA級の七人が処刑されたのち、ある篤志家が彫刻家の横江嘉純に慰霊のためのブロンズの観音像制作を頼み、白菊観音と命名して遺族たちに贈った。像は二五センチほどの小さな立像だが、多くの遺族から制作依頼が殺到し、二五〇〇像つくられたという。白菊遺族会の名は、この白菊観音からとり、フィリピンで処刑となった山下奉文・元大将夫人が初代の会長となった。

会員はしだいに増えて、三〇年代に入ると、刑死者ばかりか獄死者、未決のまま病死した人の遺族らも会員となり、その数は千六十六人となり、熊本県にも支部ができたので、タネは会に加入した。熊本県内の会員は、国内外で刑死した遺族三十六名、獄死の遺族一名、未決で亡くなった人の遺族四名で構成され、タネは支部の会計事務担当に選出され、会費の徴収などに奔走することになった。支部の遺族はいずれも指弾という共通の悩みを抱えていたために、互いに慰め合うことができ、タネの精神的な苦痛もやわらいだ。

支部員たちは、夫や息子らの冥福を祈る象徴として、熊本市内の立田山公園内に慰霊碑を建立する計画を立て、県や市から認められた。資金集めは順調にはかどり、自然石を土台にして石仏を置いてつくられた碑は、まもなく完成した。

白菊遺族会は、全国的規模の大きな団体となったが、しかし、戦没兵士を主体とした日本遺族会のような強固な結束ははかれなかった。というのは、やはり国民の怨嗟が薄らいでいなかったからだ。戦後、戦犯処刑者の遺族たちがどのような生き方をしてきたのかを知らない人たちからは、

「戦争犯罪で断罪された遺族が、おこがましくもどうして自分たちのための組織をつくるのか」

「会をつくる暇があったら戦没者の霊にひざまずけ」

などといった、聞くに堪えない呪いのような讒言が遺族のもとに届き、タネの耳をも刺した。戦争

を指揮した過去を持つA級戦犯処刑者七名の遺族には特にひどく、七遺族は表立った活動ができずに夫人たち（広田弘毅の妻は広田処刑後自殺）は、七家族だけでもう一つの七光会という会をつくって折々に会合を持ち、お互いを癒していた。

A級とそうではないBC級とは、戦時中は天と地以上の階級の差があった。戦後になっても立場の相違が遺族の間に歴然としてあり、七遺族とそうでない遺族はおのずと一線を画され、会の運営を難しくさせてもいた。白菊遺族会の二代目会長にはA級処刑者の一人、木村兵太郎の夫人が就任したが、遺族会員が一目も二目もおいていたのが東条英機夫人勝子であり、遺族会の大きな柱として存在していたことも、会を複雑にさせた。白菊遺族会はいろいろな悩みを持っていたのである。

A級戦犯がすべて巣鴨プリズンから釈放されたのは三一年三月末である。最後まで収容されていた有期刑のBC級戦犯が出所したのは、戦争が終結してから一三年目にあたる昭和三三年（一九五八）五月三〇日だった。

プリズンを五月に出所したのは大西一・元陸軍大佐以下十八名で、最高齢は六七歳、最年少は四〇歳。長い拘禁にもかかわらず、彼らはしっかりした足どりで、背広の胸に紅白のリボンをつけ、すでに出所していた元服役者や家族が拍手で迎える中を、にこやかな表情で刑務所をあとにした。新聞は夕刊で「消えるプリズン、最後の十八人出所」と報じ、この日をもって、巣鴨プリズン（昭和二七年四月にサンフランシスコ条約が発効してからのちの名は巣鴨刑務所）は正式に閉鎖される。二〇年一一月一四日に東京拘置所が巣鴨プリズンと改称され、旧軍人たちの愛憎を息づかせた戦犯専用収容施設は、一二年半余で名実ともに歴史的使命を終えた。

出所者の祝賀をかねて、六月二一日には、戦犯釈放運動や慰問に携わった人びとに感謝するパーティーが都内で催された。荒木貞夫、畑俊六といった元将軍や賀屋興宣はじめ国会議員たち約三百人が列席し、愛知揆一法務大臣のあいさつにつづいて、プリズンの慰問をしてきた歌手、渡辺はま子が「モンテンルパの夜は更けて」をうたって感奮をさそったことが報道された。モンテンルパは、フィリピンの戦犯収容刑務所で、ここにも多くの軍人が収容されていた。世界各地のプリズンでのさまざまな出来事は、このパーティーによって、過去に押しやられ、生き残った旧戦犯やその関係者にとっては、時代の記憶となろうとしていた。

この年二月、大相撲で若乃花が横綱に昇進し、横綱栃錦とともに人気を分かち、栃若時代といわれたことで相撲熱が盛り上がっていた。若者たちは、同月、東京の日劇で開かれたウェスタン・カーニバルに酔い、ロカビリーが流行し始め、やはり二月にラジオ東京テレビ（現ＴＢＳ）が放送した「月光仮面」が子どもの心を奪った。即席ラーメンが発売され、フラフープが爆発的な人気となり、皇室会議で正田美智子さん（現皇后）が皇太子妃として承認され、国民は大歓迎した。日本全土は輝きに満ちて、すっかり終戦時の面影をなくしていた。

しかし、戦争の傷跡は決してなくなったわけではない。外地に駐留していた軍人や居留民の中には消息不明者がまだ多数いて、ＮＨＫラジオは「尋ね人の時間」を引き続き放送していた。帰還しても家族が離散し、肉親の生死さえつかめない引揚者もいて、電波を通じて外地の不明者、国内の家族の情報を求めていたのである。「もはや戦後ではない」と、「経済白書」が三一年に日本がひとり立ちしたことを宣言したにもかかわらず、こうした人びとの戦後はまだ続行していた。

尋ね人の放送を聴くたびに、戦争でちりぢりになった肉親、縁者を探す人の気持ちがタネにはよくわかった。外地で亡くなったと公報されても、その証がないのではどうして得心できよう。私の戦後も、本田がなぜ拘引されたのかがはっきりしなければまだ決着しないのだと思い、病院勤務のかたわらで遺族会業務を精いっぱいこなした。

タネは、立田山の鎮魂碑と夫の遺骨のない本田家の墓に、月一回は病院勤務の非番の日に出かけて野花を手向け、周辺を清掃するのを習慣としていた。苦い思い出は早く断ち切りたいが、獄中にいた夫の気持ちを思うと、慰霊するのが妻としてできる唯一の責務であると感じ、それに、碑や墓に手を合わせていると安らぎ、勤務の疲労がなくなるので、墓参が楽しみとなっていた。

碑や墓の前で、陸軍病院健軍分院時代、本田の強制的な求婚や彼の傷のウジ虫取りをしたこと、結核で亡くなった一九歳の斎藤健一少年兵のことなどをめぐらせたりした。生きていれば本田は四二歳、斎藤少年は三七、八歳になっている。二〇年足らず前の戦時中の出来事は、水平線の彼方の幻のように思えた。戦争が過去のものとなり、自由を獲得できた喜びは大きいが、あの頃の困苦は、かけがえのない心の糧となっているとも考える。

昭和三〇年代後半のある日、彼女は鎮魂碑に花を供えて手を合わせているうちに、台座に文字が刻まれているのを見つけた。文字はノミで五センチほどまで深く彫られていて、かなり太かった。

「国賊、クタバレ、バカヤロウ、オ前ラノタメニ負ケタノダ」

と、読めた。胸の中を、矢を射抜かれたような痛みが走った。

終戦から十年以上経ち、生活がアメリカ式となり、洋画が全盛となっているというのに、まだ敗戦の衝撃を忘れない人がいる。戦犯にたいする憎悪が依然としてくすぶり続けているのはいたたまれなかった。一方では、死者の碑石にまで投げつけられる雑言は、戦争の傷跡の深さを語っているのであり、そのことは、いつもこうして詣でている自分にも刻まれているものではないのか、とはっとした。

「あんた、堪忍なあ。私も堪えているけんね」

それからは、参拝のときには砥石《といし》を持参し、それでごしごしと誹謗文字を削り、近くの水道から汲んだ水をかけて削り滓《かす》を流した。同じような作業を毎回繰り返したが、深々と刻み込まれた字はなかなか消えなかった。

戦争犯罪が一般の犯罪とは違うということは、政府はとうに認定している。刑死したのは敵に多大な損害を与えたせいで国を憂えればこその行為が罪とされたのだ。夫は、戦争を企図したのでもなければ、兵を動員したのでもない。戦場で受傷し、再び召集されながら不適格として軍属の監視員となり、それが死刑につながった。仮に捕虜を死なせたのが事実であったら、愛国の情にかられたゆえであったろう。いや夫たちは、崇高な観念より、捕虜を打ちのめさないでは黙っていられない過激な国民の顔色をうかがわざるをえなかったのだ。彼が虐待したというのなら、それをさせたのは国民であり、夫の死は国民によってもたらされたのだ。

死刑という特殊な死ではあるが、三〇年の恩給法の改正で戦争犯罪受刑者にも恩給が支給され、三四年にはＢＣ級戦争犯罪人の三四六柱がはじめて靖国神社に合祀されてもいる。そうしたことがわかっていながらも戦犯を目の仇にする人が存在するのは、彼らがたどってきた取り返しがつかない苛酷な半生への怒りをぶつける相手が旧軍人以外にいないからなのだろう。

「あんたの名誉は徐々に回復しておると。世の中が平和になったのも、あんたたちのお陰だものね」

タネは削り作業を終えるたびに夫に語りかけたが、自分が戦犯の妻でなく、戦死者の遺族だったならば、砥石で落書きを削ることなどしただろうか、戦争に負けたのを、きっと戦犯たちのせいにしたのではなかろうかとも思案した。肉親の生死が依然つかめず、弔いさえできない人がいっぱいいる。家族を戦争で失った人はあの時代を決して忘れはしていないだろうと考えると、落書きをした人への憎しみは薄らいだ。「国賊……」の文字がようやく目立たなくなったのはそれから三年後だった。

三七年（一九六二）九月、スキが亡くなった。

彼女が死去する前、タネは見舞いに訪れたことがある。もう二度と本田家の敷居はまたぐまいと誓って飛び出したのだが、スキが病にかかっていることを聞き、行かずにはいられなかった。

本田の家は、昔のままで商品はあまりないようだった。スキは店のすぐ奥の八畳の居間で、一人で床に伏していた。

「まあ、タネ」

スキは、タネの訪問をみとめると、驚いた様子で一瞬言葉を失い、すぐに布団から手を差し伸べ「元気か」と尋ねた。表情はこれまで見たことがないほどやわらいでいる。夫の勝次は三二年一〇月に死去しており、連れ合いをなくしたここ数年間の心情を顔つきで察することができた。

「元気ですたい。お義母さんも元気出して、早くよくならんと」

タネは、枕元に座り、スキの手を握って言った。寝巻きから出ているしわだらけの腕は黒ずんで細く、髪の毛は白くなって昔の面影はない。タネは、思わず涙ぐんだ。

「お前も苦労したのう。体を大事にせんといかんと」

スキは、手をとられながらあえぐように声を出した。嫁に憎悪を燃やしつづけてきたような義母にやさしいことばをかけられた記憶はなく、タネは片方の手もスキの手に添えて、「うん」と甘えるようにうなずいた。

「なあ、お前にはつらくあたってしまったね。姑があんなになったのをお前のせいにして悪かった。許してくれんね。あの世に行ったら、姑によう謝っておくけんね」

タネは、たまらず目頭をぬぐった。

「もうよか、お義母さんもうよかとよ。あのころはみな大変だったけん。私こそごめんなさいね。気がつかず、何もしてあげられんで」

スキが枕をずらしたのは、涙を見せまいとするためだとタネは気づいて、彼女は目をそらした。

世の中が平穏になってみると、戦中戦後のスキの気持ちが痛いほどよくわかっていた。売り物がない雑貨店で、多くの子を抱えていたうえに、嫁がきたのでは暮らしは圧迫されるのは明らかだった。長男の本田が養子に行けば、幾分かは楽になると考えていたのは、家を守る妻として、子の幸せを願う親として当たり前だったのだ。何度もつれなくされ、自分に敵意さえみせていた義母だったが、その姿は、もう思い出として残っている。思い出は、つらければつらいほど、後年になってより懐かしくなるものなのだ。あれほど気強かったスキの「悪かった」のひと言がむしろ悲しかった。

第十二章　調査の日々

タネが国立病院を退職したのは、スキが亡くなった年の七月五日だった。同病院の勤務は足かけ一五年となっていた。

もっと勤務したかったのだが、四六歳の年齢に達し、看護婦としてはそろそろ引退の時期にさしかかっていた。本田家を離れて自立するのに後先を考えずに公職追放を無視し、小川光子のお陰で職に就いたものの、処刑戦犯の関係者が国立機関にずっと居続けるのは、周囲の目を意識すると負担になっていた。一五年という節目に退職の道を選んだのだ。

看護婦資格を取得して産婦人科医院で看護婦を始めたのが昭和一二年だったから、看護婦歴は足かけ二五年となっていた。「月よりの使者」の映画の看板がしみじみと思い起こされ、看護婦を職業としたのは正しかった、本田家の人びとと生じた確執もこの職があったからこそ乗り切れたのだと実感する。結果的には病院勤めをしたことが本田との結婚につながり、戦犯処刑者の妻という立場に追い込まれてしまったが、この道を選択したことに悔いはなかった。

将来の生活については、一五年間の勤めで得た蓄えが多少あり、遺族年金が支給されるので、あと内職でもすれば生きて行けそうである。しばらくは体を休め、遺族会に専心し、念仏の世界に生きようと彼女は考えた。懸案となっている本田が死刑となった経緯もじっくり調べてみたかった。

病院をやめる四日前に第六回参議院選挙の投票がおこなわれ、復興した熊本の町に、にぎやかに選挙運動の宣伝カーが往来した。二一年、夫が警察官に連行されて東京に行った日も総選挙の最中で、立候補した女性たちがメガホンを口にあてて名前を叫び続けていたのをタネは思い起こした。連呼の声を聞くと胸が高まったが、それは、幼いころの春、近くの川で魚影を見たときに似た淡いさざめきに変わっていた。

一六年前のあの頃は、食べる物に目の色を変え、大家族の本田家の食事の献立をやりくりするのが苦労のすべてだった。それが嘘のように食料は豊富となり、スーダラ節といった妙な歌が流行して、無責任時代といわれるようになっている。戦犯が処刑されたのは忘れ去られ、戦争があったことすら過去のこととなっているのではと見受けられる社会となっている。でも、これでいいのかもしれない。夫は、こうした穏やかな日本の礎となったのだと思えば、ひどく気が楽になるのを感じた。

ただ、疑心だけはずっと身を刺しつづけて、病巣が拡大しているような自覚がある。右手が利かない夫の暴虐は、どうしても信じられない。だれかが罠を仕掛けて、夫はそれにはまってしまったのだとの気持ちはますますつのり、タネをゆさぶっている。しかし、元福岡俘虜収容所の人が当時の模様を明かしてくれないと証明とはならず、「本田始さんは無実だった。冤罪だった」との証言がほしかった。それで夫が生き返るわけではなく、無念さが倍加して悲しみは増すにしても、重荷だけは取れる。誰でもいいから名乗ってほしいと願っているが、待つしかできないのがもどかしく、歳月が経過し、一歳ずつ年を重ねるのに焦りを意識していた。

本田の遺骨は、その後いつまで待っても届けられてこなかった。墓にも遺骨はない。それでもタネは、本田の墓石だけはこしらえて、三回忌、七回忌、一三回忌の法要はきちんと済ませてきた。本田の墓は、火葬証明書で夫の死亡が確認されたときに、当時五六〇円で高さ二尺五寸（八二センチ）の仏石をこしらえてもらい、それを墓碑として形見を埋葬していたのだ。

昭和四三年（一九六八）の命日の七月三日は、例年のように花をかかえて本田家の墓地に詣でた。東大紛争が再燃し、その前日に学生たちが安田講堂を占拠した事件で世の中は騒然としていた。せっかく平和になったのに、今度は国の中が主義主張の相違で荒れ放題になっている。戦争犯罪問題が若い人たちによって再び持ち出されるのではないか、と憂慮しながら寺に赴いた。

寺に着くと、タネはお墓を間違えたのかしらと錯覚し、あたりを見回した。周囲の様相が一変していて、敷地には屋根のついた建物が五、六棟横列に並んでおり、それらが簡易納骨堂だとさとるまでには時間を要した。

木立や墓はなくなっていて、本田家の墓、そのわきに建立した彼の墓碑も消え失せている。顔が硬直した。納骨堂は、つい最近造成されたらしく、土の塊がところどころに積み上げられていた。

タネは、棟の前に掲示されている納骨堂内の遺骨名簿で本田の家の名前を確認して中を見た。骨壷を納める備え式のボックスが整然として配置されている。

納骨ボックスの開閉扉を開ける。骨壺があり、手を合わせた。しかし、がらんとしたボックス内に暗然とした。小さな壺に大事に入れておいた夫の形見の遺髪と爪はなく、比較的大ぶりな仏石像はもちろん格納されていなかった。線香の香のしみ込んだ箱の前で、花を供えることも忘れて立ち尽くした。

過去帳があったので、手にとってみてめくる。そこには、夫の名前は記載されていなかった。タネは、過去帳を握りしめた。

この世に本田始が存在していた証拠として、夫の墓のつもりで建てた仏石は、ほかの墓石もろともブルドーザーで破壊されてしまったのだ。形見も顧みられることなく飛散してしまったのであろう。本田がこの世に生きていたことを示すものはこれでまったくなくなり、霊を弔う印さえも失せてしまった。

納骨箱の前で、タネは頭を垂れた。

戦争で体の自由を奪われ、戦争犯罪に問われて死刑となり、死んでからは墓石をなくされ、過去帳からも抹殺されるとは、どこまで悲運の人なのか。墓地を改装する際、ひと言形見の処置などを告げられていたらと悔やまれた。本田の菩提を弔うために残る人生を捧げるはずだったのに、墓地の改造に気づかなかったことに、わが心を痛めつけた。

こうなった以上、夫の獄中手記などを実家西原家の墓に入れてもらう手続きをとろう。私はこれから生涯本田姓を名乗って、本田始の妻であり続けようと納骨堂の前でもう一度手を合わせ、本田の先祖たちに報告し、「私が守るけんね。西原の墓でゆっくり落ち着こうね」と、夫に語りかけるようにつぶやいた。

病院勤務を辞めて時間ができたので、本田の監視員時代のことをもっと知りたいと思い、タネは手提げ袋にノートとボールペンを入れ、バスで県立図書館に行って資料漁りをするようになった。本田が勤務していた捕虜収容所について、ほとんど知らなかった憂いを取り除くためと、当時のことを調べれば、多少なりと本田の罪の実態がわかるのではないかとの期待もあった。

戦時中の出来事についての膨大な資料に圧倒された。当時、軍隊の業務は秘密とされていたので夫はほとんど語ってくれなかったが、㊙の印が押された資料がかなりあり、新しい発見が闇の中からあらわれてくるようで、興味を覚えた。しかし、戦争犯罪に関してはA級戦犯の資料がほとんどで、BC級についてはあまりないのは意外だった。

終戦直後、戦犯指定者の逮捕命令が出て裁判に付されるのが確実となったとき、日本政府職員の俘虜情報局員が弁護士会員に講話した記録が残っていた。捕虜収容所に勤務していた軍人、軍属が拘束され被告になった場合の弁護の参考に供しようと、弁護士たちに説明した講演内容である。その一節に、このような個所があった。

俘虜の口述書に虐待、暴行の結果死に至らしめたとありましても、其の虐待、暴行が直接死の原因となつたものか、或は疾病中でありまして病死した事と偶然一致したものであるか、又暴行の結果死に至らしめたとしても初めより殺す目的でやつたのか、過失で死に至らしめたものか等を究明すると共に、平素の取扱に於てちよつとした注意が足らないために死なしたとか苦痛を訴へるに拘《かかわ》らず仮病と称して診断をさせなかつたとか、治療の処置を誤つたとか全く不可抗力であつたとかも、御調べ願ひ度いと思ひます。こんな事は専門家の皆様に申上ぐべき筋のものではありませんが、収容所の職員なり証人なりが法廷に臨むと、只オドく〱して心にも無い事を陳述して不利を招く場合が多い様に思はれます故申述べます。

尚死因を調べますとき必要なのは死亡診断書であります。（略）焼かずに病床日誌なんかありますと非常に有利な資料なのでありますが、（多くの収容所は焼却処分してしまったので）残念であります。此死亡診断書には発病の年月日があります故、其の間に治療の処置を採つた事が明瞭であり、所に依りましては俘虜軍医のサインもあります故よい資料であります。

この講演は一般的な事柄を述べたものだが、夫が暴行したとしても、それが直接の死因となったのか、過失なのか、実際は病気（脚気）だったのかどうかは、証拠物がないのでつまびらかではない。第一分所では死亡診断書類が焼却処分されたのかどうかさえ判然としていないが、ここにあるように書類は多くの場合処分されたらしいので、立証したくてもできなくなってしまったのではないかと考えた。

この講演者は、捕虜の給食についてもふれている。

それによれば、日本国民の主食は一日三三〇グラムだが、捕虜の主食は日本の軍人同様に七〇五グラムと軍規で定められており、たとえば肉類は市民がほとんどゼロなのに捕虜は五グラムとっている。国民の魚類摂取量一〇グラムにたいして、捕虜は三〇グラムというように、捕虜の栄養量は日本軍人並みの三〇〇〇カロリー、これにくらべて日本人家庭の摂取量は二二〇〇カロリーである。

政府職員はこう説明したあとで、「この点を念頭において、物資欠乏の折ながら捕虜収容所の待遇はよかったのだと弁護をしてほしい」と指摘している。

講演者にしたがえば、食事は日本国民より捕虜のほうがよいことになるが、現実にこのとおり供給されたかどうかについては疑問がある。捕虜収容所に入所していた捕虜の中には、「われわれの一日の食事量は約三〇〇グラムで、主食は麦中心の二五〇グラム、大根とわかめの煮物五〇グラム、ときどき肉か魚三グラムがついた程度」と証言している者がいたようで、本田も、「働かされるのにわずかの食料では、奴らもきつかだろうよ」と言っていたのを聞いたことがある。捕虜の言い分が正しいとすれば、一日七〇五グラムと語る講演者の話の半分以下、日本人の量より悪くなる。どちらが真実なのか、とてもタネにはわからなかった。

彼女は、県立図書館の一階から三階までの階段を往復して借り受けた大小の書物を二階の閲覧室の机に積んで、しょっちゅうため息をついた。捕虜虐待についての事実関係はかなり複雑であり、秘密が明かされてはいても正確さは判定しかね、本田自身に関するものはどこを探しても見つけられそうになかった。独力では手には負えない、とくじけそうになることがよくあったが、それでも基本的なことだけでも知っておこうと、弁当持参で図書館通いを続けた。

県立図書館は熊本近代文学館と並列され、近くには県立美術館もあり、広々とした敷地内には何種類もの木が植え込まれて、県民の憩いの場となっている。疲れると館の外に出、草むらに腰をおろして目を休めた。

そうして座っていると、横浜軍事法廷に証人として出廷するために義父の勝次と出かけ、裁判所入口前の地べたに座り込んで裁判の成り行きを話し合った記憶が鮮やかとなってくる。あのときすでに裁判は終了し、死刑の判決が宣告されてしまっていた。まったく無体な裁判であり、回想すると体がほてり、夫の気持ちを少しでも晴らすには調べられるところまで調べなければいけない、と自分を励ました。

タネが資料で理解した戦争犯罪についての内容は、おおよそ次のようなものだった。

戦争犯罪の容疑で検束された人は二万五千人以上、起訴されたのは、A級戦犯二八名、BC級は五千七百名いる。戦争を指導したとされるA級戦犯は東京で裁かれたが、捕虜、現地住民に対する行為が戦争法規違反とされたBC級戦犯は、七つの国（アメリカ、イギリス、フランス、オランダ、オーストラリア、フィリピン、中国）と日本の計八カ国の四九法廷で裁かれ、起訴されたうち、死刑判決が下されたのは九百八十四名、有期刑二千九百四十四名などである。

日本国内で開廷されたBC級裁判の横浜軍事法廷は、二四年（一九四九）一〇月一九日に閉じられ、二〇年から四年間に審理された戦争犯罪起訴事案は計三二七件、起訴された被告は千三十七人にのぼる。被告のうちで死刑判決を受けた人は、百二十三名となっている。

国内では、起訴者のうち、マッカーサーの承認によって現実に死刑となった者は本田をふくめて五十一名（アメリカ兵殺害の少年をふくめると五十二名）、終身刑が八十八名、有期刑七百二名、無罪百五十名などだ。死刑判決を受けた数と実際の処刑数の差は、死刑と宣告された被告の中には、再審理によって減刑された人がいたことを意味する。

再審は、被告の主張は考慮されず、一名以上の再審官によって公判記録が検討され、審理に偏見はなかったか、判決は過重でなかったか、被告は犯罪発生時に正常だったかどうかの点が調べられ、量刑が適切でないと判定したときは、マッカーサーから指揮を委譲された第八軍司令官に意見書をつけて提出し、同司令官が刑の執行停止、減刑、裁判のやり直しを命じる段取りとなっていたらしい。死刑を判決されながら、こうした手続きで裁判が見直されて、終身刑に減刑された被告は三四名、有期刑となったのが三十四名などとなっており、一転して無罪となった者も三名いる。

タネは、死刑判決を受けた百二十三人のうち六十八名が減刑されたことに瞠目し、三名は無罪となったことを知ってさらに驚いた。現実に無実は証明されていたのだ。勝次と本田に面会し、日本橋の弁護士宅を訪れた際、つれなかった弁護士の態度が瞼の中に浮かんだ。

各国で審理されたBC級裁判では、通訳さえつけない法廷があり、審理には外国語がもちいられるので、他人事のようにやりとりを見守らざるをえなかった被告人はかなりの数にのぼった。死刑判決後減刑となった被告は、まことに幸運な人たちといっていい。過去帳からも名前を削られた夫は、こうした運にはめぐまれていない星の下に生まれたのだと思った。

国内で起訴された三二七件のうち、捕虜収容所関係の事件が二二二件、起訴人員は四百七十五人と収容所がらみが圧倒的に多く、刑死者五十一名のうち、捕虜収容所長、収容所監視員らの刑死は三十一名で、国内処刑者の過半数にいたっている。この点からみても、BC級裁判は捕虜虐待が中心だったのが、タネには理解できた。

しかし、同じような虐待の罪状でも、生死を分けた判定はずいぶんある。夫と似たような事件で裁判にかけられた人の量刑が同一ではないことに、不自然な思いがした。

横浜軍事法廷で初の判決が下された東京俘虜収容所第一二分所（長野県満島）の監視員、土屋達雄・元陸軍伍長に関する裁判は、戦争犯罪第一号判決ということで関心を呼んだようで、詳しい記録が残っていた。土屋裁判は二〇年一二月一八日に開廷されている。

土屋の起訴事実のうち、五件は四人の捕虜への虐待、拷問で、特に問題とされたのは、傷病兵だったアメリカのロバート・ゴードン・ティアスをロープや棒で殴打、この日から五日後にティアスが死亡した事件のようである。

検察側は、死亡診断書はじめ二八件の証拠物件を提出したが、証拠の大半は一二分所に収容されていた元捕虜の証言だった。しかし、死亡診断書には、死因は「腸炎」とあり、日本人医師のサインがあった。収容所にいた捕虜たちは「殴打が原因」と口をそろえ、どちらが真実かで争われて一〇日後の二七日結審した。検察側は死刑を求刑していたが、判決は終身刑となった。

彼は義眼で、「ガラスの眼」と捕虜たちから言われていたという。当時、一二分所には義眼の監視員がもう一人いて、その監視員も「ガラスの眼」と捕虜の間では呼ばれていた。どちらの「ガラスの眼」がティアスを殴打し、死にいたらしめたのかは判然とせず、検察側は証明ができなかったようなのである。土屋は、規律に違反した捕虜には何度か平手で叩いたことは認めたが、殴打、拷問は否定した。彼は、不自由だった身体の一部によって、はからずも極刑をまぬがれたのであろう。

本田も体は不自由であった。それを主張したとみられるが、受け入れられなかった。土屋裁判では死亡診断書が立証の一つの判断材料となっていたということと思われる。本田が死亡させたとされている外国人捕虜の死因も「脚気」といわれていた。診断書は本当に焼却され、存在してなかったのだろうか、とタネは診断書の行方がますます気がかりとなった。だが、これはもうどうすることもできない。

本田始と同じ福岡俘虜収容所第一分所にいた秦正人・元上等兵は、やはり捕虜虐待で起訴されていた。起訴事由は、「一九四四年（昭和一九）から一九四五年（同二〇）五月一日までの間に第一分所において不法に虐待行為をし、多くの疾病中の捕虜の死に関わった」というものであった。調剤所の管理をしていた秦は、病人の捕虜が持参してきた薬の処方箋を無視して投薬せず、その結果死亡させたとの証言などがとり上げられている。秦の裁判は昭和二二年（一九四七）一月二一日から二月三日まで続いたが、死刑ではなく、終身刑が言い渡されていた。

同第一分所の通訳要員、葛武雄・元上等兵は、営倉に入れられた捕虜を監視する役にあたっていた。彼は捕虜に靴をぬがせ、毛布をあたえずに監禁し、捕虜の一人は全身衰弱で死亡したなどとして告発されたらしい。起訴状の要旨は、「一九四三年（昭和一八）一月から一九四五年までの間に捕虜を自ら虐待し、他の監視員に虐待を勧めた」ということのようだ。彼の裁判は、昭和二二年二月一二日から同二〇日まで審理され、四〇年の懲役刑が下されたが、のちに再審によって重労働二四年に減刑されていた。第一分所では、このほかに集団虐待があったとの捕虜の証言があったという。違反者がいると、違反しない捕虜たちにも制裁を加えたというのである。

福岡捕虜収容所関係で相当数の虐待例が記載されていることは、タネを不安にさせた。本田もやはり起訴状にあったとおり二名の捕虜を殴りつけ、それが原因で死んだのだろうかとの懸念が頭をもたげてくるが、彼女は即座にそれを打ち消した。夫は絶対にやっていない。彼は右腕が利かなかったのだ！左手で殴打はできない！

タネは、本田の遺書にあった「罪は背負っていく」という文句を胸の中で支持し、第一分所関係では、捕虜の死で起訴された人も、量刑は、本田始のように死刑はなく、終身刑、重労働懲役刑だったりしている点に思いを至した。夫は気弱い人だったので、自分のことを強く主張できなかったに違いない。「これも運命だ」と手紙にあったとおり、彼はすでに収監された当初から裁判闘争への意欲を失い、運命を甘受する心境になっていたのかもしれない。そうだとすれば、なおさら本田の死刑は解しかねる。

第一分所で罪に問われたのは所長の坂本勇七と秦、葛両上等兵、それに監視員の本田しかいない。そして、死刑となったのは本田だけだ。そこに疑義を感じないではいられない。タネは深いため息をついた。

九州地区では捕虜虐待事件が多く、日本側の俘虜関係調査中央委員会による調書があったのを彼女はみとめた。

　　西部地区ニ於ル連合軍飛行機搭乗員取扱ニ関スル調書

　昭和二十一年一月二三日

西部軍艦内ニ於テ、日本軍ニ捕獲セラレタル連合軍飛行機搭乗員ノ内約八名ハ昭和二十年六月二十日、又別ノ約八名ハ八月十二日、又約十五名ハ同月十五日夫々同軍管区軍司令部職員等ニ依リ殺害セラレタリ。

昭和十九年末以来、連合軍ニ依リ内地ノ各都市相次イデ焼爆撃ヲ蒙《こうむ》ルニ至ルヤ、軍官民全般ノ敵愾心《てきがいしん》ハ漸次強化セラレ、就中《なかんずく》軍管区司令部所在タル福岡市ガ昭和二十年六月十九日空襲ヲ受ケ市街ノ要部焼土ト化シ、一般民衆ノ多数罹災スルノ惨状ヲ呈スルヤ、敵愾心ハ更ニ著シク激化セラレタモノノ如シ。前項ノ如キ状況ニ於テ約八名ノ捕獲飛行搭乗員ハ、六月二十日軍管区司令部構内ニ於テ処断セラレタリ。（以下略）

事実だとすれば、目を覆いたくなる行為である。九州地区で捕虜に関する事件が多かったのは、やはり収容者数が全国一の規模だったことと合わせて、この報告書にあるように、他地区に比べ、戦争末期になって同地区の空爆が激しくなり、敵国人への憎悪が一気に激化していたことに原因があったのだろう、とタネは図書館の窓外の緑を見やりながら、焼夷弾の空襲で、美しいまでに赤く染めあげられた夜空を目の中に宿した。

収容所の上層部が、捕虜の扱いを規定した国際条約（ジュネーブ条約）をよくわきまえていなかった点も、捕虜虐待事件を多くさせたらしいのは、資料から承知することができた。

本田と同じ日に処刑された福岡俘虜収容所のトップである元大佐・菅沢亥重所長、同収容所第六分所（福岡県・水巻町）所長の末松一幹・元中尉、それに本田の手紙にも出ていた同分所の穂積正克・元軍曹の例はその一つとみていいだろう。

菅沢、末松、穂積が死刑となった原因の事件は、昭和一八年（一九四三）八月二〇日、オーストラリア人捕虜、ジョージ・A・アーウィンが逃走したことが端緒となったとされ、裁判では、三人がアーウィンを殺害した点に関わったとして死刑が宣告されている。

　捕虜の対処については、ジュネーブ条約で、使役するのは認めていたが、あくまで捕虜を扱う当事国が人道面を配慮するとし、軍の恣意的な行動は許されなかった。罰にしても、逃走、不法行為の場合に限って懲罰に付せられることになっていた。懲罰は、もっとも重いもので拘留であり、その期間は三〇日を超えてはならないこと、どんな罪でも刑務所、徒刑場に移してはならない点が条約に謳われ、殺害するなど言語道断だったのは、どの国の軍人、収容所職員も心得ていなければならなかったはずだった。

　ところが日本は、このジュネーブ条約には批准しておらず、独自の陸軍刑法によって処罰していたというのである。同法の俘虜取扱規則には、「俘虜に不従順の行為あるときは監禁、制縛其の他懲戒上必要なる処分を之に加ふることを得、俘虜が逃亡を図りたる場合に於ては、兵力を以て防止し、必要な場合は之を殺傷することを得」（第六条）とある。政府自らが条件つきで「殺傷」を許可していたのだ。

　アーウィン逃亡を知った菅沢亥重収容所長は、捜索のために大動員をかけ、捕縛のために警察署の協力を仰いだ。菅沢大佐は、「逃走捕虜は厳しく処置せよ」と上層部から命令されていたので、アーウィンを発見し次第、処刑するよう命じた模様である。

　アーウィンは、まもなく警察によって身柄をとり押さえられて駐在所に留置され、収容所に連れ戻されることになったが、菅沢大佐から管轄下である第六分所の責任者末松一幹所長と副所長だった岩沼次男准尉と監視員の穂積正克に捕虜の処分が命じられたらしい。

横浜裁判によって、菅沢、末松、穂積の三名には絞首刑が宣告され、三名とも本田始とともに刑が執行された。独房で本田と行き来のあったらしい穂積も、また末松、所長の菅沢も、いずれも上官の命令に従ったのだから、やはり不運の人だったのだと、冥福を祈らざるをえなかった。

日本式の罰則適用を重視したがための悲劇は各地で起きていたようだ。捕虜収容所長さえ、日本独自の処罰方法を条約よりも上に置いていたくらいだから、下部は推して知るべしだったろう。戦争の最中であり、多少の規律違反は仕様がないとしても、幹部の適切な配慮があったなら悲劇は少なくて済んだだろうに、と彼女は残念がった。

第十三章　まだ癒されぬ傷跡

本田の三三回忌が近づいてきた。
慰霊としては、故人をしのぶ節目の行事である。タネは、花山信勝・元教誨師に会って、法要を頼もうと思った。

聖徳太子の研究で昭和一〇年（一九三五）、帝国学士院（現日本学院）恩賜賞を受賞した高僧が、軍属だった夫の法要を営んでくれるかどうか心配されたが、巣鴨プリズンの初代教誨師として夫の最期を看取ってくれた人であり、そのときの夫の様子が聞ければ供養になると考え、思い切って手紙で花山の家に赴きたいと来意を告げた。花山宅は東京都東久留米市にある。教誨師をしていたころ金沢市にある宗林寺の住職を兼ねながら東京大学教授だった花山は、昭和三四年（一九五九）三月定年退職して同名誉教授となり、寺は長男の勝道にまかせ、東京で生活していた。

タネが東久留米市を訪れたのは、昭和五二年（一九七七）九月半ばだった。三三回忌にはまだ間があったが、準備のためには早いほうがいいと、新幹線で東京へ出発した。タネは六一歳になっていた。手紙のやりとりの中で法名と遺髪、爪を届けてくれたのが花山と確認できたので、そのお礼もしなければならなかった。

巣鴨プリズンで本田と面会した二二年七月の頃、焼け跡だらけだった東京は、高層ビルが立ち並び、まるで外国に来ているような印象だった。東久留米には、まだ緑がずいぶんあり、北西の方向に意外にも浮かんでいるような山の峰があった。タネは、阿蘇の山並みを仰ぎ、陸軍病院に通っていた時代を頭に描きながら、手紙で教えられた道を歩み、落ち着いた構えの花山宅の門をくぐった。

花山と直接会うのはこれが最初である。通された応接室のソファにタネはかしこまった。

「やあいらっしゃい。長旅でしたな。どうぞお楽に」

姿をあらわした花山師は、一瞥しただけで想像したような堅苦しさはなく、眼鏡の奥に柔和な笑みをたたえていて、タネは安心した。新聞で見たよりふっくらとした端正な面立ちで、七〇代後半の年となっているだろうに、色つやがよく、髪も整い若々しい。

「本田がいろいろとご厄介になりましたうえに、ありがたい法名と形見をお送りくださいましてまことにありがとうございました。お礼を申し述べるのが今日になってしまったことをお詫び申し上げます」

タネは、花山に向かって合掌した。

「いやいや、それにはおよびませんよ。死刑判決を受けた方々を教導するのは教誨師のつとめですから。こちらこそ差出人の名を知らせず失礼しました」

花山はそう言って軽く頭を下げ、「ささ、お堅くならずに」とテーブルに置いてある茶を勧めた。

「もう三三回忌が来るのですね。早いものだ。往時茫々ですな。本田君の法要は了解しましたよ」

タネは、立ち上がって腰を折り、感謝を示した。偉いお坊さんが本田のために法要をしてくれるのはもったいなくて自然と起立してしまい、花山が本田さんと言わずに本田君と呼んでくれたのは親しみを込めたのだと感じて、よけいに目の前の人に好感を抱いた。

しばらく法要の打ち合わせをしたあと、タネは、「本田は先生を煩わすことなどはありませんでしたろうか。なにせ気のちいさい人でしたから」と尋ねた。本田の遺書には、「ただ死あるのみだ」と勇ましく書いてあったが、威勢を張っていても、死に臨むに際しては、気の弱さが出たのではないかと懸念していて、泰然として死に就いたことを願っている。

「いいえ、しっかりしておりましたよ。軍人だった方はみなそうでした」

花山は、タネの語る意味をすぐのみ込んだらしい。

「本田君ら八名の死刑執行日が決まった翌日、つまり七月二日ですな、私は執行宣告された順番に独房をめぐりました。本田君が最初に宣告されたので、まず彼の独房に行きました。雨が降っていましたね」

花山は、そのときのことを詳しく話してくれた。老域に達しているのに、記憶は鮮明なようであった。八人が同時に死刑となることになったのだから、教誨師にとっても激動の一日であったに違いない。タネも汽車の中で新聞に本田の名を見つけたときの驚動は、忘れることができないでいる。

彼女は、花山のふくよかな顔から目をそらさずに聞き入った。

背広の上に輪袈裟をまとい、数珠を手に巻きつけ、経典と手のひらに乗るくらいの小仏像を持って花山教誨師が本田の部屋の扉を叩いたのは二三年七月二日午後だ。日付が変わるとすぐに八人の命がなくなる。死刑囚の普段の教導は第五棟一階の階段下にある畳三つほどの仏間（花山の事務室）でするのだが、執行日直前は、人の出入りの激しい階段下を避け、じっくり話をしたいと独房訪問している。八名は、執行日時が宣告されたあと、女性囚棟のブルー棟から再びレッド地区の五C（五棟三階）の独房に移管されていた。

「よく眠れましたか」

教誨師は、本田にそう語りかけ、「雨が降ってきたようですね」とさりげなく切り出して窓を見やった。外は、斜線を描くような煙る雨の幕が下りている。

「はい」

本田は、小声で答えたが、目の縁が張れぼったい。死刑執行が決まり昨夜はまんじりともしなかったのだろうが、それでも顔つきはこわばってはおらず、ふっ切れている様子がみられた。

「まずお念仏をお唱えしましょう。私のあとについて唱和してください」

花山は、いつものように、「正信念仏偈《しょうしんねんぶつげ》」を静かに唱えた。講堂での未決、有期刑囚を対象とした講話や、事務室の仏間で死刑囚に接するとき、親鸞の書いた『教行信証《きょうぎょうしんしょう》』にある七言一二〇句の偈文《げぶん》（韻文の経文）をまず朗詠することにしている。

帰命無量寿如来（光と命極みなき）

南無不可思議光（阿弥陀仏を仰がなん）

法蔵菩薩因位時（法蔵比丘尼のいにしえに）

在世自在王仏所（世自在王の御許《みもと》にて）

…………………

「さっぱりしましたね。さあ、あす未明には仏様の御元にまいるのですから、爪と髪の毛を切って差し上げましょう。爪と髪は、ご家族に届けますよ。それから、おっしゃりたいことをお書きになっておいてください。時間はまだたっぷりあります」

「わかりました」

本田は、素直に答えた。

「みなさんとご一緒ですから、にぎやかな門出になりますな」

そう言うと、本田は、「おやっ」といういけげんな色を目に走らせて花山を見たという。教誨師は微笑んで、シャツのままの本田に静かな視線を投げてうなずき、八名が連れ立って旅立つことを打ち明け、第一組の他の二名の名前を告げた。本田の覆いかぶさるような瞼が、幾分開いたようだった。

「そうですか、みんなとね。それはにぎやかですね。そうなると先生、一杯やりたかですね」

声に張りが出ていた。今度は花山がいぶかしそうな表情を見せた。死に直面しても、「酒を飲みたい」と冗談ともとれる話ができる境地が不思議だった。教誨師は、本田の死を前にした悟りを読み取って、すっかり安心したという。

「うん、そうね。そう、本田さんの家は酒を売っているのでしたね。よし、門出には一杯やりましようか」

花山師は、くだけた調子で明るく笑い、本田も顔をほころばせた。

それから、花山は、つぎつぎに独房のドアをノックし、時間をかけて未明に刑場に行く収容者と面と向かい、夜になって仏間に戻り、厨子《ずし》の中に立仏像を格納し、線香をともして、長い祈りを捧げた。あと数時間後に八名の生命が途絶える。心安らかに、と精魂を込めた。

七月三日午前一時すぎ、五棟一階の教誨師が待機している仏間に、本田始、本川貞、牟田松吉の三名が、数人のMPに囲まれて階段を降りてきた。集団執行される第一組である。両手に手錠、両足にはゆるやかにベルトが巻かれていた。

「まいりましたな。いよいよ旅立ちですね。さあ、それではいつものようにお念仏をしましょう」

教誨師は、線香を一人ひとりに手渡し、彼らが仏像に向かって両手を合わせると、湿っぽくならないように、読経の声を高くした。三人は、途切れることなく後についてくる。

「仏様がみなさんをお待ちしております。私もいずれはみなさんの赴く黄泉《よみ》の国にまいりますよ。そのときはゆっくりとお話しましょう。そうだ、本田さん、お約束した酒がありますよ。門出に一杯やりましょうよ」

本田は不思議そうなそぶりを見せ、次に顔を輝かせた。教誨師は、口を開けてあるブドウ酒の瓶を机からとり上げて、湯呑み茶わんに注いだ。死刑囚にアルコールを飲ませるのは前例がないが、プリズン管理者に願い出て譲り受け、花山の説得で所長のシュマールは応じてくれた。

ブドウ酒を飲み干した三人の額や頬に、やや赤みが差したように感じられた。立食のパーティーのようであるが、これでよいと教誨師は思った。

「先生、もう少しいただけませんか」

本田がしっかりした口調でいった。

「おう、いいよ」

花山師は、こんどは多めに茶わんに入れてやり、本田が飲み終えると、和菓子をそれぞれにあたえ、彼らは生涯最後となる食物を「うまい」と声に出して食べた。砂糖入りの菓子は、高級品だった。それから本田たちは部屋でしたためてきた遺書と辞世を花山師に手渡して、ひっそりとした永訣の儀式は終了した。本田の辞世は三首あった。

古里をしのびつ上る死刑台妻のうつしえ（写し絵）胸にしのばせ
ゆるせよと妻にわびつゝうつしえを死刑台への道づれにする
みじかくもしあわせだつたありがとう謝しつゝのぼる十三階段

「君が代をうたおう」

と、本川が提案した。本田と牟田が応じ、三人は声をそろえ、それが済むと「万歳」が三唱された。薄明かりの中でも顔がほてっていて、気分が高揚しているのがうかがえる。

本田は、本川、牟田と交互に握手をし、奇妙な別れの式を仏間の囲いの外からのぞいていたMPに、だれかが「サンキュー」と礼を述べると、MPはびっくりしたように目を開いたあと、引き締めていた唇を思わずゆるめた。

建物内にある五四号と呼ばれる絞首刑台は、中庭の北隅に位置している。その入口には白く

「13」とペンキで書かれた鉄の門扉があり、門内にいったん入れば、生きては戻れない。収容者たちはこの門扉を地獄門と名づけていた。絞首刑舎に足を踏み入れると、祭壇のある部屋があって、そこで最終の祈りをしたのち、絞首刑台へと向かう。執行の終了後は、地下室で死亡確認の検視がおこなわれ、亡骸は別の出口の「13A」扉から搬出されることになる。

第五棟を出た三名は、MPたちに腕をとられ、第四、第三、第二、第一棟の順で監房の渡り廊下を通過し、そこから中庭に出てまっすぐに13扉の方角に足先を転じた。

午前中降っていた煙雨はあがり、中庭には四方の監視塔わきから照射するサーチライトが雨露に濡れた芝生に輝いて、歩いている土道と地面が黄緑色に染められ、ひんやりとした風がPのマークのついた三人のだぶついた衣服をわずかにはためかせた。13扉まではほんの数分である。途中に観音が祀られている観音堂と呼ばれる小屋の前を通り、そこから扉まではすぐだ。花山は、彼らのあとにつき従いながら、ずっと念仏を唱えつづけた。

中庭の突き当たりに来た。半開きとなった扉に、ライトに照らされた13のペンキ文字が浮き出ている。教誨師は扉内に行くのは許されず、扉の前が今生の別れとなる。開けられた扉の向こう側に、厚レンガ塀にかこまれている刑場につうじるコンクリート舗装道が見え、教誨師の前を行くMPたちが舗装道の手前で足を止めた。本田たちがふり返った。

「ごきげんよう。お元気でね」

教誨師は会釈して合掌した。これから浄土の阿弥陀様のもとへまいるのだ。心残りなく、元気で出発してほしい。

「先生、ありがとう存じました」

「お名残り惜しいですが、お別れします」

「あとのことよろしくお頼みいたします」

三名は、はっきりした口調で永別の礼を述べた。

これまでもそうだった。死に行く人で、取り乱した者はいなかった。教誨師は、改めて軍隊のきびしさと軍人の覚悟を知った思いがしたという。

重たい扉が閉ざされて、三人と付き添いのMPの姿が消え、残された教誨師は扉に向かって、はっきりと声をあげて読経を念じた。「選択摂取白業（慈悲の光で衆生を救われんことを）、本願一実直道（迷わずにまっすぐ涅槃《ねはん》に向かいますように）……」

五分、一〇分と時が刻まれる。

ガタン。

鈍い音が厚い扉をとおして、ほぼ同時に聞こえてきた。死刑台足元の鉄板が開いた音である。教誨師は読経にいっそう力を込めた。


――花山師の回想を聞いて、タネは夫が酒を所望したのは、やはり死への恐怖をやわらげるための手段としたのだろうと思ったが、話の中の本田がひどく平安であることに安堵した。

「あのときのブドウ酒の瓶が金沢の寺にあります。足を延ばしてごらんになられてはどうですか。寺を守っている僧がいるので説明させます。本田君のひと言で、あとに逝かれたA級の七名の方たちも、みんな体をぬくめてあの世に向かわれた。空き瓶は、私のあとを引き継いでくれた教誨師と交代する際、プリズンからもらい受けたもので、私にとっても大事な品なのです」

タネは、ぜひ見たいと思い、帰途京都から金沢に赴いた。

境内に入って、タネは寺の美しさに目を奪われた。本堂は朱塗りの八角形の形をし、赤い大柱が輝いて、まぶしいくらいに光っていた。

「寺が奇態な格好をしているので驚かれたでしょう。本堂は花山聖徳堂、正式には光寿無量院花山聖徳堂と申し、花山師が教誨師を辞めたあとの昭和二九年（一九五四）に建立しました。花山師が聖徳太子の研究をしていたものですから、法隆寺の夢殿を模ってつくられたものです。もっとも夢殿よりはずっと小さいですが」

花山から連絡を受けていたらしく、坊守が説明してくれた。光寿無量院花山聖徳堂――この名で、タネは、宗林寺が戦争犯罪人として処刑された人の霊を弔っているとの位置づけを知ることができた。夫の法名は光寿無量院勝始である。そういえば境内右手に「光寿無量院之碑」と刻まれた横長な大きな碑があり、堂の右隅には高さ四、五メートルの一三塔重の「光寿無量院塔」があった。夫はこのお寺とは縁が深く、三三回忌の記念法要をするお寺としてはもっともふさわしく、来てよかったと、花山に感謝した。

「それでは花山師がプリズンで携帯していた品々をごらんいただきましょうか。本堂の地下にございますので案内いたしましょう。足元にお気をつけください」

坊守にともなわれて、本堂右手の螺旋《らせん》式の階段を下りると、そこには紅毛氈が敷かれ、明るい光が行き届き、ガラスケースが通路に沿って平行して陳列されていた。花山教誨師が独房のある五棟一階の仏間に置いていたという小さな厨子と、一五センチほどの仏像や死刑囚が足に結わいつけられていたベルトも納まっている。教誨師はこの仏像を手にして夫の独房を訪れたのであり、夫もこれに手を合わせて心を澄ませたのであろう。ベルトはがっしりとした皮製で、刑場に行くとき、本田の足にもこのベルトは巻きついていたに相違ない。タネは、ケースの前で頭を垂れて拝んだ。

「これがブドウ酒の瓶です。八名の方々はじめ、以後師の在任中亡くなられたみなさんもこのブドウ酒を飲まれて逝かれたそうです」

花山と同じことを坊守は語った。

タネは、ガラスケースの中をのぞき込んだ。瓶には黄色のラベルが貼られ、黒い横文字が印刷され、それは「ＮＯＶＩＴＩＡＴＥ」と読めた。瓶の底に、一センチほど液体がまだ残っている。三〇年近い歳月を経てなお完全に蒸発しないでいる液に、タネは夫の魂が宿っていそうな気がした。

夫は酒が好きで、売物の店の酒もよく飲んで義母に叱られていたほどだった。一杯やりたいと言ったのは、かなわぬ願望を口にした本心だろうが、最後の望みが達せられて、どんなに満足したことだろう。凝視していると、黄色のラベルがかすんでにじんだ。

三三回忌が済み、相変わらずタネは図書館通いをつづけた。花山信勝宅訪問と金沢のお寺参拝のおかげでくじけそうだった気分が盛り返してきた感じがしていた。知識も豊富になり、死刑になるかどうかはまさに紙一重の差だったのが確認され、右手の利かない夫が死刑になったのは、やはり謀略だったのではないかとの疑いも濃くなっていた。

タネが調べて納得したことは、収容所関係の裁判では、進んで罪を甘受した所長もいれば、他に転嫁しようとした上級者もいたということだった。言い逃れた人が死刑にならなかった例もある。生死の分岐点はタッチの差であり、戦犯裁判では人間ドラマが繰り広げられていた。本田が罪に対して抵抗しなかったのは、彼の性格のゆえだと思えて仕方がなかった。

本田の刑死については、母ユキが言っていたように、不幸な結果となるめぐり合わせだったのであり、そうなったのは、結局は、戦争のためなのだ。戦争と本田の死を結びつけると、自分たちはとりもなおさず犠牲者ということになり、犠牲者としてわが身を置くことで、これまでの労苦をむしろ慈しんでゆこうというゆとりを持つことができたが、夫の死の真相がうかがい知れないのはもどかしく、それをつかめないうちは、自分は決して満たされないだろうと思案した。

エピローグ　終わらない戦後

昭和六〇年（一九八五）は、戦後四〇周年の節目にあたり、マスコミ各社は前年から六〇年に向けての企画を検討していた。節目の年の戦後を考える企画は、太平洋戦争を忘れないためにも、マスコミにとっては重要な記事となるだけに、入念な準備作業が必要となる。

熊本県の県紙、熊本日日新聞社は、県民たちに体験記募集をプランニングした。激動の戦中戦後を生きた人たちに自分の歩んだ道を原稿に書いてもらい、昭和とはどんな時代だったのかを戦争を知らない若い人たちに読ませようというのが企画の趣旨である。

五九年九月下旬、同紙は社告を掲載し、体験記の募集を始めた。社告は、「来年の戦後四〇年に当たり、原稿用紙二〇枚にまとめた『私の昭和』と題する体験記を一一月末までに募集する。選考のうえ優秀な応募作品は賞金を添えて表彰するとともに、六〇年元旦紙面で全文を新聞に載せる」という内容である。戦争末期、熊本県も戦災に遭っているので、困苦の体験者は多いとスタッフは期待した。

この社告は、タネの目にも止まった。

タネは、自分自身を書きたい衝動にかられた。心の封印をそっとひらいて、沈降しているわだかまりを取り出してみたい。六八歳、体力は衰えていても気力は横溢《おういつ》しており、記憶は生々しく閉じ込めてある。体験を書くのは、それほど難しくはないと思った。だが、これまであからさまにせず、できるだけ秘めてきた死刑戦犯の妻という立場を晒してよいものかどうか、夫はそれを許してくれるだろうかということが二の足を踏ませた。

県内には巣鴨で死刑になった遺族が他にもいる。自分が処刑者の妻と名乗りを上げることで、そっと生きてきた人たちに迷惑が及ぶのではないかとも懸念した。だいたい、文章を書いたことはなく、文のまとめ方、原稿用紙の使い方さえわからない。文語体で書いたほうがいいのか、口語体がいいのかも判断がつかなかった。

その一方で、自分の過去は、とりもなおさず昭和という時代の一断面であり、ありのままを報告するのは、歴史の証言として夫や他の遺族も認めてくれるのではないか、戦争がなくなった平和なこの四〇年間と日本の繁栄の土壌は、多数の苦難の体現者によって耕作された結果であるのを後代に知ってもらうのは、大戦で亡くなった人びとの霊に報いることになるだろうと考えた。

数日間、応募するかしまいかと迷ったあげく、書くことを決断した。巣鴨プリズン収容者の関係者は年々いなくなり、白菊遺族会の他界者も多く、会員は全国でもわずかとなっていて、個人の歴史は埋没されようとしている。歴然とした事実を述べるのに何を逡巡する必要があろう、わが身を見つめ直すよい機会であり、夫の供養にもなると前向きの姿勢をとることにし、タイトルは『私の昭和 B級戦犯の妻』として、堂々と戦犯の妻を名乗って書こうと心を固めた。

それから二カ月間は、憑《つ》かれたように鉛筆を握った。応募要件である四〇〇字詰め原稿用紙二〇枚という分量にたどりつけるまでは、はるかな道程をたどる気がしたが、事実を綴ればよいのだ、とそのことだけを念頭において、タンスの奥にしまっておいた夫の軍歴証明書、拘束令状、裁判所からの召喚状といった終戦前後の苦悩が染みついた書類や、断片的につけてきた日記を机の前に並べて、数行ずつ筆を運んだ。書いていると、不思議なことにあの当時のことがはっきりと浮かび上がってくる。図書館で調べてきたことも役に立った。

二〇枚の原稿を書くのに、三〇〇枚以上原稿用紙を費やし、その中からよいと思ったものを選んで熊本日日新聞社に送ったのは、募集締め切りのぎりぎりの日だった。出来栄えはどうでもいい、入選するかどうかは眼中になく、書き終わったことだけで満足であり、重症だった患者が回復したときの喜びに似た充足を感じた。

新聞社から連絡がきたのは、師走になってからである。

「えっ」と言って、タネは電話口で絶句した。タネの『B級戦犯の妻』が入選したというのだ。それも一等に選ばれたというのである。

「一等……、ですと」

と、タネは聞き返した。

苦しんで書いた文である。選に入ることは頭になく、ひたすら自分に問いかけてしたためただけだ。半信半疑で、タネはしばらく無言で受話器を握りしめていた。

「そうです。応募者の中からあなたの作品が、選考者全員一致の意見で一等に推されました。おめでとうございます。社告にあったとおり、全文を元旦の紙面でご紹介させていただきます」

係りの者はそう言って、タネの経歴と一等当選の感想を聞かせてほしいと語り添えた。タネの身辺は、にわかにあわただしくなった。

六〇年一月一日、熊本日日新聞は、二ページの見開き紙面で、タネの『B級戦犯の妻』を掲載した。

体験記「私の昭和」一等入選作

『B級戦犯の妻』　本田タネ

とびきり大きなタイトルと画家の挿し絵がついていて、手記全文が原文どおり載り、手記をとり囲むように、新聞社のコメントが編集されていた。

そこには、「応募総数二八六編（男性一九一、女性九五）のうち、体験の重さ、筆者の姿勢、文章表現を基準にまず四〇編をえらび、二次予選で二三編にしぼった。最終選考会では三人の選考委員が候補として一二編を選定し、その中で本田タネさんの作が推薦された」という選考経過と、エッセイスト水野破魔子、熊本大学教授魚津郁夫、作家光岡明三名の選考委員の評が載っていた。

評には、「まだ言い足りぬ思い」、「国家の冷酷を語り伝えた」、「庶民記録の大成」との見出しがつけられ、「黙ったまま死んでいこうと定めておりましたが、社告をみてたまらずエンピツを握ってしまいました。入選など思いもよらず、一人でも読んでいただき、そうだったのかとうなずいてくだされば本望と考えて書きました」とのタネの談話と顔写真、経歴が添えられている。

終戦の年も明けた昭和二十一年二月十九日、みぞれの降る寒い日、突然M警察署より二名の警察官が来訪され「私共は職業柄とはいえ、大変つらい事を申し上げにまいりました。このたびマッカーサー司令部より戦争犯罪人として拘置するよう指令を受け、拘置状を持って連絡にまいりました」と言って一通の拘置状を夫に手渡されました。

応募文は、戦争犯罪人に指定された日から書き出した。護送された日、判決が一日繰り上がり、傍聴さえかなわなかった即日の死刑判決、巣鴨プリズンでの面会、そして二三年七月、新聞で初めて知った夫の絞首刑……タネは、活字となった自分の文を粛然とした気持ちで読んだ。

夫が亡くなったのち、ひとかけらの骨もとどけられてこなかった。ほんとうに死んだのだろうかと懊悩した歳月が経過し、やっと横浜市長の印が押された火葬証明書が送付されてきたのは、サンフランシスコ講和条約締結後の昭和二八年（一九五三）暮れになってからだった。どうして長くかかったのか、遺骨がどのように処理されたのかはわからない。法務局から死亡証明書が交付されたのは、それから九年後である。

取材のためにたずねてきたある作家に、終戦直後の事柄を記したメモを見せながらこのことを話したところ、「あなたの勘違いでしょう」と簡単に片づけられてしまったことがあった。長いあいだ、冷たいまなざしに耐えて生きてきた者が、世間に向かって嘘をついたり、同情を買うような偽りを述べたりするはずはないのに、言下に「思いちがい」と言われたのには心をふさがれた。そんなエピソードも書いた。

苦しかったこと悲しかったことは思い出したくありません。しかしこのことを知る義父母も他界し、この世で知っているのは私一人です。

私はもうすぐこの世を去らねばなりません。このまま自分一人の胸に納めて逝かねばならないかと思うと、誰か一人でもいいから知っていただければと、私の人生体験の一コマを発表させていただきました。

自分の文章を読み終えたタネは、新聞を仏壇に供え、本田に知らせた。

「あんたが戦争犯罪人として処刑されたことも、私が戦犯の妻だったことも公にしてしまった。ごめんなさい。でも、私はあんたの無実を信じている。その日がきっとくることを祈っているけんね」

母のユキもずっと以前逝き、六畳と四畳半の住まいは、一人では広すぎるくらいである。話し合う相手のいないタネは、いつものように仏壇に向かって本田に語りかけた。

荊の半生が理解された喜びは大きいが、しかし、うつろな気分は晴れやかさにまさっていた。閉じ込めてきた「戦犯」という忌まわしい文字もろともに、自分の境遇を白日の下に明かしてしまってよかったのか、との思いが突き上がってくる。かつての白い眼に対するおびえがまた襲ってくるのではないかとも危惧した。一等に入選したことがかえって重荷となっていた。

ところが、手記が新聞に掲載されたあと、自宅や新聞社に激励の電話、手紙がひっきりなしに届き、予想とはまったく逆の反響に改めて時代の変遷を知らされた。「もっと話を聞かせてほしい」、「想像を絶するご経験をされて、同情に堪えない」というタネを励ますものばかりであり、勇気づけられた。書きたかったことは山ほどあったが、応募した『B級戦犯の妻』には、夫が検束されてから死刑になるまでの経緯だけを書いて、家庭内、対人関係でつらい目に遭ったことにはふれていなかった。

書けば愚痴になる、個人の艱難は、胸にたたんでおけばよいのであり、世間様に話すことではない。そう思って伏せておいたのだが、「もっと話を」とのとくに若い人からの声に背中を押されて、自分の半生と似たような、いやもっと苛酷な軌跡をたどってきながら、口を閉ざしている人はきっと多くいるはずであり、終戦混乱期の一市民の生活ぶりを自分史の形で記録しておいてもよいのではないかと考えた。舅、姑との間柄は、昔はどの家庭でもあったことであり、女性の立場からわが生き様を赤裸々に書いても許されるはずだし、自分史を出版して読んでもらえれば、うまくすると夫が罪を得た理由を知っている元同僚の目に留まり、何か知らせてくれるかもしれない。

書くからには正式に文の書き方、原稿用紙の用い方を習って、一から勉強をしなければいけない。タネは、思いあぐんだ末に、ＮＨＫの通信教育講座の文章講座を受講することにし、初歩から文章を習い、図書館でも文章読本のページをめくるようになった。

テニオハ、漢字、文の構成や国語のテストのような問題を含めた通信教育は二年半続き、終了したときは昭和時代が終焉し、平成時代に変わっていた。平成一〇年までにはなんとか自分史をまとめ上げようと長期計画を立て、まず書きたいことをメモし、整理することから始めた。平成九年（一九九七）七月三日は、護国神社の祭神として合祀されている本田の五〇年祭なのである。それが終わったら仕上げにとりかかりたかった。

八年一〇月一九日は、姑スキの三三回忌に当たっており、タネが式をまかされていたので、本田の仏式による法要を一年早めて母子同時に挙行した。九年には、新たに護国神社で関係者による戦没者の五〇年祭が神式でおこなわれ、これで夫への慰霊の行事ははっきりと区切りがつき、原稿書きは進んだ。

自分史『B級戦犯の妻 ふたすじの道』（一三四ページ）が、熊本日日新聞社から発刊されたのは平成一〇年九月、タネは八二歳になっていた。

つらいことはたびたびだった。何度逃げ出そうと思ったことだろう。しかし、彼女がどうしても書きたいと思ったのは、夫と過ごしてきた生活や姑との問題ではない。世間の目を気にして暮らしてきた戦犯遺族の忍苦の過去、凝固されたうっぷんについてでもない。夫の死の原因そのもの、死刑になるほど捕虜にひどい仕打ちをしたのかという一点につきた。

警察署はじめ出先の関係機関に杖をついて出かけて、あのころ夫が拘束されたいきさつを尋ねたこともあったが、取り合ってはくれなかった。

「おばあちゃん、若い人を連れてきなさい」

そう言って、痴呆老人扱いして玄関払いする役所もあった。年老いた身には、おびただしい歳月の壁は、どうしても突き破れない。五〇年以上も前の調査は、八〇歳を越えた身には限界があった。一方で、タネの自分史は市内の書店にも並び、読んだ人からはまたも反響が寄せられたため、「本田始さんは無実だった」と言ってくれる人が知らせてくるのではとの淡い望みは膨らんだ。だが、そういう人はあらわれなかった。

平成一〇年末、タネは一人の男性の訪問を受けた。

意外にも、男は昭和二二年、裁判の証人としてタネが出廷を要請したとき、「かかわり合いになるので出廷はできない」と断わってきた福岡捕虜収容所時代の本田の元上司、Wだった。彼とは音信が途絶えたままとなっていて、五一年前の面影がなくなっているその人が自分の名前を口にしたので、タネはようやくWと気づいた。彼は、体がすぐれないようにもうかがえた。

「お久しぶりです。お元気で何よりです」

と言って、Wは玄関先で折り目正しく礼をしたあと、タネが言葉をさがしているうちにすぐに続けた。

「本田さんのお墓にお参りさせてくださらんか」

Wは、裁判の証人を拒否した理由にはふれず、訪問目的だけを口にして、もう一度頭を下げて繰り返した。

「お願いしますたい。お墓に詣でさせてくださぃ」

表情は真剣で、目に光がみなぎっている。突然の訪問のうえに、ただならない様子に異様なものを感じ、タネはうろたえた。

「納骨堂に本田家の墓がありますが、中に入れてあるものは、お骨はむろん形見類とてなかとです。位牌だけですたい。慰霊碑でしたら立田山にございますと」

タネは、昭和三二年に慰霊碑を建立したことを話した。

「そうですと……」

Wはそう言っただけで、深々と頭を下げて、静かに玄関を去って行った。

タネは胸騒ぎを感じた。

自分史でWが証人をこばんだ点は数行ふれておいた。彼は、タネの自分史を読み、つれなく証言拒否をしたことを詫びにきたと推量したが、思いつめた態度は尋常ではないように思えた。彼は夫の告発者を知っているのではないか、それが言えなかったのを、墓前で詫びるつもりだったのではなかろうか。だが、そうだったら妻である自分に話してもいいことである。もっと何かあるのだろう。戦犯追及の手が厳しかった終戦当時、自分が検束される前に、他人を告発して難をのがれた人が多く、当局は懸賞金までかけて告発を奨励したと文献に出ていたが、ひょっとしたら、告発した人の名を告げにきたのではないか。

わだかまりは、日を追うごとにつのり、彼が来訪した際じかに尋ねなかったのを悔やんだ。さらにタネは、Wの来訪で、今になって思い出すことが数々あって、ますます高ぶりを抑えきれないでいた。

福岡に住んでいたころ、本田が同僚を連れてきて食事を共にしたことがあった。タネは、給仕をしながら二人の会話を耳にした。

「どうもオレは上の人からにらまれているらしか。収容所内で不都合なことがあると、何でもオレのせいにするんね。なぜ嫌われているのかわからんけんど」

「オレたちも本田さんを気の毒に思っとる。なぜか目の敵にしているようだけんなあ。あんたが監視する班は、難しい作業ばかりさせられているけんね」

タネは、そのときは別に気にもとめず聞き流していたが、あれほど仕事に意欲的だった本田が腕の痛みがあったとはいえ、突然辞めて熊本に帰ると言い出したのは、収容所上層部の本田に対する厳格な態度に耐えられなくなったのではないか、腕の痛みの原因も過酷な作業を押しつけられたためではなかったかと、考えられなくはない。

第一分所の関係者で死刑になったのは本田だけである。監視員で裁判にかけられたのも彼一人だ。そういえば巣鴨で面会の際、本田がちらともらしたことが思い当たった。「妙なこつばい。裁判のとき、検察側の席に分所の偉い人が座っておった。見間違えはなかよ」と言っていたのだ。それが確かであれば、その人は検察側の証人として出廷したことになる。なぜだ？

かねての疑念は急速に胸の中で硬くなった。うかつだった。もっと以前にこうした夫の話の端々にも気を配っていれば、悶々として十数年を送ることはなかったろう。膨大な時間を逸したと落胆した。しかし、いまからでも遅くはない。

電話帳でWの自宅の番号を確かめ、電話をかけたのは翌年の夏ごろだった。通話の受信音があるのに誰も出てこないので、一人暮らしで病院に入っているのかもしれないと、近くの役場に問い合わせてみると、「最近お亡くなりになっています」との答えが返ってきた。しかし、受信音があるのは電話が通じているからであり、一人暮らしとは考えられないので、念のためはがきに本田が逮捕された経緯を知っているかどうか、Wの上役だった人の現住所を知っているかどうかをしたためてWの住所宛に投函した。

電話がかかってきたのはそれからまもなくだ。訪れてきたWよりはずっと若い男の声だった。

「私は、息子です。父はことし三月死去しました」と相手は言った。

「そうですか。それはお気の毒なことです。昨年、お父様が私を訪ねられたときにお伺いすればよかだったのですが、つい聞きそびれてしまいましたけん、はがきに書いてあるようなこつば、お父様からお聞きになってはいませんと」

「お問い合わせの点は、まだ私は幼かったときのことなのでぜんぜんわかりませんばい。父の遺品の中にも、お答えできるようなものはなかとです」

「お父様の上官だった方のいらっしゃるところがわからないとですが、住所ばご存知ですと」

「さあ」

電話口には、しばし沈黙が流れた。タネは、わざわざ連絡をくれたお礼を述べて、受話器を置いた。

エネルギーは尽きた。終わったと思った。

Wが亡くなった現在、糸は切れてしまった。真相は闇の中にくるまれたまま、ついに浮かんではこないと感じた。

半面、これでいいのかもしれないと自分を納得させた。

真相をつかむためにもがいてきたのは、実は、自分への侮りにたいする反発心だったかもしれない。夫の無念を晴らそうとしていたのではなく、わが身を庇護するためではなかったか。自分の困苦を慰撫するためだったのではないのか。仮に、夫が真実、捕虜を死亡させたことが判明したならば、痛みは今の何倍にもなって身をさいなむ。白眼視に耐えてきた半生の克己は、跡かたもなく霧消するだろう。

夫が収容所の人に罪をかぶせられ、告発者が免罪されたとしたら、その人は死んだ夫や残された本田の家族より、もっと苦悩と辛苦の年月を送ったことになる。彼の死でほかの人たちが死罪をまぬがれたとしたら、夫は余人にはできなかった崇高な功徳をしたといえる。今となっては、もって瞑すべしであるということもできる。

本田が捕虜を虐待して死亡させたとは思いたくない。彼は断じて非道な男ではない。冤罪で死んだとも、もう思いたくない。だとしたら、私たちの人生は悲惨すぎる。真実は見えないが、それでいいのかもしれない。

タネは、小さな庭の隅に咲いている鳳仙花を手折って一輪挿しに入れて机に飾り、お茶を煎れて一服しながら、ここ十数年間の出来事を静かに思い浮かべた。

八月一五日の終戦記念日に東京の武道館で開かれる毎年恒例の全国戦没者慰霊祭に出かけたことがある。戦犯遺族会の白菊会ができた以後は、慰霊祭に出席した折に靖国神社にも参拝したものだった。東条英機夫人の勝子には、東京で三回ほど会ったことがある。A級の遺族は格式が高いといわれていたが、そんなことはなく、小柄な勝子はいつもにこやかで、タネにも声をかけてくれた。しかし、高齢となってからは列席はやめ、平成七年を最後として以来訪れていない。

たしか昭和六〇年代、全国戦没者慰霊祭に出席したとき、本田が収容されていた巣鴨プリズン跡を訪れた。義父と歩いた道の両側には、映画館や飲食店が建ち並び、若い人たちで賑わっていた。上を見ると目がくらむほどの日本一の高層ビル、サンシャイン60が建っていて、昭和五三年（一九七八）に竣工されたというこのビル一帯が巣鴨プリズン跡地といわれても、きらびやかすぎてあの当時のよすがは、片鱗さえ見つけ出せなかった。

左手にある公園内には人工の滝が流れていた。ここらあたりが夫の収容されていた監房があったところなのだろうか。園内のベンチに座って当時の姿を瞼に映したが、ビルに囲まれている都会のひっそりとした公園のたたずまいは、あちこちに土盛りがしてあった殺風景なプリズンとはあまりにかけ離れていて、ここが跡地とはどうしても考えられなかった。公園の道路沿いの茂みの中に「永久平和を願って」と刻された石碑があり、その周辺がかつて死刑場だったのを何かの本で読んでいた。長い時間その前に佇み、祈ったことも思い出した。

夫は、おそらく告発されて拘束されたのだろう。告発者は、第一分所にいた人であり、亡くなったWはそのことを知っていて、本田の妻である自分に告白するかどうか、戦後五〇年以上ずっと悩み続けていたのだろう。そうならば、彼もまた戦争の犠牲者の一人だったのだと、Wの冥福を祈らないではいられなかった。

白い花びらを静かに見やりながら、これからは刺繍とクラシックギターの趣味の世界に没頭しよう、とタネは考えた。私だけが夫の無実を信じ、その確信を墓場に持ってゆけばいい。信じているうちは、私の戦後は終結しない。命止むとき、私の戦後は終わるのだ。タネは、滔々《とうとう》と音を立ててほとばしる時の流れを感じとりながら、それでもなお釈然としない自分を見い出していた。

（了）

あとがき

本田タネさんは平成一六年四月一四日、熊本日日新聞社から表彰された。昭和五九年、「私の昭和」応募作品の『B級戦犯の妻』が一等に入選したのに続き、二度目の表彰である。こんどはマイブック賞の受賞だった。熊日社は、同社から発刊された自分史の優秀作品を毎年選定している。その大賞である。

実は、タネさんは平成一五年、やはり熊日情報文化センターから『戦争裁判 裁かれ逝きし人々』という自分史を出した。二冊目の自分史であり、その『戦争裁判』が大賞に選ばれたのだが、彼女の同書の執筆動機が、私の興味をひきつけてくれた。

平成一四年三月、私は一通の茶色のＢ５版角封筒を受け取った。差出人の本田タネという名前には聞き覚えがあったが、とっさには、誰であるかは頭に浮かんでこなかった。

封筒の中には、昭和六〇年（一九八五）一月一日付の原寸大の熊本日日新聞のコピーと手紙があった。しっかりしたボールペンの文字で書かれている便箋にまず目を通した。

私は平成一一年一月、『巣鴨プリズン　教誨師花山信勝と死刑戦犯の記録』という小書を出していた。平成七年（一九九五）死去した花山信勝・巣鴨プリズン初代教誨師がどのような気持ちで死刑囚たちの教導にあたっていたのかを、花山師の著書や遺稿類から探ってみようとしたものである。タネさんの手紙の趣旨は、小書の引用の許諾願いであった。

手紙を読んでいて、私はタネさんの名前をはっきりと思い出した。

拙著を書くために、平成九年花山師が住職をしていた金沢市の光寿無量院宗林寺（花山聖徳堂）を訪問したことがある。その折、「ご遺族は、お寺にお参りにいらっしゃいますか」と、花山師のあとを継いでおられる子息の住職花山勝道師に尋ねた。勝道師は、「近ごろはあまりお見えにならなくなりました。ご遺族のご家庭も、お孫さんの代になっておりますしね。本田タネ様と福原美志子様（福原勲・元大尉の妻）とは連絡をとっております」と語った。勝道師が言っていた「本田タネ」が、手紙の主のタネさんと思い当たったのだ。高齢のはずなのに書物を著す気力に感じ入り、同封してあった熊本日日新聞コピーを見て、それが一等入選作品『B級戦犯の妻』の全文であったのでさらに驚いた。

そうしたことがあってから一年後の平成一五年一月、タネさんから今度は書籍小包が届いた。法廷の写真をカバーとした本『戦争裁判　裁かれ逝きし人々』（熊本日日新聞情報文化センター、一八一ページ）である。帯には「『本当の事実が知りたい』元B級戦犯の妻が抱く戦争裁判への疑念」とあった。

この年の二月でタネさんは八三歳になるはずだ。燃えるような執念に感嘆して本を開いた。

捕虜収容所で働いていた人たちは亡くなっていて、すでに証言者はいない。白菊遺族会は平成五年（一九九三）五月二八日の定時総会をもって解散し、熊本支部もなくなった。九〇の坂をのぼりはじめようとしている老女には、真実の糸口を見つけるのは力の及ばないことであろう。それでも、何としてでも戦犯遺族の心情だけは吐き出しておきたいと、四つの書物を参考にして必死に探ろうとしている姿がしのばれた。私は熊本市のタネさん宅へ伺おうと決めた。

タネさん宅を訪問したのは、東京の桜が散りはじめていた平成一五年四月初旬である。航空機内から見降ろした熊本の郊外は、白いビニール畑が短冊のようにつらなり、熊本空港からは阿蘇山がよく見えた。

あらかじめ手紙で来意を告げ、彼女の住んでいる場所を教えてもらい、直接訪ねることにしていたが、バスを降りると日だまりのバス停のベンチの端っこに、杖を手にした老女が背をかがめて座っていた。バスが出発してもそのままだったので、わざわざ出迎えにきてくれていたタネさんだとわかった。

火の気のないコタツを前にして私たちは対座し、改めて初対面の挨拶を交わした。「近ごろはすっかり腰が弱くなり、外へ出るのも億劫になりました。何のおもてなしもできませんがゆっくりしていってください」と、髪の乱れを気にせずにタネさんは言って、欠け落ちている前歯を手でふさいで小さく笑った。私は、差し出されたお茶を飲み、ノートをひろげた。

話を聞いている最中に、タネさんはたびたび声をつまらせた。本田始さんと巣鴨プリズンで最後の面会をし、彼のうしろ姿が金網越しのドアを出て、遠ざかった模様を語るときには目を濡らして、前掛けで涙をぬぐった。涙は、幸せではなかったわが人生への憐憫からではなく、かけがえのない過去へのいたわりだ、と私には映った。

「最近読んだ本に、夫についての描写がありました。本を書いた人は、プリズンで彼に会ったと言うのです。著者にプリズン内での様子をぜひ聞きたいと、住所を調べています」

別れ際に、タネさんはそう言った。夫に関する調査をもっとしたいが、体の自由がきかず外にはほとんど出かけられない。残された時間はあまり長くない。焦りながら、出版社から戦犯に関する書物をとり寄せて目を通す日々という。小机の上に、そうした書物が高く積まれていた。

今年五月、本田始さんの遺書とタネさんの若いころの写真を拝借できないかと電話をかけたところ、数日後、大切な遺書と写真十数葉が送られてきた。添えられた手紙には、「写真はご返却には及びませんが、最後のもの（遺書）は、私の死後納骨堂に入れてもらいたいので、ご返却お願いしたいと思います」とあった。改めて心情を知って、粛とした気持ちに襲われた。

金沢市の宗林寺では毎年七月、戦争犯罪人として亡くなった人びとの盆法要を営んでいる。平成一六年は同月一一日の日曜日に開催された。住職の花山勝道師は、タネさんの姿があるのに驚いたという。喜寿の年齢にもかかわらず、このお参りが最後と思って夜行列車で駆けつけたらしい。そのことを勝道師の手紙で知った私は、熊本市のバス停からタネさんのお宅まで案内されたときに歩行が思わしくなかった彼女の様子を目に浮かべた。

小書は、タネさんからの聞き書きと、彼女の二冊の自分史をよりどころに、こちらで調べたことを補強し、私の解釈も織り込み、ストーリー仕立てでまとめた。お読みいただいてわかるとおり、処刑戦犯を主題としてはいない。本田始さんが冤罪だったかどうかの点も詮索していない。戦中戦後を燃焼しつくした女性の象徴として、タネさんの生き方そのものを取り上げたつもりである。

平成一七年は、終戦から六〇周年にあたる。昭和元年から数えると八〇年になる。戦後も遠くなりつつあるが、タネさんの人生には、くっきりと昭和が刻み込まれている、と私は思っている。

出版に際しては、出版コーディネーターの安部千鶴子さん（美笑《ほほえみ》企画代表）にお骨折りをいただき、紀伊國屋書店出版部の近藤真里子さんには懇切かつ適切なご助言をいただいた。執筆途中、タネさんとは何度も電話、手紙のやりとりをし、ご足労をおかけしてしまった。ともに深く感謝を申し述べるとともに、タネさんのお健やかな日々を心からお祈りしたい。

平成一七年春

小林弘忠

参考文献

内野達郎『戦後日本経済史』講談社
織田文二（監修茶園義男）『巣鴨プリズン未公開フィルム』小学館
大須賀・M・ウィリアムス（大須賀照子、逸見博昌訳）『ある日系二世が見たBC級戦犯の裁判』草思社
大田昭男編『流れゆく雲 大田清一遺稿集』
きき手・三国一朗 テレビ東京編『証言・私の昭和史（6）混乱から成長へ』文藝春秋社
熊本日日新聞昭和六〇年一月一日号
小林弘忠『巣鴨プリズン』中央公論社
佐藤早苗『東条勝子の生涯』時事通信社
笹川良一『巣鴨日記』中央公論社
実松譲『巣鴨』図書出版社

すがも新聞社『すがも新聞』
巣鴨法務委員会編『戦争裁判の実相』槙書房
巣鴨遺書編纂委員会編『世紀の遺書』巣鴨遺書編纂委員会
田村重見『友 その生と死の証し―B級戦犯平手嘉一大尉の生涯―』
竹前栄治、中村隆史監修『GHQ日本占領史（5）BC級戦争犯罪裁判』日本図書センター
茶園義男『BC級戦犯横浜裁判資料』不二出版社
寺井敏夫『巣鴨に消ゆ―BC級戦犯 福原勲と妻美志子―』山陰中央新報社
永井均編集・解説『戦争犯罪調査資料　俘虜関係調査中央委員会調査報告書綴』東出版
花山信勝『平和の発見』百華苑
花山信勝『亡びざる生命』同
花山信勝『永遠への道』日本工業新聞社
林えいだい監修・責任編集『戦時外国人強制連行関係史料集』（全三巻）明石書店
林えいだい『銃殺命令――BC級戦犯の生と死』朝日新聞社
保阪正康『さまざまなる戦後』文藝春秋社
本田タネ『戦争裁判 裁かれ逝きし人々』熊本日日新聞情報文化センター
本田タネ『B級戦犯の妻 ふたすじの道』同
毎日新聞社編『昭和史全記録』毎日新聞社
一般紙各紙

著者紹介
小林弘忠（こばやし・ひろただ）
1937年東京都生まれ。1960年早稲田大学を卒業後、毎日新聞社に入社、社会部、地方版編集長、情報調査部長、メディア編成本部長をつとめる。1992年退社後、2002年まで立教大学、武蔵野女子大学などで講師をつとめ、現在はノンフィクション、江戸史を中心とした執筆活動を続けている。
著書に『マスコミVS.オウム真理教』(三一書房)、『新聞報道と顔写真―写真のウソとマコト』『巣鴨プリズン』(以上、中公新書)、『浮世はままよ［岸田吟香ものがたり］』(東洋経済新報社)、『「金の船」ものがたり―童謡を広めた男たち』(毎日新聞社)、『ニュース記事にみる日本語の近代』(日本エディタースクール出版部)、『大江戸「懐」事情』(実業之日本社)、『江戸川柳で現代を読む』(ＮＨＫ生活人新書)などがある。

私の戦後は終わらない―遺されたB級戦犯妻の記録
2005年7月17日　第1刷発行

発行所　株式会社 紀伊國屋書店
東京都新宿区新宿3－17－7
出版部（編集）電話 03（5469）5919
ホールセール部（営業）電話 03（5469）5918
〒150－8513 東京都渋谷区東3－13－11
印刷・製本　中央精版印刷

ISBN4-314-00987-X C0021